둥지를 떠난 새 우물을 떠난 낙타

둥지를 떠난 새, 우물을 떠난 낙타

초판 1쇄 | 인쇄 2024년 8월 23일
초판 1쇄 | 발행 2024년 8월 30일

지은이 | 박황희
펴낸이 | 권영임
편   집 | 윤서주, 김형주
디자인 | heelm. J.

펴낸곳 | 도서출판 바람꽃
등   록 | 제25100-2017-000089(2017. 11. 23)
주   소 | (03387) 서울시 은평구 연서로22길 16-5, 501호(대조동, 명진하이빌)
전   화 | 02-386-6814
팩   스 | 070-7314-6814
이메일 | greendeer@hanmail.net / windflower_books@naver.com
홈페이지 | https://blog.naver.com/windflower_books

ISBN   979-11-90910-17-0   03810

값 20,000원

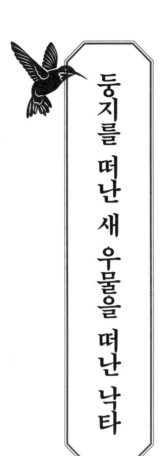

둥지를 떠난 새 우물을 떠난 낙타

박황희 지음

바람꽃

섬을 떠나야 비로소 섬이 보인다.

시인 이백이 말했던 것처럼 "세월은 백대(百代)의 과객이요, 오가는 인생 또한 나그네"인지라, 나그네의 등 뒤에서 비치는 햇빛으로 인해 생기는 자신의 그림자를 밟을 수 없는 것이 인간의 숙명이다. 앞날을 예단하는 것은 누구에게나 불가능한 일이다. 우리는 그저 미래에 대한 기대를 꿈으로 그려낼 뿐이다. 우리가 할 수 있는 확실한 한 가지는 지난 일을 돌아보는 것뿐이다.

되돌아본다는 것은 미련이 남아 있어서가 아니요, 차마 하지 못한 말이 남아 있기 때문도 아니다. '버려야 할 것'과 '남겨두어야 할 것'을 구분 짓는 일이다. 과거로의 회상이 반드시 추억만을 상기시키는 것이 아니라 자신의 시행착오에 대한 성찰을 수반하는 일이기도 하다. 때로는 미래의 비전에 대한 대안을 마련하는 아주 효과적인 방법이기도 하다.

일찍이 동파(東坡)는 자신의 시에서 '행운유수 초무정질(行雲流水 初無定質)'이라 하였다. 가는 구름과 흐르는 물은 애초에 정해진 바탕이 없다는 말이다. 누구도 바다의 고향을 묻지 않는다. 바다의 고향은 강(江)이었고 개천(開川)이었고 계곡(溪谷)이었다. 그러나 그것이 바다에게 무슨 의미가 있겠는가?

돌아보면 누구나 자신의 '지나온 길'이 보이지만, 앞을 보고 걸을 때 '가야 했던 길'은 끝이 보이지 않는 정처 없는 길이었다. 인생에 정해진 길이란 없다. 오직 자신이 스스로 만들어 가는 것일 뿐이다. 방법은 언제나 내 안에서 찾아야만 한다. 가지 않은 길이란 갈 수 없었던 길이 아니라 가기가 두려워 회피한 길이다. 가지 못했던 길에 대한 후회는 쉬운 길을 선택했던 자의 넋두리에 불과하다. 가지 못한 길을 뒤돌아보는 자보다 가지 않은 길을 걷는 자의 뒷모습이 더 아름답다. 그것이 길을 '아는 자'와 '걷는 자'의 차이이다.

나의 삶이 육십갑자를 넘기는 시기에 나는 SNS를 통하여 세상과 소통하며, 꾸준히 페북 일기를 써왔다. 이 기간은 대체로 문재인에서 윤석열로 정권이 넘어가는 시기였고 '코로나'라는 전대미문의 팬데믹(Pandemic) 공포가 전 세계에 창궐하던 때였다. 국가적으로는 '정치'와 '종교'가 제 기능을 하지 못하여 버려진 소금처럼 사람들의 발에 짓밟히던 암울한 시기였으며, 개인적으로는 방황하던 청춘이 어느덧 초로의 인생이 되어 지구별을 여행하는 나그네로서, 한갓 초라한 이방인에 불과하였음을 깨닫게 되었던 시기였다.

돌아보면 후회뿐인 인생이지만 그래도 기어이 자신의 흔적을 남기고자 하였던 것은 나를 객관화하는 능력을 키우고 싶은 욕망과 함께 기록이 기억을 지배하는 힘을 갖고 있다는 것을 자각하였기 때문이다. 인생은 기록하는 것만큼 성장하고 완성되어 갈 뿐이다. 기억해야 할 것을 기록해 두지 않으면 자신의 인생에 과거는 존재할 수 없다. 기억은 추억으로 변하고 말지만, 기록은 나를 성찰할 수 있는 역사적 자료로서 당시의 시대 상황과 더불어 자신에 대한 내면의 세계를 객관적으로 살펴볼 수 있는 의미와 가치가 있다. 육신이 흙으로 돌아간 뒤에도 기록된 분량만큼은 내 인생이 역사에 존재한다. 그러므로 나를 만들어 나가는 것은 다름이 아닌 바로 나 자신이다.

그간 페북이나 신문 잡지 등에 기고했던 칼럼들을 모아서 4편으로 나누었다. 1편 '조화석습 낙관시변(朝花夕拾 樂觀時變)'에서는 대체로 고전과 철학을 이야기하고자 하였으며, 2편 '풍성종룡 운영종호(風聲從龍 雲影從虎)'에서는 정치와 사회 문제에 관한 소회를 기술하였다. 3편 '원시반종 낙천지명(原始反終 樂天知命)'에서는 종교와 역사를 그리고 4편 '행운유수 초무정질(行雲流水 初無定質)'에서는 여행과 문학에 관한 이야기를 남기고자 하였다.

천학비재(淺學非才)한 탓에 편견과 오류가 적지 않음을 잘 알고 있다. 애당초 이글은 누구에게 교훈을 주거나 감동을 전하겠다는 목적과 의도성이 있던 것이 아니라, 나의 생애 중 한 과정에서 깨달았던 역량만큼의 고민과 갈등을 표현한 것이다. 그러므로 나의 시각과 사유의 세계를 성급한 일반화의 오류나 편견이라고 치부할 독자들이 많다는 것도 부정하지 않는다. 오늘 자신의 한계와 오류를 충분히 인정하고 훗날의 부끄러운 참회를 기꺼이 감수하고자 한다. 독자 제현의 질정과 너른 아량을 바랄 뿐이다.

의미 있게 사는 인생도 중요하지만 재미있게 사는 인생은 행복하다. 행복은 나중으로 미루면 돈처럼 쌓이는 것이 아니라 연기처럼 사라지는 것이다. 오늘의 행복을 내일로 미뤄서는 안 된다. 인생은 죽음을 향하여 가는 여행이다. '삶'과 '죽음'은 별개의 세상이 아니라 삶의 최종 선택지가 죽음이다. 죽음은 우리에게 주어진 마지막 임무의 수행이다. 어떻게 사느냐가 어떻게 죽느냐를 결정한다. 잘 죽기 위해서는 삶이 의미가 있고 행복해야 한다. 마지막에 웃는 놈이 행복한 인생이 아니라 자주 웃는 놈이 행복한 인생이다. 행복은 삶을 긍정하고 즐길 때 가능한 것이다.

누구나 인생을 순풍에 돛단 듯 순조롭게 살고 싶지만, 돌아보면 파란만장한 삶이 훨씬 많았다는 것을 깨닫는다. 어쩌면 행복이란 목적지에 있지 않고 목적지로 가는 여정에 있는지도 모른다. 오늘 나는 그 여정의 한 길목에 서 있다.

이제 더는 지난 일에 미련을 두지 않기로 한다. 과거를 돌아보고 추억에 연연하지 않아야 한다. 어차피 세월은 흘러갔고 구름은 소멸할 뿐이다. 바다에게 고향이 의미가 없는 것처럼, 둥지를 떠난 새가 날면서 뒤돌아보지 않는 것처럼, 우물을 떠난 낙타가 사막을 횡단하는 것처럼 나그네는 가야 할 길이 남아 있을 때 행복하다.

2024년 8월
일산 상우재(尙友齋)에서
霞田 拜拜

둥지를 떠난 새
우물을 떠난 낙타

차
례

프롤로그

1부 조화석습 낙관시변(朝花夕拾 樂觀時變)

3부 원시반종 낙천지명(原始反終 樂天知命)

4부 행운유수 초무정질(行雲流水 初無定質)

1부

조화석습 낙관시변(朝花夕拾 樂觀時變)

아침에 떨어진 꽃을 저녁에 줍는다

朝花夕拾
조화석습
- 루쉰(魯迅)

세상의 변화를 즐겁게 바라보다

樂觀時變
낙관시변
- 사마천(司馬遷)

아침에 떨어진 꽃을 저녁에 줍는 여유로운 마음으로 세상의 변화를 즐겁게 바라본다. 세상은 풀어야 할 숙제가 아니라 경험해야 할 신비이다. 사물의 이치를 고요히 관조하며 스스로 깨닫는다.

이름 이야기

이름하면 떠오르는 사람이 지금은 고인이 된 '앙드레김'이다. '옷 로비 사건' 당시 재판정에서 했던 유명한 사례가 "제 이름은 김봉남이에요"라고 했던 말이다. 이미지를 먹고 사는 디자이너로서 당시의 일은 그에게 일생일대의 수치스러운 사건이었을 것이다. 하물며 나와 같은 범용한 인생도 이름 때문에 가끔은 낭패를 볼 때가 있다. 처음 만난 자리에서 "박황희입니다"라고 소개하면 어떤 짓궂은 인사는 "그럼 말짱 황이네요"하고 농을 건네곤 한다.

'말짱 황'이 뭔 말이냐고? '말짱 황'이란 말을 이해하려면 우선 '봉이 김선달'을 알아야 한다. '봉이 김선달'의 '선달(先達)'이란 조선 시대 과거에 급제한 사람 가운데 보직(補職)을 발령받지 못한 처지에 있는 사람을 이른다. 또한 '한량(閑良)'이란 무과에 급제한 사람 가운데 보직을 받지 못한 상태에 놓여있는 사람을 말하는데, 모두 임란 이후 서북 출신의 홀대와 함께 무과 급제자를 대량 양산하다가 생겨난 병폐들이다.

한편 "한산(閑散)하다"라는 말은 '한량(閑良)'과 '산관(散官)'을 더하여 이르는 말로서 '한량'이 과거에 급제하고 자리가 없는 사람을 말한다면 '산관'은 보직은 있으나 주어진 업무가 없는 상태에 있는 관원을 이른다. 이 두 가지 경우를 빗대어 '한산하다'라는 말이 파생되었다.

암튼 그런 김선달이 우연이 장 구경을 하다가 닭 파는 가게 앞에서 몸집이 크고 좋은 닭 한 마리를 보고는 주인에게 이거 "봉(鳳)이 아니냐"고 능청스럽게 물었다. 주인이 처음에는 아니라고 답하였으나 연신 어디서 났느냐고 호들갑을 떨면서 강요하듯 재차 물어보니 얼떨결에 수긍하고 만다. 김선달은 이 귀한 걸 꼭 자신에게 팔라며 통사정을 하여 마침내 여섯 냥의 거금을 주고 닭을 사게 된다.

김선달은 그 길로 관아로 달려가서 사또에게 '봉'이라며 갖다 바친다. 닭을 봉이라고 바치니 화가 난 사또가 곤장을 치게 되고, 이에 자신은 억울하다며 닭 장수에게 속아서 샀노라고 고변하여 닭 장수를 잡아들이게 된다. 꼼짝없이 사기죄로 걸려든 닭 장수에게 닭값은 물론 곤장 맞은 배상까지 백 냥이나 받아내게 된다. 대동강물 팔아먹었다는 김선달이 바로 '봉이 김선달'로 불리게 된 사연이다.

이른바 새 중의 왕으로 불리는 '봉황(鳳凰)'은 수컷과 암컷이 합쳐져 만들어진 말인데, 수컷을 '봉'이라 하고 암컷을 '황'이라 한다. 흔히 "봉 잡았다"라는 말은 원래 매우 귀하고 훌륭한 사람이나 일을 얻었다는 뜻이었는데, 봉이 김선달의 사례에서처럼 속이기 쉽고 이용하기 좋은 사람을 만났다는 뜻으로 더 많이 쓰이기도 한다. 그런데 같은 봉황이라도 "봉 잡았다"라는 말은 운수가 좋다는 뜻으로 쓰나 "황 잡았다"라는 말은 운수가 나쁘다는 뜻으로 쓰였다. 그 이유는 '황'이 암컷이기 때문이다. 그러므로 "말 짱 황이다"라고 하는 말은 기대했는데 실망하게 되었다는 속뜻이 담겨있는 비속어인 셈이다. 유가적 남존여비 사상의 잔재들이다.

이처럼 내 이름이 종종 놀림감이 되고 마는 슬픈 사연 탓으로 이십여 년 전 고심 끝에 호를 짓게 되었다. "자줏빛 노을 아래 밭에서 김을 매다" 라는 뜻으로 '자하운전(紫霞耘田)'이라는 문장을 만들고 그 가운데 주요 의미인 노을 '하(霞)' 자와 밭 '전(田)' 자를 떼서 '하전(霞田)'이라는 호를 지었다. 그러므로 '하전(霞田)'이라는 호의 의미는 "노을에, 석양에, 해 질 녘에, 밭에서 김을 매다"라는 뜻이 담겨있는 말로서 늦은 나이에 만학하는 나 자신의 처지를 빗댄 말이다.

스피노자가 말한 바와 같이 "내일 지구의 종말이 온다고 할지라도 나는 한 그루의 사과나무를 심으리라"라고 했던 명구와도 일정 부분 맥락이 상통하는 듯하고 헤겔의 법철학 서문인 "미네르바의 부엉이는 어둠이 내려야 비로소 날개를 펴고 난다"라고 하는 말과도 닿아 있는 듯하다. 미네르바는 지혜의 신이고 부엉이는 지혜를 상징하는 동물이다. 지혜라고 하는 것도 어떤 면에서는 고통을 겪고, 실수도 하고, 젊은 날의 열정도 식고, 가진 것을 내려놓고, 일련의 아집과 집착이 풀어져서 세상에 대한 관조가 시작될 때 비로소 얻어지는 것이리라.

명사들 가운데도 이름에 얽힌 재미난 사례가 많이 있다. 벽초(碧初) 홍명희는 에스페란토(Esperanto)어를 우리나라 최초로 배운 사람이다. 그의 호 벽초는 조선 최초의 '청록인(에스페란토인)'이라는 뜻이다. 그가 자신의 절친인 위당(爲堂) 정인보에게 호를 지어주었는데 처음 그에게 주었던 호는 '위락당(爲樂堂)'이었다. 위락당을 거꾸로 하면 '당나귀'이다. 당나귀 정 씨임을 빗대어 놀린 것이다. 정인보는 한자 '락(樂)'을 빼고 스스럼없이 받아들였다.

'창으로 남을 내겠소'의 시인 김상용의 호는 '달뜨는 언덕'이라는 뜻의 '월파(月坡)'이다. 김상용이 달을 좋아하는 것을 알고는 국어학자 이희승이 후적벽부에 '지월(地月)'이라는 말이 있는데 이것을 호로 삼으면 어떻겠느냐고 제안하였다. 지(地)는 '땅'이고 월(月)은 '달'이니 여기에 남자의 미칭 '보(甫)'를 붙이면 '땅딸보'가 된다. 작은 키의 다부진 몸매였던 김상용을 놀리려는 의도였다.

조지훈의 본명은 동탁이고 호가 '지훈(芝薰)'이다. 그러나 처음부터 지훈이 아니었다. 경기여고 교사 시절 처음의 호는 "지초가 자라는 벼랑"이라는 뜻의 '지타(芝陀)'였다. 성과 합성하면 발음이 '조지타'였는데 여학생들이 하도 얼굴을 붉히고 민망해하는 바람에 '지훈(芝薰)'으로 개호(改號)하였다고 한다.

서예가 '일중(一中)' 김충현은 자신의 이름 자 가운데 '충(忠)' 자를 살려서 '일중즉충(一中則忠)'이요, '이중즉환(二中則患)'이라 하였다. 곧 마음이 한결같으면 충성이지만 두 마음을 품으면 역심이 되므로 근심이라는 데서 착안하여 한결같은 마음이란 뜻의 '일중'을 호로 삼았다.

조선 후기 삼대 천재 화가로 불리는 '삼원(三園)'이 있다. 이 가운데 두 사람은 '단원(檀園)' 김홍도와 '혜원(蕙園)' 신윤복이다. 그러나 그중 한 사람인 장승업은 천재 화가로 인정받았지만, 신분이 낮아 문자를 읽을 줄 몰랐기에 호가 없었다. 후에 그의 천재성을 인정한 세인들이 나도 '원(園) 이다'라고 하여, 나 '오(吾)' 자를 써서 '오원(吾園)' 장승업이 되었다는 설 이 있다.

이름이나 호에 자신의 철학과 의미를 부여하여 자신의 정체성을 나타 내려 하였던 선인들의 해학과 기지가 빛나 보인다. 이런 문화는 전통으로 이어져도 좋겠다는 생각을 해본다.

'작(酌)'에 관한 단상

지인 중에 평소 말버릇이 아주 독특한 사람이 있다. 뭔가 자기에게 관심을 나타내거나 반가운 인사치레 말이라도 건널 때면 의례히 하는 말이 "이게 어디서 허튼수작이야"라고 하여 종종 헛웃음을 짓게 한다. 우리는 때로 '허튼수작'이니, '개수작'이니 하는 등의 말을 듣곤 한다. 그렇다면 '수작'이란 말의 의미는 무슨 뜻일까?

'수작'의 한자어에는 부수가 모두 술 '주(酒)'자가 들어가 있다. 술과 관계가 있다는 뜻이다. '수(酬)'는 갚다, 말을 주고받다, 보답하다 등의 의미이고 '작(酌)'은 따르다, 잔질하다 등의 의미이다. 다시 말해 '수작(酬酌)'은 서로에게 잔을 주고받는 행위를 일컫는 것이다.

'짐작'하다 할 때의 '짐(斟)'은 술을 따르다, 헤아리다 등을 일컫는다. 술잔이나 술병에 있는 술의 양을 미루어 헤아린다는 의미이다. 고대의 술잔이나 술병은 요즘과 같은 유리잔이나 크리스털이 아니어서 상대의 남은 잔이나 호리병 속 술의 양을 알 수 없었다. 그것을 헤아려서 살피는 것이

'짐작(斟酌)'인 것이다.

정상을 '참작'하다 할 때의 '참(參)'은 헤아린다는 뜻으로서 상대의 주량이나 취한 상태의 정도, 그리고 술좌석의 분위기나 동석한 사람 등의 상황을 고려하고 살펴서 잔을 따른다는 의미이다. 여기에서 "정상을 참작(參酌)한다"라는 법률용어가 파생된 것이다.

한편, 상대에게 술을 따를 때 오른손 아래로 왼손을 바쳐서 술잔을 올리는 풍습은 어떻게 생겨난 것일까? 상대에게 공경을 표현하기 위해 단순히 두 손으로 따르는 것일까? 어떤 이는 술병의 상표를 가리지 않고 두 손으로 따라야 한다거나 왼손으로 오른손 엄지손가락을 가려서 따라야 한다는데 이는 모두 낭설에 불과하다. 이유는 단순하다. 한복의 옷소매가 넓어 음식에 닿을까 왼손으로 옷소매를 감싸며 잔을 따랐던 데서 연유한 것이다.

대체로 남자들이 술을 마시는 술집에는 때로 손님을 접대하고 술 시중을 드는 여자가 있게 마련인데, 이런 전문직에 종사하는 사람을 '작부(酌婦)'라 하였다. 고문서를 읽다 보면 종종 이런 유의 여인을 매우 점잖게 표현한 전문용어가 있다. 이른바 '조음지좌(助飮之佐)'라는 것인데 그 단어의 속뜻은 '마시는 일을 돕는 보좌관'이란 소리이다. 신분 사회의 계급적 질서와 차별을 느끼게 하는 언어유희이다. 현대 사회에서 직업에 귀천이 어디 있느냐고 반문할 수도 있겠지만, 직업의 특수성에 비추어 볼 때 업무의 성격상 성 유희를 매개로 권력자들과 유착하였던 것은 이미 천하가 다 아는 사실이다.

어쨌거나 술좌석의 분위기를 '참작(參酌)'하거나 술병의 양을 '짐작(斟

酌)'하지 않고 '작부(酌婦)'가 권하는 '수작(酬酌)'에 무작정(無酌定) 마시다 보면 반드시 낭패(狼狽)를 당하기 십상이다.

모든 음식은 자신이 먹을 만큼 스스로 자기의 그릇에 담아 먹는데 왜 유독 술만은 꼭 남이 채워주고 권해야 먹게 되는 것일까? 가령 어떤 이가 "나는 꽃을 사랑한다"라고 하면서 꽃에 물 주기를 잊어버리는 사람이 있다면 과연 그를 진정으로 꽃을 사랑하는 사람이라고 할 수 있을까? 꽃에 필요한 것은 꽃이 좋다고 느끼는 '제3자적 감정'이 아니라 꽃에게 필요한 것을 직접적으로 채워주는 '당사자적 행위'인 것이다.

그렇다면 술은 왜 마시는가? 배가 고파서 술을 마신다는 사람은 아무도 없을 것이다. 먹거리가 충분한데도 불구하고 사람이 술을 찾는 까닭은 자신의 존재적 가치를 증명하고픈 사회적 '만남'을 위해서가 아닐까 싶다. 만남이란 사랑을 위한 전제의 단계이며, 사랑의 첫 단계는 언제나 만남이라는 관계에서 시작된다. 그러나 사랑의 열매는 관계의 유지만으로 이루어지기에는 무언가 부족하다. 반드시 채움이 필요한 것이다.

꽃에 물이 필요하듯 사람에게도 정(情)이라는 물질이 필요한 법이다. 술은 상대에게 감정의 메신저가 되어 정을 채우는 매개물이 되기에 충분하다. 상대에게 술을 따르는 행위는 꽃에 물을 주는 행위에 비견될 수 있다. 사랑을 채우고, 정을 채우는 자기애적 행위인 것이다. 그러나 '혼·술'은 만남을 배제한다는 데서 고립과 자학의 냄새가 물씬 흐른다. 어쨌거나 이러한 채움과 비움의 반복된 행위를 통해 서로의 관계가 긴밀해지기를 추구하는 것이 이른바 '수작'이란 것이다.

일찍이 노자는 말했다. "위학일익(爲學日益)이요, 위도일손(爲道日損)이라" 학문을 하는 것은 날마다 채우는 것이요, 도를 닦는 것은 날마다 비워내는 것이다. 우리의 삶도 날마다 채우고 비우는 일을 반복해야 아름답다. 우리의 육체 또한 섭생과 배설을 반복해야만 건강이 유지되는 법이다.

자신의 경험과 지식, 명예와 부를 쌓는 일도 매우 중요하지만, 욕망을 비워내는 일은 그보다 더욱 힘들다. 성공에서 물러나 '공수신퇴(功遂身退)' 하는 일이야말로 채우고 쌓아 올리는 일보다 훨씬 더 어려운 일이기 때문이다. 그러나 중요한 진실 하나는 "채운 사람만이 반드시 비울 자격이 있다"라는 오묘한 이치를 망각해서는 안 된다는 것이다.

— '수작'과 '짐작'
— '채움'과 '비움'
— 잔을 채우기 위한 '수작'
— 잔을 비워내기 위한 '짐작'

올봄의 건배사는
서로의 관계를 위하여 "수작하세"
서로의 마음을 위하여 "짐작하세"
좋지 아니한가?

어쩌면 '혼·술'에 지친 나만의 착각인지도 모르겠다.

정구불식(鼎狗不食)

김 여사가 쏘아 올렸다는 '개 식용 금지 법안'에 대해 불만이 많다. 한국인에게 개 식용의 문제는 정의를 판단하는 선악의 문제가 아니요, 도덕과 비도덕을 가름하는 윤리의 문제도 아니며, 각 개인의 기호에 따른 호불호의 문제에 불과하다. 국가의 공권력이 국민의 입맛을 강제할 권리가 어디에 있는가?

동파의 시에 "새는 갇혀 있어도 날 것을 잊지 않으며, 말은 매어 있어도 항상 달릴 것을 생각한다.[鳥囚不忘飛, 馬繫常念馳.]"라고 하였다. 새의 본성은 나는 데 있다. 새를 사랑한다면서 새를 새장에 가두어 놓고 즐기는 행위는 새의 처지에서는 자신의 본성을 파괴당하는 잔인한 고문에 지나지 않는다. 이른바 '농락(籠絡)'이란 것이다. 새는 인간에게 농락당한 것이다.

동물을 동물원에 가두어 놓고 관람하는 행위는 동물을 감옥에 구속시켜 놓은 채 그들의 부자유한 모습을 즐기는 행위와 똑같다. 진정으로 동물을 사랑한다면 인간이 자연을 찾아서 그들의 삶을 관찰하는 것이 옳다. 요즘 개를 사랑한다는 사람이 주변에 넘쳐난다. 그분들께는 매우 죄송한 말이지만 개는 사랑의 대상이 아니다. 사랑의 대상은 오직 '사람'과 '하느님(神)'일 뿐이다.

'애완견(愛玩犬)'이라 할 때의 '애(愛)'자는 사랑의 의미가 아닌 '아낄 애' 자이다. '애완(愛玩)'은 아끼고 즐긴다는 의미이다. 개의 털을 깎고 머리에 장식을 하며, 조끼를 입히고 성대를 수술하는 등의 행위는 개의 입장에서는 학대를 당하는 고문에 지나지 않는다. 애초에 개는 옷을 원하지 않았으며, 땅에 떨어진 것을 주워 먹을 수 있는 구강구조를 갖고 태어났다.

개를 치료하고 목욕시키며 유지 보수하는데, 한 달에 몇백만 원을 쓴다는 사람을 보았다. 백만 원만으로 4인 가족이 한 달 생계를 유지하는 가난한 이웃이 우리 주변에는 아직도 얼마든지 있다. 신의 관점에서 본다면 이웃사랑을 외면하고 동물을 사랑한 그는 명백히 신에게 범죄행위를 한 셈이다.

언젠가 한밤중에 엘리베이터 앞에서 문이 열리자마자 호랑이만 한 개가 걸어 나와 기겁을 하고 뒤로 나자빠진 적이 있다. 식겁을 하고 놀란 나를 아무렇지 않게 조롱하듯 비웃고 지나가는 그 견주의 뒤통수를 향해 총이 있으면 쏘고 싶다는 충동을 느꼈다. 어린 시절에 개에 물린 경험이 있는 나와 태생적으로 개를 무서워하는 아내는 유감스럽게도 개를 매우 싫어한다. 호수공원 바로 곁에 살면서도 산책 한번 못 나가는 것은 공원을 이미 개가 점령했기 때문이다.

아파트 게시판에 치매 걸린 부모를 찾는다는 전단은 못 보았어도 애완견을 애타게 찾는다는 전단은 심심찮게 본다. 개 소음으로 민원과 분쟁이 끊이지 않음에도 비좁은 공동주택에서 개를 키우는 개념 없는 견주들의 비상식은 이미 도를 넘었다. 자신의 개를 아끼고 사랑하는 권리를 주장하기 전에 타인에게 혐오나 불편을 주지 않으려는 노력을 선행해야 마땅하지 않을까? 개념 없는 견주들에게 일정한 교육을 수료하고 라이선스를 발급해 주는 제도를 마련했으면 좋겠다는 생각이 드는 건 나만의 생각인 걸까?

개를 사랑하고 동물을 애호하는 마음이 있으므로 자신은 선하고 정의롭다고 생각하는 사람들이 의외로 많다. '동물 사랑'과 '정의'를 동일시하는 편견에 찬 이기적인 사람들이다. 대체로 이런 인생들은 개를 식용하는 사람을 매우 미개하고 저급한 인류로 취급하려는 경향이 있다. 오해하지 마시라. 우리 선조들도 키우던 개를 함부로 잡아먹지는 않았다는 기록이 있다.

빙허각(憑虛閣) 이씨(李氏)가 지은 『부인필지(婦人必知)』에 "정월에는 개를 먹지 않고, 이월에는 말을 먹지 않는다.[正狗不食, 二馬不食.]"라고 하는 제주도의 풍습을 소개하는 글이 있다.

뿐만 아니라 동음이의어인 '정구불식(鼎狗不食)'은 "한솥밥 먹는 개는 잡아먹지 않는다"라는 의미로 쓰였으며, 또 다른 '정구불식(情狗不食)'은 "정든 개는 잡아먹지 않는다"라는 뜻으로 쓰였다. 고문서에는 이와 유사한 의미의 사례가 다양하게 기록되어 있다. 가난한 농경사회의 선조들조차도 식용과 애완의 의미는 가릴 줄 아는 안목을 가졌다는 증거이다.

산 낙지를 펄펄 끓는 물에 생으로 집어넣어 삶아 먹기도 하고, 살아있는 물고기를 난도질해 회를 떠서 먹기도 하는 인생들이 왜 유독 개 만큼은 필요 이상으로 집착을 하는지 이해할 수 없다. '정구(鼎狗)'나 '정구(情狗)'가 아닌 가축을 식용한다는데 말이다. 식용과는 별개로 동물을 학대하거나 유기 또는 잔인하게 도축하는 행위는 마땅히 범죄로 처벌해야 함이 옳다.

개의 식용을 혐오한다는 안면 변장의 귀재 '김 여사'께서 자신은 동물 존중에 대한 사명이 있다면서 "동물을 존중하는 마음이 학대받는 어린이, 소외된 여성 등 소외계층에 대한 사회적 관심으로 확장돼야 한다"라고 주장하였다. 이 뉴스를 보고 나는 그야말로 기겁을 하고 말았다. 그녀에게 '국민'은 '동물'과 동급의 부류인 셈이었다. 동물은 '애완'의 대상일 수 있으나 '공경'의 대상이 될 수 없으며, 사람은 '공경'의 대상이지 '애완'의 대상이 되어서는 안 된다. 동물을 애완하는 마음으로 소외계층을 애완하겠다는 저급한 발상이 참으로 개탄스럽다.

유학에서는 사랑에 차등을 두었다. "가족을 친애하고서 사람을 인으로서 대하며, 사람을 인으로 대하고서 사물을 아끼는 것이다.[親親而仁民, 仁民而愛物]"이라고 하는 것이 유학이 주장하는 사랑의 본령이다. 유가의 사랑은 먼저 가족에게 집중된다. 그다음에 이웃과 지역 공동체로 확장되고 여유가 있을 때 동식물까지로 그 사랑을 넓혀간다.

사랑의 깊이는 '親(친애) 〉仁(어짐) 〉愛(아낌)'로 낮아지지만, 사랑의 범위는 '親(가족) 〈民(사람) 〈物(사물)'로 넓혀간다. 이것을 '방법적 차등의 사랑'이라 한다.

표절과 변신술의 대가이신 '김 여사'께서는 동물 존중에 대한 사명을 인간보다 우선하여 동물을 존중하는 마음을 확장하여 '어린이'와 '여성' 그리고 '사회적 소외계층'으로까지 확대하겠다는 것이다. 먼저 사람을 사랑하고 남는 힘으로 동물을 존중하겠다는 것이 아니라 동물을 존중하는 그 마음으로 사회의 취약 계층을 대하겠다는 것이다.

당신의 부모도 개를 존중하는 그 마음으로 개를 대하듯 부모를 대하는지 묻고 싶다. 아무리 애완견을 반려견으로 인식하는 세상이 되었다고 하지만, 개와 사람에 대한 존중을 동격으로 대우한다니 그녀의 의식 수준이 매우 저열하다. '반려견'이라는 의미조차도 맹인이나 독거노인들이 생활의 편리를 위해 함께 데리고 다녔던 데서 유래하였던 것이지, 개가 인생의 목표와 목적을 공유하는 존재는 아니란 것이다.

옛 선현들은 "백성 보기를 자기의 상처를 보듯 하라.[視民如傷]"고 하여 백성을 지극한 마음으로 아끼고 보살펴야 한다고 가르치고 있다. 한갓 동물을 애완하는 유희의 마음으로 사회의 취약 계층에게 관심을 가지겠다는 것은 매우 교만하고 위험한 발상이다.

'동물 존중'을 인간보다 우선시하는 그녀의 시각에서 국민을 애완용 개 돼지쯤으로 여기는 잠재의식을 엿보는 것 같아 기분이 몹시 언짢고 씁쓸하다.

경마와 거덜

"말 타면 경마 잡히고 싶다"라는 속담이 있다. 이때 '경마'는 과연 무슨 뜻일까? 조선 시대에도 정말 '경마장'이 있었단 말인가? 결론부터 말하자면 '경마(競馬)'라는 말은 잘못된 발음이 관습화되어 굳어진 표현이다. 본래는 경마가 아닌 '견마(牽馬)'라고 해야 옳은 표현이다.

이 말의 의미는 "말을 타면 노비(奴婢)를 거느리고 싶다"라는 뜻으로 '기마욕솔노(騎馬欲率奴)'에서 나온 말이다. 사람의 욕심이 끝이 없다는 의미이다. '견마(牽馬)'는 말을 끄는 '고삐'를 뜻하며, '잡히다'는 '잡다'의 사동사이므로 '잡게하다'라는 뜻이다. 또한 '견마배(牽馬陪)'란 남이 탄 말을 끌고 가기 위해 고삐를 잡는 '견마잡이' 곧 말몰이꾼을 의미하는 말로서 요즘으로 치자면 관용차 기사에 해당한다.

조선 시대에 '사복시(司僕寺)'라는 관청이 있었다. 사복시는 궁중의 말과 가마에 관한 일을 맡아 보던 곳으로 지금의 교보빌딩 뒤쪽에 자리하였다. 이 사복시에서 말을 돌보던 종7품의 하위 관리를 '견마배(牽馬陪)', 또는 '거달(巨達)'이라고 불렀다.

TV 사극이나 영화에서 종종 보듯, 이 '견마잡이'들이 상전이 길을 나설 때면 말고삐를 잡고서 "쉬, 물렀거라! 아무개 대감 행차 시다"라고 큰 소리로 외치면서 행인들의 군기를 잡았다. 상전의 위세를 배경으로 자신의 주제를 망각한 채, 호가호위하는 이 '거달'들의 우쭐거리는 허세를 보고 '거들먹거린다'는 말이 생겨났다. 거달이 목에 힘을 주듯이 '거달목거린다'라고 하던 것이 오늘날 '거들먹거린다'라는 표현으로 바뀐 것이다. 모시는 상전의 위세를 이용해 각종 이권의 개입에 관여한 것은 불문가지의 일이다.

이 '견마잡이'나 '거달'들의 횡포가 심하고 빈번해지자 저잣거리의 하인들은 점차 큰길을 피해 골목길로 다니게 되었다. 종로의 뒷골목 이름이 '피맛골'로 불리게 된 것은 바로 이러한 이유로, 지체 높은 사람들의 마차를 피한다는 의미의 '피마(避馬)'에서 생겨난 명칭이다.

유득공(柳得恭)의 『경도잡지(京都雜誌)』에 의하면 당상관에 한하여 두 명의 견마잡이를 둘 수 있었던 것이 조선 중기에 이르러 당상관 중에도 무관은 견마잡이를 한 명만 두도록 규정이 바뀌었다고 한다. 조선 후기에 와서는 견마의 사치가 매우 심해져서 "과하마도 견마 잡힌다"라는 말이 생겨났는데, 요즘 말로 하면 "경차를 타면서 기사를 둔다"라는 정도의 의미이다. '과하마(果下馬)'란 조랑말을 의미하는데, 말의 키가 너무 작아서 말을 타고서도 과일나무 밑을 그냥 지날 수 있다 하여 붙여진 이름이다.

또한, 살림이나 재산이 파산 상태에 이를 때 우리가 흔히 "거덜이 났다"라는 표현을 쓰는데, 이 말은 양반댁 견마잡이가 그 집의 살림살이를 기울게 할 정도로 견마 치장에 돈을 낭비했다는 의미에서 유래된 것이다.

요즈음 사헌부 출신의 망나니 칼잡이가 '본·부·장'비리 삼관왕에 등극하여 당첨 사례차 전국을 순회하는 거마 행렬에 견마잡이를 자처하는 '핵관'이들이 경쟁적으로 외치는 권마성(勸馬聲) 소리로 온 나라가 시끄럽다. 행여나 한자리 차지해 보겠다는 견마배의 충성 경쟁으로 나라의 기강과 살림살이가 거덜이 나는 건 아닌지 모르겠다.

지난날 사헌부 조직의 충직한 '견마배'로 상전보다는 조직에 충성하겠다고 소리 높여 권마성을 외치던 자가, 이제 스스로가 '검찰 공화국'의 상전이 되어 일군의 '핵관'이들을 견마배로 채용하고 있다. 그 꼴이 참으로 가관(可觀)이라고 해야 할지, 꼴불견(不見)이라 해야 할지 그저 헛웃음만 나올 뿐이다. 아무렴 왕후장상의 씨가 따로 있겠는가마는 '거달'이 공화국의 상전이 되어 '견마'를 잡히고 거들먹거리는 아름다운 세상 '검찰 공화국 만세'다.

벌 이야기

'벌'에 관한 이야기라 하여 꿀을 만드는 벌을 이야기하고자 함이 아니다. 우리 사회 곳곳에 세력을 형성하여 군림하고 있는 '벌(閥)'들을 이야기하고자 함이다. 이른바 재벌, 학벌, 군벌, 문벌, 파벌, 가벌, 세벌, 또는 벌족, 벌열 등등을 말하고 싶은 것이다.

당·송(唐·宋) 이후에 작위(爵位)가 있는 집의 대문에는 특별한 기둥을 세웠는데, 왼쪽의 것을 '벌(閥)', 오른쪽의 것을 '열(閱)'이라 하였다. '벌'은 그 집안의 공적(功績)을 의미하고 '열'은 그 집안 작위의 경력(經歷)을 의미하는데, 일종의 국가유공자 표식인 셈이다.

두 기둥의 거리는 10척(尺)이다. 기둥머리에는 기와 통을 얹었는데 이를 '오두벌열(烏頭閥閱)'이라 하였다.

閥, 積功也. 閱, 經歷也.

─『漢書』·「車千秋傳」

閥閱二柱, 相去一丈. 柱端置瓦筒, 號爲烏頭.

—『册府元龜』

이로부터 공훈(功勳)이나 공적(功績)이 있는 집안을 지칭하여 '벌열(閥
閱)'이라 하였는데, 나라에 공로가 많고 벼슬의 경력이 많은 집안이라는
'문벌(門閥)'의 의미로 사용되었다. 영어식 표현으로는 'distinguished
family'쯤 되겠다. 대대로 내려온 그 집안의 지체인 '문벌'을 다른 말로는
'가벌(家閥)', '문지(門地)', '세벌(世閥)' 등으로 불렸는데, 특별히 신분이 높
은 가문(家門)의 일족(一族)을 '벌족(閥族)'이라 하였다. 이때의 '벌열(閥閱)'
이란 매우 영광스럽고 자랑스러운 영예로서 국가로부터 공인된 훈장과
같은 것이었다.

그러나 옛날의 '벌열'은 불의에 분노하고 정의에 희생하여 국가와 민족
에 공을 세워서 받은 영예의 상징이었던 반면, 지금의 '벌열'은 국가와 국
민을 겁박하여 한몫을 챙기려는 권력자들의 수탈을 상징하는 완장이 되
고 말았다. 반칙과 특권으로 자신의 이권만을 추구하며 불의는 참아도 불
이익은 못 참는 저급한 근성을 가진 권력 집단이 현대의 '벌열'이다.

현대 사회 '벌열'의 무리는 다양한 세력의 형태로 진화를 거듭하고 있
다. 재계(財界)에서 큰 세력을 가진 자본가나 대규모의 기업 집단을 이룬
부호들이 '재벌(財閥)'이요, 군부(軍部)를 중심으로 정치 세력화한 집단이
'군벌(軍閥)'이요, 학문을 닦은 정도를 가늠하는 출신 학교의 사회적 지위
나 등급이 '학벌(學閥)'이요, 권력을 독점하려는 욕망으로 세력화한 정치
집단이 '권벌(權閥)'이며, 개인적인 이해관계에 따라 갈라진 사람들의 집
단이 '파벌(派閥)'이다.

이에 더하여 최근에 청와대를 중심으로 한 신흥 벌족이 탄생하였다. 이른바 검사(檢事)들로 구성된 '검벌(劍閥)'이 그것이다. 이들은 '수사'와 '기소'라는 양날의 검을 가진 칼잡이들로서 국가가 부여한 합법적 깡패들이다. "수사권 가지고 장난치면 그게 깡패지 검사냐"라고 스스로 말하지만 실제로는 '기소로 명예를 얻고 불기소로 돈을 버는 족속들'이다. 이들의 권력 동맹은 건국 이래 가장 막강한 엘리트 파워 군단을 형성하고 있다. 이 벌족들의 이너서클에 의한 견고한 카르텔이 여전히 우리 사회를 지배하고 있다.

그러나 이제는 '벌열'이 부끄러운 시대가 됐다. 자랑스러워야 할 그들의 공적이 어떤 방법과 무슨 수단에 의해 이루어졌는지 적나라하게 세상에 드러났기 때문이다. 세속적 욕망에 눈이 먼 정치권의 '권벌'과 '검벌'들의 부끄러운 민낯들이 매스컴을 통해 속속 밝혀지고 있다. 민주화를 이루어 가는 동안 재벌들의 잇따른 구속과 사면을 통해 비약적인 경제성장과 극소수에게 편중된 부의 축적이 어떤 이권과 결탁하여 어떤 방법으로 이루어졌는지 만천하에 탄로가 난 것이다.

현대 사회는 이제 '벌(閥)'이 더 이상 존경과 영예의 상징이 될 수 없다. 오히려 반칙과 특권의 상징이 되어 타도의 대상으로 전락하고 말았을 뿐이다. 그리고 또 하나 우리에게 매우 슬픈 역사적 진실은 타락하지 않은 집단도 타락하지 않은 인간도 없는 이 불온한 시대에 촛불 또한 하나의 허상에 불과하였을 뿐이라는 것이다.
매우 안타깝고 슬픈 일이다.

거필택린(居必擇隣)

이웃의 가치

중국 남북조시대 「송사(宋史)」에 나오는 이야기다. '송계아(宋季雅)'라는 사람이 퇴임을 앞두고 이사를 하면서 시가가 백만금(百萬金)에 불과한 집을 오히려 웃돈을 얹으며 천만금(千萬金)이라는 거금에 샀다 한다. 그 집은 전망이 좋은 쾌적한 집도 아니요, 투자의 가치가 높은 역세권도 아니었다. 그저 '여승진(呂僧珍)'이라는 사람의 옆집이었을 뿐이었다. 여승진은 온화인 인격의 청백리로서 당대의 존경을 받는 인물이었다. 여승진이 그 까닭을 물으니, 송계아가 말하기를 "백만금은 집값이고 천만금은 당신의 이웃이 되는 값"이라 하였다.

'백만매택 천만매린(百萬買宅 千萬買隣)'이라는 고사가 전해지는 대목이다. 이는 "백만금으로 집을 사고, 천만금으로 이웃을 산다"라는 뜻으로 집을 구할 때는 좋은 이웃을 선택하여야 함을 비유하여 이르는 말이다. 거처할 곳을 선택할 때는 반드시 먼저 이웃을 살펴보고 결정하라는 '거필택린(居必擇隣)'의 고사가 바로 이에 해당하는 말이다.

이제는 전통 시대의 농경사회처럼 여승진 같은 사람과 이웃할 수 없는 복잡 다변한 사회구조가 되어버렸지만, '여승진'일 수도 '송계아'일 수도 없는 내 처지가 매우 딱하다. 좋은 이웃을 만나고자 하는 소망은 사람이면 누구나가 갖는 인지상정의 바람일 것이다. 그러나 자신이 좋은 이웃인지 혐오스러운 이웃인지에 대한 판단은 매우 객관적이고 도덕적인 자기 성찰이 필요한 일이다. 대개의 사람은 자신은 언제나 선량한 '피해자'라고 생각하고, 상대와 이웃은 무례하고 혐오스러운 '가해자'일 것이라고 단정 지으며 매서운 경계의 눈초리를 감추지 않는다. 나 또한 이러한 사고의 오류로부터 자유롭지 못한 인생임을 밝혀 둔다.

그러나 '좋은 이웃'과 '불편한 이웃'의 차이에 대한 변별은 자신의 권리와 타인의 권리가 충돌할 때 발생한다. 이웃과의 사이에서 권리의 충돌이 발생할 때 자신의 권리를 먼저 절제할 줄 안다면 적어도 이런 류의 사람은 좋은 이웃이 되기에 충분한 사람이다. 반면 자신의 권리를 행사할 때 이웃의 피해나 고통을 고려하지 않고 타인의 권리에 둔감한 사람이라면 이는 혐오스러운 이웃이 되기에 충분한 조건을 갖춘 사람이다.

최근에 나는 '주택임대차보호법'이라는 매우 불평등하고 불공정한 법 때문에 금전적 손실은 물론이고 엄청난 정신적 고통을 겪었다. 전에 살던 집을 혹자에게 전세를 주었는데, 참으로 고약한 세입자를 만나 상상조차 못 해본 '임차인'의 갑질과 수모를 견뎌야만 했다. 사 년 전 계약 시, 자신의 어려운 처지의 경제적 사정을 호소하기에 동정심에 미혹되어 매매가의 절반밖에 안 되는 금액으로 그 지역에서는 가장 싼 가격에 임대 해주는 선행을 베풀었음에도 불구하고, 계약만료 시점이 이르자 뜻밖에도 임차인의 어처구니없는 요구와 횡포에 시달리며, 온갖 수모와 고초를 당하였다.

심약한 아내는 분쟁을 싫어하고 면전에서의 언쟁을 두려워하기에 임차인의 상식을 초월하는 무례하고 턱없는 요구조건을 모두 수용해 주고 말았다. 그야말로 은혜를 원수로 갚는 흉악한 인생을 만난 것이다. 이런 흉악한 인생을 상종하기 싫어 상식을 파괴하는 요구에 그저 순순히 응하고 마는 나와 아내야말로 진정한 '사회적 약자'로구나 하는 탄식이 절로 나왔다. 아마 사회적 약자가 아니라면 반드시 '사회적 호구'일 것이다. 다시 기억하여 고통을 반복하고 싶지 않아 더 이상의 언급은 피하고 싶지만, 돌이켜보니 나 같은 모지리가 세상에 또 있을까 싶어 자꾸 한숨만 나온다.

"나는 인류를 생각하면 사랑의 마음으로 가득 차지만, 이웃만 생각하면 혐오감 때문에 견딜 수가 없다"라고 했던 러시아의 어느 작가의 말에 지극히 공감이 간다. 예수처럼 원수 같은 이웃을 사랑할 만한 자비도 없거니와 공자처럼 남에게 인의 덕을 끼칠 아량도, 도량도, 역량도 없는 나와 같은 범용한 인생은 그저 염치와 체면만을 중시할 뿐, 불편한 이웃은 오직 피하고 싶은 혐오의 대상에 불과하다. 굳이 이웃의 인격과 교양과 상식에 대해 비난하고픈 마음은 전혀 없다. '선(善)'과 '악(惡)', '성(聖)'과 '속(俗)'이 함께 공존하는 세상, 인간사 어디에나 비상식적 일들과 몰상식한 인간들은 반드시 존재할 것이기 때문이다.

그렇다면 이웃의 범위는 어디까지일까? 나는 나의 옆집에 사는 사람이 누구인지 모른다. 이곳에 사는 동안 옆집의 입주자가 수시로 바뀐 탓도 있지만, 아파트 생활이 익숙해지면서부터 이웃을 모르고 살게 된 지 이미 오래되었다. 전통사회에서는 이웃의 범위를 물리적 거리로서 한계를 구분하였다. 농경사회에서 이웃의 개념은 일상의 대소사를 함께 나누며 모든 정보와 비밀을 함께 공유하는 매우 친밀도 높은 사이를 의미한다. 거의 일가와 동급에 해당하는 관계라 할 수 있겠다. 경주 최부자가 "사방 백리에 굶어 죽는 사람이 없게 하라"고 했던 것은 최부자의 이웃의 범위가 사방 백 리에까지 이르렀음을 보여준다고 하겠다.

가상공간의 네트워크로 연결된 현대사회에서 이웃의 의미는 '거리'에 있는 것이 아니라 '소통'에 있다. 이웃의 의미가 물리적 거리보다는 공간적 소통이 우선시 되는 세상이 된 것이다. 일찍이 당나라 왕발이 친구 두 소주를 전별하며 지은 시에서 "세상에 마음이 통하는 친구가 있다면 하늘 끝에 있어도 가까운 이웃과 같다"라고 하였다.

海內存知己 - 해내존지기
天涯若比隣 - 천애약비린

현대사회의 이웃은 더 이상 물리적 거리에 장애가 되지 않는다. 소통할 수 있다면 거리에 관계없이 누구나 이웃이 될 수 있는 세상이다. 오프라인에서의 친구가 '추억'을 공유하며 '가치'를 지향하는 사이라면 페북에서의 친구의 조건은 '소통'과 '공감'에 있다. 그러나 페·친의 수가 많다 하여 소통과 공감의 완성도가 높은 것은 아니다. 양적 팽창은 반드시 질적 저하를 부르게 되어있다. 또한 '좋아요'가 반드시 지적 동의나 정서적 공감을 의미하는 것이 아닐 수 있음도 깨달아야 한다. 그저 당신의 글을 잘 읽었다는 의례적 인사의 흔적이거나 왔다가 간다는 표식의 수단에 지나지 않을 수도 있다. 어쩌면 동감하지 않거나 공감이 없는 글은 절대 다수에게는 스팸이 되고 있는지도 모른다.

장온고가 당 태종에 바쳤던 경계의 잠언서 「대보잠(大寶箴)」에서 "여덟 가지 산해진미를 앞에 늘어놓아도 먹는 것은 입에 맞는 것 몇 가지에 지나지 않는다"라고 하였다.

羅八珍於前所食不過適口 – 나팔진어전소식불과적구

그의 말처럼 페·친 수가 비록 수천이라 할지라도 소통하며 공감하는 사람은 소수의 몇 사람에 불과할지 모른다. 며칠 전 페북을 통해 소통하던 이웃을 가상의 공간이 아닌 현실의 세계에서 처음 대면하였다. 소위 '번개'라는 걸 하였다. 페북의 인연이 현실의 만남으로 이어진 것이다. '과연 이런 일이 가능할 수도 있구나' 페북을 통해 만난 이웃과 친구가 될 수도 있음에 신선한 충격을 느꼈다. 나의 편견과 왜곡의 비늘이 벗겨지는 경이와 신비의 시간이었다.

누군가는 친구와 포도주는 빈티지가 중요하다 했지만, 그것이 일리(一理)는 있을지언정 천리(天理)나 진리(眞理)가 되지는 못한다. 『사기(史記)』에 '백두여신(白頭如新) 경개여고(傾蓋如故)'라는 말도 있지 않은가?

어려서부터 백발이 되도록 오래 사귀었어도 새롭고 낯설게 여겨지는 사람이 있는가 하면, 길을 가다 만나 수레 옆에서 잠깐 양산을 기울인 채 이야기를 나누고도 오랜 친구처럼 친하게 느껴지는 사람이 있다는 말이다. 이런 의기 상통할 친구가 각 도마다 하나쯤 있었으면 좋겠다는 생각을 잠시 해보았다. 철 따라 친구를 찾는 설렘으로 어디로든 여행을 떠날 수 있다는 것만으로도 삶이 윤택해지리라.

온라인에서의 소통도 '예(禮)'와 '성(誠)'을 다할 때만이 진실한 친구가 될 수 있음을 깨닫는다.

창가책례(娼家責禮) 도문계살(屠門戒殺)

유학을 공부하는 사람들 사이에서 우스갯소리로 떠도는 '신-사단논쟁(新 -四端論爭)'이란 것이 있다. 이는 고봉 기대승과 퇴계 이황의 '사단칠정 논 쟁'을 패러디한 것으로 내용은 다음과 같다.

어느 고을에 '4×7=27'이라고 주장하는 사내와 '4×7=28'이라고 주장 하는 사내가 서로 자기의 주장이 옳다고 우기다가 급기야는 싸움이 벌어 졌다. 마침내 두 사내는 고을 원님을 찾아가 시비를 가리고자 하였다. 사 연을 전해 들은 고을 원님은 '4×7=27'이라고 주장하는 사내를 풀어주라 명하고, '4×7=28'이라고 주장하는 사내에게는 곤장 열 대를 치라 명하 였다. 도저히 억울해서 견딜 수 없었던 '4×7=28' 사내가 원님에게 따져 묻자, 원님이 말하기를 "아니 이 사람아! 도대체 '4×7=27'이라고 주장할 정도로 멍청한 놈과 끝끝내 싸우는 사람이 더 멍청한 놈이지, 자네를 벌 하지 않으면 누구를 벌하겠는가?"라고 하였다.

내 나이 또래의 사람들은 대체로 '지연'이나 '학연' 등의 공동체적 관계를 매개로 친구 관계가 형성된다. 감성의 촉이 가장 왕성한 청춘의 시절에 서로 대가 없이 만나, 상대의 인격에 감응하기보다는 소위 분위기에 꽂혀 쉽게 친구가 된다.

친구라는 이유만으로 시간과 공간을 서로에게 제공하며 일정 부분 비밀을 공유한 채 친밀도를 더해간다. 철없던 시절 자신이 맺은 이 인간관계가 평생의 우정일 것이라고 그 시절 나는 속절없이 단정하였다.

천명(天命)을 알고 귀가 순해질 나이가 되어서야 비로소 나는 '추억'을 공유한다고 해서 친구가 되는 것이 아니라 '지향하는 가치'가 공유될 때 진정한 친구가 될 수 있다는 것을 깨달았다. 친구의 첫째 조건은 '가치의 공유'이고 둘째 조건은 서로 '교학상장(敎學相長)'이 담보되는 관계여야 한다. 가장 불행한 친구의 조건은 추억을 담보로 의리를 구걸하며 서로에게 '반면교사'가 되는 것이다. 기억 저편에 남아있던 오랜 친구를 만나던 날. 안목의 빈곤 속에서 착시하였던 허상들을 왜곡된 기억으로 추억해 왔던 나의 몽상이 얼마나 허망한 환상이었는지를 처절히 깨달았다.

"고독이란 잠시 방문하기에는 좋은 장소이지만, 오래 머무르기에는 매우 쓸쓸한 곳이다"라고 하였던 버나드 쇼의 말처럼 추억이란 것도 기억 속에 머물러 있을 때 아름다운 것이지, 굳이 현실로 소환해 내었을 때 그것이 얼마나 허망하고 왜곡된 인지 부조화의 망상이었는지를 확인하게 될 뿐이다. 소위 사회학에서 말하는 '합성의 오류'라는 것 말이다. "개별적 부분으로는 참이지만 그 부분들의 결합이 반드시 참일 수 없다"라는 명제 말이다. 단편적 기억으로 남았던 아름다웠던 순간들이 실체적 존재로 현실에서 마주하였을 때, 반드시 아름다운 모습으로만 다가오지는 않는다는 사실 말이다.

일정 시간 기억의 지분이 있다고 해서 서로에게 지분 이상으로 많은 공백이 있었다는 것을 망각한 채, 추억을 담보로 현재 상대의 인격이나 가치를 함부로 규율하거나 재단해서는 매우 곤란하다. 스무 살 청년 때의 기백과 의기의 투합이 매우 가상하고 순수하기는 하나 일생을 그런 기분과 치기 어린 낭만으로 산다면 그것은 매우 불행한 인생이 아닐 수 없다. 현실의 세계는 순정만화와 같은 환상의 세계가 아니다. 과거 자신의 경험에만 안주한 채, 사상과 인격이 성장하지 못하여 스스로 안목의 빈곤을 깨닫지 못하고 오로지 자신의 눈높이에서 자신의 소견에 좋은 대로 세상 모든 것을 재단하고 규율하려 든다면 이는 독단의 도그마에 빠진 매우 위험한 발상이다.

'자기중심주의'에 빠져 역사와 자신을 객관화하려는 일체의 노력조차 없이 사물을 보고 싶은 대로 보고, 보이는 대로 믿으며 자신의 인식을 정당화하는 그들의 고집 앞에 '상식'과 '예의'를 설득하고자 하는 나의 노력이 참으로 허망하였다.

농경사회에서 태어나 산업화 시대에 교육을 받으며, 민주화 시대에 청춘을 바치고 정보화 시대에 퇴물이 된 시대의 동지가 아니었던가? 명색이 사대문 안에서 중고등학교를 나오고, 유신의 독재를 누구보다 치열하게 겪었던 동시대의 전우라 여겼던 그들에게서 박정희에 대한 향수와 윤석열의 공정을 전해 듣게 되리라곤 꿈에서조차 상상하지 못하였다. 우연한 기회에 참석하게 된 동창 모임에서 나는 맹수 앞에 홀로 발가벗겨진 기분이었다.

화석화된 인식과 미분화된 사고의 편견이 갖는 그들의 무지는 재앙에 가까운 수준이었다. 자신이 세상의 중심이 되어 '내 취향에 맞으면 선이요, 내 기분에 맞지 않으면 악'으로 규정하는 그 단순 무식이 참으로 경악스러웠다. 편협한 시야의 틀 안에서 대롱으로 세상을 보려는 옹졸한 시각과 자신이 겪은 경험만으로 상대를 제압하려는 그 옹고집에 아연실색할 뿐이었다.

인생에는 변하지 않을 것도 있어야 하는 반면, 끊임없이 변화하고 순환해야 할 것도 있다. 흔히 '궁즉통(窮則通)'이라 한다. 주역에서는 "궁즉변(窮則變)이요, 변즉통(變則通)이요, 통즉구(通則久)요, 구즉궁(久則窮)"이라 말한다. 인생은 누구도 이 변화와 순환의 사이클에서 자유로울 수 없다. 그러므로 '구(久)'하면 결국 '궁(窮)'에 이르고 '궁(窮)'하면 다시 '변(變)'해야 하지 않겠는가?

누가 말했던가? "포도주와 친구는 빈티지가 중요하다"고, '일리(一理)'가 있을지는 몰라도 결단코 '진리(眞理)'나 '천리(天理)'가 될 수는 없는 소리이다. "백두여신, 경개여고(白頭如新, 傾蓋如故)"란 말도 있지 않은가? 하루를 만나도 십 년을 만난 것 같은 지기가 있을 수 있고 십 년을 만나도 낯설게 느껴지는 사람도 있을 것이다.

"빈궁할 때 사귄 친구는 잊어서는 안 된다.[貧淺之交不可忘.]"라는 말을 반드시 금과옥조로 삼을 일만도 아니란 생각이 든다. "술은 지기를 만나면 천 잔도 적고, 말은 뜻에 맞지 않으면 한마디도 많다.[酒逢知己千鍾少,

話不投機一句多.]"라고 하였는데, 추억 속의 인간을 현실에서 만나고 나니 '창기의 집 앞에서 예를 책망'하고, '도살장 앞에서 살생을 경계'하는 것만 같은 면벽 불통의 심정으로 그저 참담하였다. 막걸리가 깨고 나서야 밤새 '미분', '적분'을 함께 논쟁하였던 친구가 구구단조차 못 외우고 있다는 사실을 깨달았다. 그제야 비로소 '신-사단논쟁(新-四端論爭)'에 휘말렸던 나의 어리석음을 크게 후회하였다.

지난날 자신을 자학하고 스스로 싸구려로 살아왔던 삶이 명백하게 반증된 셈이다. 나 자신의 인생에 대한 분노 때문에 스스로 용서하기가 매우 힘겨운 날이다.

파행(跛行)

파행이라 할 때의 '파(跛)'는 '절뚝발이'라는 말로서 파행은 절뚝거리며 온전하게 걷지 못함을 나타내는 말이다. 우리의 언어와 문자는 파행을 거듭하고 있다. 백 년 전 자국의 언어로 된 문자를 자국민의 99%가 해독(解讀)하지 못하는 지구상의 유일한 국가가 바로 우리가 사는 대한민국이다.

백 년 전 평균적 일반인이 국한문 혼용으로 작성한 매우 소략한 문상 편지가 전해진다. 내용은 아래와 같다.

伏承外祖父主喪事는 承訃驚悼하오며 未能參禮葬儀하오니 伏悚無比외다. 伏願强加粥食하시와 不至大悲하시옵소서 陽歲末에 或有還庭之路 則期於拜謁伏計입니다 疏上

十二月 四日 外甥
梁聖承 伏疏

삼가 외조부님의 상사를 받은 일은 부고를 받고서 놀랍고 슬퍼하오며 장의(葬儀)에 참례할 수 없사오니, 송구한 마음을 비할 수 없습니다. 삼가 바라건대 억지로라도 죽과 밥을 더 하시어 큰 슬픔에 이르지 않게 하시옵소서. 양력 연말에 혹 집에 돌아가는 일이 있다면 찾아뵐 기약을 삼가 계획합니다.

12월 4일 외손자 양성승 올림

당시 함께 통용되었던 한자 전용으로 쓴 전통 간찰(簡札)에 비하면 매우 초솔한 초학자 수준의 편지이다.

언제부터인가 우리는 모택동(毛澤東)을 '마오쩌둥'으로 등소평(鄧小平)을 '덩샤오핑'으로 강택민(江澤民)을 '장쩌민'으로 호금도(胡錦濤)를 '후진타오'로 습근평(習近平)을 '시진핑'으로 부르고 있다. 중국의 개혁개방 이후 친중파 공산주의 계열의 인물들이 나타나면서 우리식 발음을 버리고 중국식 발음으로 인명과 지명을 읽는 풍조가 나타나기 시작했다. 우리가 '중공'을 '중국'으로 격상하여 칭하기 시작하면서부터 대국(大國) 종속에서 비롯된 문자 사대주의와 잠재된 중화주의가 되살아난 것으로 보인다.

행여 저와 같이 산업화 시대에 교육을 받았던 분들께서는 '저우언라이'와 '류사오치'를 기억하고 계실지 모르겠다. 아마 고개를 갸우뚱하다가도 '주은래(周恩來)'와 '유소기(劉少奇)'라 하면 금방 알아들을 것이다. '꾸이린'이나 '루워양'은 몰라도 '계림(桂林)'이나 낙양(洛陽)이라 하면 쉽게 알 것이다. 군이 인명과 지명을 중국식 발음으로 고집한다면 공자나 맹자, 구양수와 소동파, 주돈이나 소강절 등은 어찌할 것인가? 1911년 '신해혁명'을 기점으로 그 전은 기존대로 하고 그 후는 중국식 발음으로 한다는 정부의 안이 얼마나 졸속하고 옹색하며 근시안적 발상인가?

알파벳 문자를 사용하는 언어권에서는 라틴어가 문자의 본류이다. 그러나 저마다 모두 자국의 언어로 발음한다. 베드로를 영어권에서는 '피터(Peter)', 바울을 '폴(Paul)', 요한을 '존(John)'이라고 하는 것처럼 우리에게도 한자를 읽는 우리 고유의 방식이 있다. 이것을 굳이 원음대로 발음해야 할 이유가 어디에 있을까?

미국을 중국에서는 '아미리가합중국(亞美理駕合衆國)'이라 하는데 줄여서 '미국(美國)'이라 하고 일본은 '아미리가(亞米利加)'라 하다가 줄여서 '미국(米国)'이라 한다. 우리는 중국의 표기를 따랐다. 잉글랜드는 '영길리국(英吉利國)'을 줄여서 '영국(英國)'이라 하고 프랑스는 '불란서(佛蘭西)'라 하였다. 그러나 도이치란드의 경우, 중국에서는 '덕의지(德意志)'로 불리다 줄여서 '덕국(德國)'이 되었고 일본은 자신의 방식으로 음차하여 독일(獨逸)이라 하였는데, 식민지 시절 우리는 일본식 발음을 따랐다. 오스트레일리아는 '호사타랄리아주(濠斯太剌利亞洲)'였던 것을 줄여서 '호주(濠洲)'가 된 것이다.

한글은 표음문자인 소리글이다. 어떤 나라의 어떤 발음도 완전하게 소화해 낼 수 있다. 도대체 왜 뜻도, 의미도, 원칙도 없이 마구잡이 식으로 그들의 방식을 따라야만 할까? 지금 우리가 불란서라 하지 않고 '프랑스'라고 하는 것처럼 '잉글랜드', '도이치란드', '오스트레일리아' 하면 될 일을 굳이 뜻도 원칙도 없이 영국(英國), 독일(獨逸), 호주(濠洲)라고 하는 것이 대관절 무슨 의미가 있더란 말인가?

기독교의 '기독(基督)'은 하느님이나 예수와 아무런 관계가 없다. 뜻도 의미도 없이 그저 중국인들이 음차한 것에 불과하다. '기리사독(基利斯督)'이라는 단어의 준말인데, 한자 자체에 아무런 의미가 없다. 기리사독(基利斯督)은 중국식 발음으로 '지리스뚜'인데 이것은 '크리스트'를 음차한 것에 불과하다. 우린 그저 '그리스도교'라고 하는 것이 의미에도 적합하고 문자 사대주의를 극복하는 길이다.

우여곡절 끝에 '국민학교'를 '초등학교'로 개칭하였다. '국민(國民)'이란 말이 '황국신민(皇國臣民)'의 준말로서 "천황이 다스리는 나라의 신하가 된 백성"이라는 뜻을 담고 있기에 일제의 잔재를 청산한다는 의도는 좋지만, 고민되는 부분이 한둘이 아니다. 그렇다면 '국민 투표'의 국민은 어찌할 것이며 '국민 가수'의 국민은 어찌할 것인가? '국민'이라는 말 자체가 우리에겐 없다. '인민(人民)'이라는 좋은 말이 있지만, 북한에서 쓴다고 하여 이념의 대립 때문에 금기시하고 있다. 언어에 무슨 죄가 있단 말인가?

어찌 그것뿐이겠는가? 정치, 경제, 민주, 철학, 국민, 정부, 과학, 전기, 전자, 철도, 통신 등등 우리가 쓰고 있는 한자 말 가운데 2만여 자가 모두 일제에 의해 만들어진 단어들이다. 이 모든 것들을 청산하고 순우리말로 의사소통이 가능할 수 있겠는가? 참으로 주체성과 자주성이 결여된 슬픈 민족이다.

나는 한자 전용 주의자가 아니다. 한자 전용 시대로 돌아가자는 말이 결코 아니다. 무조건 한글 사용만이 애국이라는 국수주의적이고 소아병적인 발상으로 한자를 폐기한 대가에 따르는 언어와 문자의 폐해를 말하고자 함이다. 문자와 언어의 사대주의로 인한 일관성 없는 어문 정책과

외세의 압력에 고정불변의 원칙을 지켜내지 못한 자주성이 결핍된 안타까운 민족성을 자성하고자 함이다.

찌개와 전골(氈骨)

오늘 나와 점심을 함께한 동료 학자가 내게 '찌개'와 '전골'의 차이를 아느냐고 물었다. 내심 아는 척하고 싶었는데, 묻는 의도가 궁금해 그의 이야기를 가만히 들었다. 그랬더니 '찌개'는 주방에서 끓여서 나오는 것이고, '전골'은 처음부터 식탁에서 끓이는 것이라 한다.

물론 일정 부분 일리가 있는 말이다. 그러나 내가 자료를 조사해 본 바에 의하면 '전골'이라는 말은 조리의 방법에 대한 말이기보다는 냄비의 형태에서 유래한 것으로 '전립투(氈笠套)'라는 단어에서 나온 말이다. 장지연(張志淵)의 『만국사물기원역사(萬國事物紀原歷史)』에는 "전골(氈骨)은 상고시대 진중에서는 기구가 없었으므로 진중 군사들이 머리에 쓰는 전립을 철로 만들어 썼기 때문에 자기가 쓴 철관을 벗어 음식을 끓여 먹었다. 이것이 습관이 되어 여염집에서도 냄비를 전립 모양으로 만들어 고기와 채소를 넣어 끓여 먹는 것을 전골이라 하여 왔다"라고 그 유래를 설명하고 있다.

조선 후기 북학파 계열의 실학자인 유득공(柳得恭)의 『경도잡지(京都雜誌)』에는 "냄비 이름에 '전립투(氈笠套)'라는 것이 있다. 그 모양이 벙거지 같다고 하여 이러한 이름이 생겼다고 한다"라고 설명하고 있다. 조선시대 군졸들이 쓰던 벙거지를 전립투라 하였는데, 여기에 섞는다는 뜻의 '골(滑)'을 붙이면 '전립투골(氈笠套滑)'이 된다. 그러므로 지금 우리가 사용하고 있는 '전골'이란 말은 바로 '전립투골'에서 유래한 것이다.

이에 비해 찌개는 '뚝배기'나 '작은 냄비' 따위에 국물을 넉넉하게 하여 고기나 채소, 두부 등을 넣고 갖은양념을 하여 끓인 반찬을 말한다. 그러므로 찌개와 전골의 차이는 요리의 방식이나 재료의 구분에 있는 것이 아니라 냄비의 형태를 두고 하는 말인 셈이다.

한편, 유득공의 경도잡지에는 '승기악탕(勝妓樂湯)' 또는 '승가기(勝佳妓)', '승기악(勝妓樂)' 등의 이름이 나오는데 이는 모두 '스키야키(すきやき)'를 음차한 것으로 그 의미는 '기생이나 음악보다 낫다'라는 뜻을 담고 있다. 조선의 벙거지골[전립투골-氈笠套滑]이 일본으로 건너가 스키야키(すきやき)가 되고 이 스키야키(すきやき)가 조선과 가까운 김해로 들어와 승기악탕(勝妓樂湯)이 되었다고 주장한다.

또한, 위관(葦觀) 이용기(李用基)가 지은 『조선무쌍신식요리제법(朝鮮無雙新式料理製法)』에도 지금 우리가 사용하는 '전골(煎骨)'이라는 명칭을 '신선로(神仙爐)', '탕구자(湯口子)', '열구자(悅口子)', '전립골(戰笠骨)', '전립투(氈笠套)' 벙거지골 등으로 불렸으며, 이것을 '승기악탕(勝妓樂湯)'이라는 이름으로 설명하고 있다.

그러나 일본의 '스키야키(すきやき)'가 승기악탕의 원형이라고 주장하는 이들은 승기악탕이 18세기 동래 왜관을 통해 전해졌다고 말한다. 이들은 승기악탕에 관해 처음 기록된 18세기의 여성 실학자 빙허각이씨(憑虛閣李氏)가 지은 『규합총서(閨閤叢書)』를 인용해 자신의 주장을 뒷받침하고 있는 것이다.

"살찐 묵은 닭의 두 발을 잘라 없애고 내장도 꺼내 버린 뒤, 그 속에 술 한 잔, 기름 한 잔, 좋은 초 한 잔을 쳐서 대꼬챙이로 찔러 박오가리, 표고버섯, 파, 돼지고기 기름기를 썰어 많이 넣고 수란(水卵)을 까 넣어 국을 금중감 만들 듯하니, 이것이 왜관(倭館) 음식으로 기생이나 음악보다 낫다."

위의 내용을 들어, '스기야키(杉燒き)'가 '승가기(勝佳妓)' 또는 '승기악탕(勝妓樂湯)'으로 음차 되었다고 주장한다. '승가기(勝佳妓)'나 '승기악(勝妓樂)'에 대해 '기생이나 음악보다 낫다'라고 해석하는 이유는 민간어원설이 작용했기 때문이라 하며, 승기악탕은 본래 일본으로부터 전래된 음식이라고 주장한다.

어쨌거나 원조가 어디인지보다는 '찌개'와 '전골'의 구분이 확실해진 데 대해서 서로 이견을 달지 않기로 하였다. 이어지는 대화에서 '죽(鬻)'과 '미음(米飮)'의 구분과 차이에 대해서 논하였는데, 그것은 '농도'의 차이로 구분하기로 결론을 내었다.

'죽보다 농도가 훨씬 묽은 것은 미음이다.'

왜냐고, 미음에는 마실 '음(飮)' 자가 들어가기 때문이다. 이것이 오늘 하릴없는 우리의 밥상 토론의 결론이었다.

용서(容恕)

'용(容)'은 집 면(宀) 자에 골짜기 곡(谷)을 더한 글자이다. '곡(谷)'은 계곡의 입구를 형상화한 것이다. '용(容)'의 본뜻은 사람과 가재도구 등을 수용하는 '집'과 낮은 곳에서 계곡의 물을 수용하는 '골짜기'의 이미지를 유추하여 '받아들이다'를 본뜻으로 삼은 것이다. 금문의 자형에는 '內'(안 내)와 '口'(입 구)로 이루어져 있으므로, '內'를 納(들일 납)으로 보고 '口'는 그릇의 입으로 유추하여 "어떤 물체를 용기에다 넣는다"라는 의미를 형상화한 글자로 보기도 한다. 어쨌거나 '용(容)'의 원래의 뜻은 '담다', '수용(收容)하다'의 의미에서 시작되었다.

'서(恕)'는 같을 '여(如)' 자에 마음 심(心)을 더한 글자이다. '여(如)' 자의 '여(女)'는 다소곳이 앉아있는 여자의 모습이 아니라 묶인 채 꿇어앉은 전쟁포로의 상형이며, '구(口)'는 실정대로 털어놓는 말을 의미한다고 주장하는 설도 있고, '말(口)을 잘 따라야 하는 여인(女)', 즉 순종적 존재로서의 여성의 입에서 본뜻을 추출했다고 주장하는 설도 있다.

허신의 『설문해자(說文解字)』에는 '여(如)'의 의미를 '종수(從隨)'. 즉, '따르다', '같다'의 의미로 풀이하고 있다. 그래서 "'서(恕)'는 마음(心) 가는 대로(如) 하다"라는 의미를 갖게 되었다. 그러므로 '용서(容恕)'는 마음속에 어떤 것이라도 들어올 수 있도록 마음을 비우는 것이요, 그 비워진 마음(心)이 시키는 대로(如), 그 마음이 가는 대로 하는 것을 말한다.

오늘 산적 친구들과 함께 북한산에 올랐다. 난생처음 비봉, 향로봉, 족두리봉, 사모바위 등을 등반하였다. '비봉(碑峰)'은 신라 진흥왕의 순수비(巡狩碑)가 있어서 붙여진 명칭이고 '향로봉(香爐峰)'은 탕춘대성 방향에서 바라보면 향로처럼 생겼다 하여 붙여진 명칭이며 '족두리봉'은 보이는 대로 족두리 모습 같아서 붙여진 명칭이라 한다. '사모봉'은 누군가를 사모하는 '사모(思慕)'인 줄 알았으나 사모관대의 사모(紗帽)에서 유래하였다 한다.

산에 올라 세상을 바라보니, 마치 세상의 군상이 개미굴과 같이 작고 하찮게 보였다. 멀리 일산 김포까지 전망이 한눈에 들어왔다. 평소에 거실 창문으로 아련하게만 보이던 북한산 정상에 내가 서 있다는 것이 실감이 나지 않을 정도로 신기하였다. 개미굴같이 작고 하찮게 느껴지는 세상을 내려 보노라니, 문득 백거이의 '대작(對酌)'이라는 시가 생각났다.

> 달팽이 뿔같이 조그만 땅에서 무슨 일로 다투는가?
> 부싯돌 불빛 같은 찰나의 순간 속에 사는 인생인데
> 풍족하든 부족하든 이 또한 기뻐하여라
> 입 벌려 웃을 줄 모른다면 이는 어리석은 사람이지

蝸牛角上爭何事, 石火光中寄此身.
隨富隨貧且歡樂, 不開口笑是痴人.

— 對酌 - 술잔 마주하고

육십 년 전, 이 지구라는 별에 내가 오기 전에도 하늘은 푸르고, 맑은 흰 구름이 떠다니고 있었다. 언제쯤일지 모르지만 내가 이곳을 떠난 후에도 태양은 여전히 빛나고 있을 것이다. 그 누군가는 맑은 하늘 떠다니는 흰 구름을 보며, 삶과 죽음이란 무엇인가 고뇌할지도 모른다. 어쩌면 세인 중에는 백거이처럼 초연한 인생이 나올 수도 있을 것이다.

난들 또 백거이처럼 인생을 초연하게 살아서는 안 된다는 법이 있더란 말인가? 마음에 욕망과 집착을 내려놓고 '용서'하기로 하였다. 공적인 일이야 내 영역 밖의 일이니 어쩔 수 없다 하더라도 사적인 개인 간의 일들은 모두 용서하기로 마음을 먹었다. 새로 담길 두려움 섞이고 떨리는 일들이 아직도 많이 남아있을 청춘인데, 굳이 미움과 원망을 이고 지며 살아야만 할 까닭이 있을까?

'서(恕)'를 주자(朱子)는 '추기급인(推己及人)'이라 하였다. 즉 자기를 미루어 남에게 미친다는 뜻으로 자기의 처지에 비추어 다른 사람의 형편을 헤아리는 말이다. 한자의 뜻과 같이 마음(心)을 같이(如)하는 것이므로, 역지사지(易地思之)하고자 하는 배려의 마음이다. '서(恕)'할 때라야 비로소 공감과 소통이 가능하게 된다.

오늘 내 마음에 '서(恕)'라는 꽃씨 하나를 심었다.

반일투한(半日偸閑)

당나라 때 시인 이섭(李涉)의 '학림사 승방 벽에 쓰다'라는 시이다.

종일토록 취한 듯, 꿈꾸는 듯 정신없는 가운데
갑자기 봄이 지나간다는 소식에 억지로 산에 올랐네.
대숲 정원을 지나다 스님을 만나 이야기하노라니
덧없는 인생에서 반나절의 여유를 얻게 되었구나.
終日昏昏醉夢間 - 종일혼혼취몽간
忽聞春盡强登山 - 홀문춘진강등산
因過竹院逢僧話 - 인과죽원봉승화
偸得浮生半日閑 - 투득부생반일한

— 題鶴林寺僧舍 - 제학림사승사

이섭의 시 가운데 절창으로 불리는 대목이 바로 3~4구의 "죽원(竹院)

을 지나다 스님을 만나 이야기하노라니, 덧없는 인생에서 반나절의 여유를 얻게 되었구나.[因過竹院逢僧話, 又得浮生半日閑]"라고 하는 이 구절이다. 판본에 따라서는 '투득(偸得)'이 '우득(又得)'으로 되어있는 이본도 있다. 어찌 되었든 시구 중 '투한(偸閑)'이라는 말은 한가로움을 훔친다는 뜻이다. '한가로움'이란 일이 없다고 해서 거저 생기는 것이 아니라, 바쁜 가운데 애를 써서 훔쳐내어야 비로소 내 것이 된다는 말이다.

훔칠 '투(偸)' 자는 형성 문자로서 뜻을 나타내는 사람 '인(人)'과 음을 나타내는 '투(兪-유)'가 합하여 이루어졌다. 그러므로 훔치다, 사통(私通)하다, 탐(貪)내다, 남몰래, 구차(苟且)하다, 교활(狡猾)하다 따위의 뜻이 있다.

용례로서는 눈앞의 안일만을 도모하는 '투안(偸安)', 남의 물건을 몰래 훔치는 '투도(偸盜)', 남의 산의 나무를 몰래 베는 '투벌(偸伐)', 빛이 바랜다는 '투색(偸色)', 경박한 풍속을 말하는 '투속(偸俗)', 국경을 몰래 넘는다는 '투월(偸越)', 바쁜 가운데 틈을 얻어 냄을 '투한(偸閑)'이라 한다. 고사성어로는 제 귀를 막고 방울을 훔친다는 뜻으로 얕은꾀로 남을 속이려 하나 아무 소용이 없음을 이르는 말로 '엄이투령(掩耳偸鈴)', 쥐나 개처럼 가만히 물건을 훔친다는 뜻으로 좀도둑을 이르는 말인 '서절구투(鼠竊狗偸)', 바쁜 가운데 조금 틈을 내어 즐긴다는 '망중투한(忙中偸閑)' 등이 있다.

한가할 '한(閑)' 자는 회의문자로 '한(閒)'이 본자(本字)이다. '한(閑)' 자는 나무로 만든 울타리를 뜻하는 것으로서 본래의 의미는 '막다'였다. '마구간'이나 '목책'이라는 뜻으로도 쓰였다. 집 주위로 울타리를 친 모습이 외부와의 단절을 연상케 한다. 그래서 '한(閑)' 자에는 무엇에도 관심이 없다는 의미에서 '등한시하다'라는 뜻이 파생되었다. 그러므로 '한

(閑)'은 한가하다, 등한하다, 막다, 조용하다, 틈, 마구간, 목책(木柵) 따위의 뜻이 있다.

용례로는 할 일이 없어 몸과 틈이 있음을 뜻하는 '한가(閑暇)', 일이 없어 한가함을 '한산(閑散)', 현직이 없어서 놀던 벼슬아치를 '한량(閑良)', 한가하고 고요함을 '한적(閑寂)', 심심풀이로 하는 이야기를 '한담(閑談)', 한가하고 조용하게 사는 것을 '한거(閑居)', 한가하여 자적함을 '한적(閑適)', 심심풀이로 하는 이야기를 '한화(閑話)' 등으로 표현한다.

고사성어로는 한가한 말과 자질구레한 이야기라는 뜻의 '한담설화(閑談屑話)' 또는 '한담객설(閑談客說)', 심심풀이로 붓 가는 대로 쓰는 글을 '한담만문(閑談滿文)', 한가로운 벼슬자리를 '한사만직(閑司漫職)', 세상의 시끄러움에서 벗어나 한가하게 지내는 사람을 '물외한인(物外閑人)'이라 하며, 어부와 나무꾼의 한가로운 이야기라는 뜻으로 명리를 떠난 이야기를 이르는 말인 '어초한화(漁焦閑話)' 등이 있다.

전통 시대의 시인 묵객들은 바쁜 시간을 쪼개서 어렵게 노력해야만 한가로움의 주인이 될 수 있다는 것을 자득하였다. 다 늙어서 할 일이 없는 것은 한가로운 것이 아니라 그저 무료한 것이다. 오늘 하루는 또 어찌 보내나 하고 한숨 쉬는 것은 한가로운 상태와는 아무 상관이 없다. 그런 무료함 속에서는 결코 '정관자득(靜觀自得)'의 오묘한 신비를 체험할 수가 없다. '투한(偸閑)'할 수 있는 용기와 '망중투한(忙中偸閑)'을 지향하는 슬로 라이프에 대한 의지 없이는 '정관(靜觀)'하는 일 자체가 불가하겠지만, '자득(自得)'을 원하는 삶 또한 로또를 꿈꾸는 허망한 공상에 불과할 뿐이다.

'백수도 과로사'한다는 무한 경쟁의 시대에 바쁘게 일하기보다 한가함을 즐기는 것이 오히려 훨씬 더 어려운 노릇이 되어버렸다. 잠시라도 여유를 부리고 일상에서 벗어나기라도 할라치면 금방이라도 도태되어 버릴 것 같은 불안감이 가득하다. 스스로는 '자유 하다'고 하나, 자신이 시간의 주인이 아닌 시간에 종속된 삶의 노예였음을 금방 깨닫게 된다.

고려말 백운거사 이규보(李奎報)는 자신의 시에서 "하염없이 빠르게 세월은 흘러가지만, 다행히 '투한(偸閑)'하여 자유로이 지내노라.[漫漫遣景迅徂征, 幸得偸閑退縱情.]"라고 노래하였다.

주자(朱子)는 '반일정좌 반일독서(半日靜坐 半日讀書)'를 생활화하였다. 즉 하루의 반은 고요히 앉아 자신과 만나고, 나머지 반은 책을 읽어 옛 성현과 만나야 한다는 뜻이다. '정좌(靜坐)'하여 내면의 힘을 길러야만 마침내 '정관(靜觀)'의 내공을 갖게 되는 것이다.

북송 시대의 황정견(黃庭堅)은 '정좌(靜坐)'의 선경을 노래하기를 "고요히 앉은 곳에서 차 마시고 향 사르며 묘한 작용이 일 때, 비로소 물이 흐르고 꽃이 핀다"라고 하였다.

> 靜坐處茶半香初 - 정좌처다반향초
> 妙用時水流花開 - 묘용시수류화개

'정좌(靜坐)'하여 '좌망(坐忘)'의 경지에 이르렀을 때, 비로소 정관자득(靜觀自得) 하여 물아여일(物我如一)이 되는 선경을 노래한 절창이다.

젊은 날 분초를 나눠 쓰며 앞만 보고 달리던 때가 있었다. 그렇게 살아야만 스스로에게 부끄럽지 않으며, 최선을 다하는 삶인 줄 알았다. 움켜쥐었던 손에서 모래알이 빠져나가듯 우정도, 사랑도, 열정도, 시간도 어느덧 모두 새어나가고 마침내 빈손이 되고 말았다. 하늘의 별도, 스치는 바람도, 들의 꽃도 미처 느껴보지 못했던 과속의 일상이었다. 숲에 어둠이 내리듯 내 인생에도 황혼이 내린다는 것을 모르고 살아온 세월이었다.

오늘, 은퇴를 앞두고 후배들의 자리를 위해 더 이상 공직을 맡지 아니하고 '도시 농부'의 삶을 살겠노라 선언한 현직 대사 친구와 함께 감악산엘 올랐다. 평일의 부조리한 일상 가운데서 두 사람 모두 '투한(偸閑)'을 감행하였다. 인생의 해 질 녘이 되어서야 비로소 슬로 라이프의 행복을 깨달은 것이다.

체념(諦念)과 포기(抛棄)

'체념'의 사전적 의미는 "희망을 버리고 아주 단념함"이다. '포기'는 "하려던 일을 도중에 그만두어 버림" 또는 "자기의 권리나 자격, 물건 따위를 내던져 버림"이다. 두 단어가 '단념하다'라는 의미에서는 모두 동일한 의미로 사용되고 있지만, 그 어원을 살펴보면 속뜻은 사뭇 양상이 다르다.

'포기(抛棄)'라는 단어의 '포(抛)'와 '기(棄)'는 모두 '던지다', '내버리다', '그만두다'의 의미를 담고 있다. 그러므로 포기는 권리나 자격 등의 지위를 버린다거나 하던 일을 중도에 그만둔다는 뜻으로 쓰인다. 한편 '자포자기(自暴自棄)'라는 말의 의미는 "일이 뜻대로 되지 않아 세상사에 절망하여 자기를 부정하다"라는 정도로 이해하고 있지만, 이 말의 어원은 맹자에 있다. 맹자가 처음 주장했던 '자포자기'의 의미는 "예의를 비난하거나 도덕적 인간이 되기를 거부하는 사람을 뜻하였다.[言非禮義, 謂之自暴也. 吾身不能居仁由義, 謂之自棄也.]"

'포기'가 '자포자기'에서 나온 말로 오인할 수도 있겠으나 이 둘은 그 어원의 출발이 다르다.

'체념(諦念)'이란 낱말의 '체(諦)' 자는 '살피다', '조사하다', '명료하게 알다'라는 의미를 담고 있다. 그러므로 체념의 원뜻은 살피고 염려해서 이치를 깨닫는 마음의 상태를 말하는 것으로서, 그 함축적 의미는 '도리를 깨닫는 마음'이다.

그러므로 체념은 나를 '주어'로 삼는 것이고, 포기는 나를 '목적어'로 삼는 것이다. 체념은 자신의 도리를 온전히 알고 '내가 결단하는 것'이요, 포기는 자신이 처한 상황을 알고 '나를 버리는 것'이다.

그러므로 포기는 '능력'에 관한 문제이고 체념은 '도리'에 관한 문제이다. 포기는 자신의 '목적'을 버리는 행위이고, 체념은 자신의 '욕망'을 버리는 행위이다.

그러므로 포기는 학습하지 않아도 저절로 터득되지만, 체념은 높은 수준의 도덕적 인내와 수양을 요구한다.

그러므로 다윗이 말했던 "내가 큰일과 미치지 못할 기이한 일을 힘쓰지 아니 하나이다"라는 고백은 '포기'가 아니라 '체념'인 것이다. 갈등과 진통의 과정에서 깊은 깨달음을 얻고 난 뒤 욕망을 버리고 마음을 비우는 행위이다. 하느님 안에서 자신의 한계를 온전히 인정하고 수용하는 것이다.

개발 독재 시대에 '하면 된다'라는 구호가 있었다. 그러나 세상에는 '해도 해도 안 되는 일'이 허다하고 '해서는 안 되는 일'도 존재한다는 것을 겸허히 받아들여야 한다. 욕망을 절제하여 체념할 줄 모르고 나의 욕망을 위하여 수단과 방법을 가리지 않겠다는 것이 얼마나 위험한 발상인가?

그러므로 진정한 겸손이란 '포기'할 때 나오는 것이 아니라 '체념'할 때 나오는 것이다.

불가에서는 모든 갈등과 번뇌의 뿌리에 욕망이 있다고 생각하여 '금욕(禁欲)'을 주장한다. '삼법인', '사성제'가 모두 근원적으로 '무(無)'와 '공(空)'의 사상을 추구하는 것이다. 인간이 사는 세상은 오직 '괴로움의 바다[고해(苦海)]'일 뿐이며, 인간 자체는 '슬픔을 담은 존재[비기(悲器)]'라고 여기는 것이다. 성철 스님은 자신의 유일한 혈육이었던 딸의 이름조차 '불필(不必)'이라 하였다. 불가의 궁극적 목표는 '윤회'가 아닌 '업장 소멸'에 있다. 생육하고 번성하는 이 땅에서의 삶을 철저히 부정하는 것이다. 이는 '극단적 허무주의'이다.

도가에서는 인간이 추구하는 모든 인위적 행위 자체를 부정하며 '무욕(無欲)'을 주장한다. 우주와 인간의 상호작용 속에 자연과 인간이 합일되는 '무위자연'의 세계로 돌아가야 한다는 것이다. 그러나 인간은 사회적 동물이다. 공자 또한 말하기를 "'조수불가여동군(鳥獸不可與同群)'이라 하였다. 즉, 인간은 새와 짐승과는 무리 지어 함께 살 수 없으며, 사람이 사람을 떠나서는 살 수 없다"라고 하였다. 노장사상은 인간사회의 모든 공동체적 질서와 유기적 체제를 인간의 본성을 구속하는 작위적 속박으로 여기는 것이다. 이는 '낙천적 허무주의'이다.

유가에서는 인간의 욕망 자체를 부정하지 않는다. 단지 내면의 수양을 통해서 인간의 욕망을 절제할 수 있다고 믿으며 '절욕(節欲)'을 주장한다. 성리학에서는 '심통성정(心統性情)'이라 하였다. 즉 마음이 '성(性)'과 '정(情)'을 통괄한다는 것이다. 인간의 본성이 온전하게 회복될 때 욕망을 절제할 수 있으며, 자신의 사적 욕망을 극복해 낸 결과물이 바로 '예의 회복[복례(復禮)]'이라는 것이다.

서양에서는 아리스토텔레스에 의해 '목적론적 인생관'이라는 가치가 정립된 이후 인간의 행복을 정의하는 다양한 사조가 생겨났다. 키니코스학파는 '무소유'를 참다운 행복이라 정의하였으며, 스토아학파는 행복은 외부의 소유가 아니라 내면의 자유에서 생겨난다고 여겨 '부동심(不動心)'을 주장하였다. 또한 에피쿠로스학파는 "행복에 이르는 길은 성취를 키우기보다는 욕망을 줄이는 데 있다"라고 정의하였다.

그렇다면 과연 인간은 욕망을 다스릴 능력이 있는 것일까? 나의 사적 견해로 '금욕'이나 '무욕'은 인간의 실천이 불가능한 영역이라 생각된다. 오직 '절욕'만이 실현 가능한 영역이기는 하지만 이 또한 관념의 세계에 머물기가 십상이다. 그렇다면 욕망을 절제하는 일은 구체적으로 나의 삶 속에서 어떻게 구현해 내야 하는가?

인간이 언제든 자신의 욕망을 비우고자 한다면, 그 첫걸음은 반드시 '체념해야 할 것'과 '포기하지 말아야 할 것'을 구별하는 데서부터 시작되어야 할 것이다.

꼰대와 어른

헤밍웨이가 말하였다. "나이를 먹었다고 해서 모두가 다 현명해지는 것은 아니다. 그냥 조심성이 많아진 것일 뿐이다" 나이를 먹어 조심성이 많아졌다는 것은 모험심이 상실되었다는 반증이며, 모험심이 상실되었다는 것은 지적 호기심이 퇴화되었다는 것을 의미한다.

나이가 들었다고 해서 반드시 어른이 되는 것은 아니다. 어른이 된다는 것은 생물학적 연령만을 의미하는 것이 아니다. 사고의 깊이와 나이는 결코 정비례하지 않는다. 인간의 성숙도는 그가 먹은 떡국의 그릇 수에 있는 것이 아니다. '생산 일자'에 따른 빈티지에 비례하는 것이 아니라 '자아성찰'의 깊이에 따른 농도에 비례한다.

속언에 "상(常)놈에겐 나이가 벼슬이다"라는 말이 있다. 그러나 '백세 시대'에 나이가 더 이상 벼슬이 될 수는 없다. 가난이 구제의 대상은 될 수 있을지언정 선망의 대상이 될 수 없는 것처럼 나이 또한 '존중'과 '배려'

의 대상은 될 수 있어도 '존경'과 '권위'의 상징이 될 수는 없다.

꼰대 철학은 자기의 '경험'을 중시한다. 소위 '라ㆍ떼' 무용담에 도취되어 관중규천(管中窺天), 군맹무상(群盲撫象) 하는 안목으로 세상에 대한 무한편견에 사로 잡혀있다. 시대의 흐름을 읽고 분석하는 일에 나이브 해져서 자신의 경험만을 중시하며 도무지 변화를 수용할 줄 모른다.

맹자가 말하기를 "인생의 병통은 남의 스승 되기를 좋아하는 데 있다.[人之患在好爲人師.]"라고 하였다. 꼰대의 특징은 배우려 하지 않고 늘 남을 가르치려 든다는 데 있다. 꼰대는 자기의 경험과 직관을 우선시하여 오직 자신의 눈과 체험만을 굳게 믿는 사람이다.

그러므로 '꼰대'는 성장이 멈춘 사람을 의미하고, '어른'은 성장의 동력이 멈추지 않은 연륜이 있는 인생을 의미한다. 그러나 꼰대가 반드시 나이 많은 늙은이만을 의미하지는 않는다. 지적 호기심이 퇴화했거나 성장의 동력이 멈추어 인지 기능에 심각한 장애를 수반하는 젊은 청춘 가운데도 꼰대는 얼마든지 존재한다.

괴테는 말하기를 "훌륭한 인간이 되기 위해서는 나이를 먹는 것이 필요하다. 나는 실수를 범하려 할 때마다 그것은 전에 범했던 실수란 것을 깨닫게 된다"라고 하였다. 이 말은 곧 어른이 되기 위해서 나이는 '필수조건'일 뿐이지 '충분조건'이 아니란 말이다. 충분조건이 되기 위해서는 자신의 실수에 대한 성찰과 더불어 자신의 불완전성과 무지에 대한 통렬한 자각이 선행되어야만 한다. 인간은 자신의 무지를 깨달았을 때만이 비로소 성장하고 진보할 수 있기 때문이다.

'연륜'과 '경륜'이란 경험과 지식의 축적으로 인한 '성찰'과 '깨달음'에서 오는 것이다. 한갓 정보와 지식의 습득만으로 지성인이 될 수 없듯 생물학적 연령의 축적만으로는 결코 어른이 될 수 없다. 인격적 성숙과 더불어 그가 구현한 삶의 가치가 역사적 연속성을 가질 때 비로소 우리는 그를 '어른'이라고 대우할 수 있는 것이다.

　늙음을 걱정해야 하는 시간이 내게도 도래한 듯싶다. 꼰대로 늙고 싶은 마음은 추호도 없지만 그렇다고 젊은이들 비위 맞춰가며 시류에 영합하고 싶은 마음 또한 전혀 없다. 나는 나답게 '나'다운 어른으로 늙고 싶은데 당최 불안하다. 내재된 '나'다운 모습이 아직도 삶에 모범적으로 구현되지 않았기 때문일 것이다. 세속적 욕망에 물든 자신을 벗어 버리고 경전 속의 어른을 거울삼아 그들을 내 인생의 스승으로 모시고 진지하게 배우며 닮아가야 할 일이다.

　알베르트 카뮈가 말하였다.
　"인간은 합리적 동물이기보다는 합리화하는 동물이다."

구라와 수다

'구라'의 사전적 의미는 '거짓말'을 비속하게 이르는 말이다. 그러나 이 말의 어원은 출처가 매우 불분명하다. 국립국어원에서조차도 우리말인지 일본어인지 한자어인지에 대한 공식적 입장 표명이 없다. 여전히 학계에서 논란의 여지가 되는 부분이 있기 때문일 것이다.

대체적으로 일본말 '구라마스(暗ます: 속이다)'에서 온 말이라고 하는 주장과 가짜를 의미하는 '사쿠라'에서 파생되었다는 주장이 있지만, 설득력은 다소 떨어져 보인다. 구라를 한자로 표현한 말 중에는 '구라(口羅)'와 '구라(口喇)'가 있는데, 입으로 하는 언어를 '비단[羅]'이나 '나팔[喇]'에 비유한 매우 독특한 발상이다. '구라(口羅)'의 표현은 '입으로 하는 말이 비단 같다'라는 의미이며, '구라(口喇)'의 표현은 '입으로 나팔을 분다'라는 의미로 해석이 된다.

어떤 표현이 정설이라고 단언할 수는 없겠지만 '구라'라는 표현이 어느

덧 '거짓말'에서 '말을 잘하는 사람' 또는 '이야기꾼' 등의 의미로 확장된 듯하다. '구라'의 진화가 'Story-Telling' 등과 같은 맥락으로 이해된다면 단연 최고의 구라쟁이는 『사기(史記)』를 쓴 사마천이나 『일리아드』와 『오디세이』를 쓴 호메로스 등이 동서양을 대표하는 세계적인 구라쟁이들일 것이다.

이른바 대한민국을 대표하는 '삼대 구라'가 누구인가 하는 논쟁이 있었다. 세간에 알려진 바로 '조선의 삼대 구라'는 작가 황석영과 재야운동가 백기완, 경복궁의 수문장을 지낸 전설의 주먹 일명 방배추[방동규]가 바로 그 주인공들이다. 어느 날 인사동 술집에서 누군가가 "구라로 치면 이어령과 김용옥, 유홍준을 빼놓을 수가 없는데 그럼 그들은 어떻게 되는 거냐?"라고 묻자 곧바로 방배추가 이렇게 대답하였다.

"야야, 걔들은 '교육 방송용'이잖아."

그야말로 재야의 고수답게 한방에 논쟁을 진압한 것이다. 그로부터 이들 삼인을 '조선 재야의 삼대 구라'로 일컫게 되었다. 수년 전에 대한민국을 대표할 만한 구라쟁이 세 분을 개별적으로 함께할 기회가 있어서 나름대로 면밀하게 분석해 보니 몇 가지 공통점이 있었다.

첫째는 설교나 웅변조의 논리로 상대를 설득하려거나 가르치려 하지 않고 매우 '재미'있는 이야기를 하듯 대화 형식의 화법을 쓴다는 점이다.

둘째는 대화의 소재가 단순한 신변잡기에서 비롯된다고 할지라도 동서양의 고전을 아우르는 박학과 다식을 기반으로 하여 '감동'으로 이어진다는 점이다.

셋째는 모두가 '10초 이상의 침묵은 방송사고'로 간주하리만치 어색한 침묵을 용납하지 않는 '다변가(多辯家)'라는 점이다.

'달변(達辯)'과 '다변(多辯)'의 상징으로 자리매김이 된 그들의 구라에는 언제나 '재미'와 '감동'이 있다. 그들은 자신이 학습한 정보의 총량을 적절히 배합하는 탁월한 기술력으로 '시(時)'와 '처(處)'에 맞게 사용할 줄을 안다. 무엇보다 관중이 원하는 점을 신속히 파악하여 OEM 공법의 새로운 상품으로 재생산해낼 줄 아는 특출난 능력의 소유자들이다. 또한, 좌중을 압도하는 리더십은 그야말로 압권이요, 발군이다.

그러나 '말을 잘하는 것'과 '말이 많은 것'은 별개의 문제이다. '수다'의 사전적 의미는 "쓸데없이 말수가 많음"이다. '구라쟁이'에게는 배울 것이 많지만 '수다쟁이'를 만나면 매우 피곤하다. 전혀 관심 없는 신변잡기나 일상사 등의 이야기를 반복적으로 들어줘야 하는 곤혹스러움이 뒤따른다. 수다는 그야말로 소음이요, 공해에 불과할 뿐이다.

수다쟁이의 특징은 상대의 반응을 헤아리지 않는다는 데 있다. 상대의 관심사나 인지능력, 공감 정도를 전혀 고려하지 않고 줄기차게 자신의 이야기만을 늘어놓는다. 게다가 상대의 발언을 끊기 일쑤이며 상대의 말은 전혀 들으려 하지 않는다. 이런 부류를 요즘 세상에서는 'TMT'(Too Much Talker)라고 한다.

'TMT'의 속성은 대체로 자기애가 매우 강한 사람들이다. 타인이 궁금해하지 않는 내용조차도 굳이 자신이 먼저 나서서 필요 이상의 많은 정보를 제공한다. 정치와 시사 등의 관심사에 지나칠 정도로 민감하고 편협하게 반응하며, 편향에 찬 자신의 논리를 일방적으로 강요한다.

　수다쟁이의 또 다른 특징은 삼사일언(三思一言) 하듯 생각해서 말을 하는 것이 아니고 말을 하면서 다른 줄거리를 계속해서 생산해 내는 스타일이라는 점이다. 그 때문에 주제가 일관성이 없고 언어가 종과 횡을 넘나들어 지나친 장광설을 나열하기 일쑤이다. 이런 '수다쟁이'나 'TMT' 들이 간과하는 점은 상대가 자신의 이야기를 듣고 있으면 그들이 자신의 발언에 동의하였거나 감동하였을 거라고 하는 착각이다. 이런 관점에서 볼 때 어느 페북 친구의 "'좋아요'가 곧 동의를 의미하지는 않습니다"라고 하는 프로필 문구는 매우 의미심장하다.

　'구라'와 '수다'를 변별하는 것이 무슨 특별한 의미를 부여할 일이 되겠는가마는 굳이 구라와 수다를 구별하여, 구라쟁이의 달변은 배울 것이 있는 유쾌한 일로 여기고 수다쟁이의 다변은 분위기를 깨는 낭패요, 민폐라고 여긴다면 비단 나만의 착각인 걸까?

말일파초회(末日破草會)

'말일파초회'는 매달 마지막 주 일요일에 모여 초서를 파(破)한다는 의미로서, 청명 임창순 선생의 유지를 받들어 '간찰 초서'를 연구하고자 하는 전·현직 교수 28명으로 구성된 단체이다. 정식 명칭은 '한국 고간찰 연구회'이다. '나의 문화유산 답사기'로 널리 알려진 전 문화재청장 유홍준 교수가 이사장으로 있으며, 조선 팔도의 기라성 같은 '초서'의 대가들이 즐비하다.

어제 모처럼 코로나 이후 처음으로 얼굴을 마주하고 국내 답사를 시도하였다. 목적지를 향하는 버스 안, 4시간이 넘는 이동 중에도 마이크는 잠시도 쉬질 않는다. 구라의 대가들이 모인 탓에 '10초 이상의 침묵'은 무조건 방송 사고로 간주한다.

비록 "버지니아울프의 생애와 목마를 타고 간 숙녀의 옷자락"은 이야기하지 못했지만, 눈먼 천사인 안드레아 보첼리와 사라 브라이트만이 함께 한 'Time to say goodbye'의 이야기와 케니 G의 색소폰과 천상의 목소리 셀린 디온을 이야기하였다. 다시 냇킹콜의 'Autumn Leaves'에 얽힌 추억담과 아그네스 발차의 '기차는 8시에 떠난다'는 대목에 이르러서는 모두가 감정이 격해졌다.

독일 나치에 저항했던 그리스의 한 젊은 레지스탕스가 조국을 위해 사랑하는 여인을 남겨두고 떠나며, 돌아오지 않는 그를 애타게 기다리는 한 여인의 가슴 아픈 사연이 어느덧 박병천의 '구음 시나위'를 낳고 사물놀이 김덕수의 '장구' 스토리와 함께 고구려 고분벽화의 해 신과 달 신을 상징하였던 이애주의 '춤' 이야기로 이어졌다.

다시 김민기의 '학전'을 추억하다 김지하의 생애와 사상에 이르렀고, 그가 남긴 '흰 그늘의 길'과 '49재'에 대한 후일담을 이야기하였다. 이어서 다시 이부영과 임진택의 일화가 등장하고 송기원의 실천문학과 염무웅의 문학평론에 이어서 노재봉과 정세현의 비하인드 스토리로 이어지다 마침내 동시대를 함께 하였던 문인과 노정객들의 정사와 야사 이야기가 절묘하게 버무려져 거침없이 쏟아졌다.

김수영의 시를 논하다 다시 김지하와 함께 서대문교도소 수감 시절 통방을 위해 비둘기를 날리다 걸렸던 비사를 이야기하기도 했으며, 도원 유승국 교수를 독선생으로 모시고 주역과 동경대전을 배우던 섬망이 없던 시절의 그를 추억하였다. 이런 언어의 마술사들을 침묵케 한다는 건 국가적 재앙이다.

광한루에 이르자 전직 청장의 위력으로 굳게 닫힌 누각이 홍해의 기적

처럼 열렸다. 일행은 누각에 오르자마자 누가 먼저랄 것도 없이 그 많은 현판들을 읽어대기 시작했다. 직업병의 발호였다. 상촌 신흠, 옥봉 백광훈, 송강 정철, 김병연, 다산, 근대의 창랑 장택상에 이르기까지 거침없이 판독하고 나서는 홀연히 만복사지로 향하였다.

절터만 남은 텅 빈 들판, 아무런 볼 것도 없는 곳에서 무려 2시간의 현장학습이 이루어졌다. 서울대에서 동양 사학을 전공하신 불교계의 초서 대가 흥선 스님과 미술사 전공 이태호 교수의 불교 미술사 강의가 이어졌다. 고구려 소수림왕으로부터 시작된 삼국의 불교 양식 비교와 고려와 조선의 불교 차이에 대한 설명이 이어지고 김시습의 금오신화에 나오는 만복사 양생의 저포기 신화로 이어지다가 마침내 선조의 명으로 율곡이 지은 김시습 평전에까지 이어졌다. 다시 구례로 가서 조선의 묘비 중 최초의 보물로 지정된 남원 윤씨 문효공의 신도비와 방산서원을 답사하며, 쉴 새 없이 쏟아지는 정사와 야사의 이야기보따리로 하루해가 짧았다.

숙소인 춘향 호텔에서 답사 첫 밤을 맞이하였다. 비록 '춘향이' 없는 춘향 호텔이었지만 나는 천행을 얻어 국제 퇴계학회 학회장이자 우리 모임의 정신적 지주이신 대학자 이광호 선생의 룸메이트가 되어 승은을 입는 영광을 안았다.

야심한 시각의 호텔 방, TV를 안 보신다는 노학자께서 모든 불을 소등하고, 바닥에 정좌를 하신 채 내게 물으셨다.

"박 선생은 어떤 경전을 좋아하시나요?"

"예, 저는 '주역의 계사전'과 '중용'을 좋아합니다."

곧바로 나지막한 음성으로 어둠 속에서 중용을 주석까지 암송하기 시작하였다. 전통 서당식 독송의 낭랑하고 오묘한 소리에 어느덧 나는 운율에 맞춰 코를 골며 열반의 세계로 입적하고 말았다.

새벽녘 꿈결인 듯 아스라한 소리에 사바세계로 돌아왔는데, 노학자께서는 어느새 일어나 정좌를 하시고 또다시 경전을 암송하고 계셨다. 당대 최고의 도인을 만났으되, 나의 단전 아래는 여전히 뜨뜻하여 속세를 벗어날 기미가 전혀 없었다.

이 노학자께서는 현역 교수 시절에, 국보급에 해당하는 퇴계의 '성학십도'를 자신이 근무하는 연세대 박물관에 기증하여 9시 뉴스에 보도되는 일도 있으신 분이다. 팔순이 가까운 연세에도 '퇴계 귀향길 순례'를 직접 인도하고 계신다. 경복궁에서 도산서원까지 무려 8백 리에 이르는 14일간의 여정이다.

이튿날엔 천년 사찰 지리산 '실상사'와 '약수암' 그리고 함양의 '일두 정여창 고택'과 '남계서원'을 답사하였다. 고간찰학회 이사장이신 전임 문화재 청장의 유명세가 너무나 대단하여 가는 곳마다 사인과 기념 촬영을 원하는 인파가 몰렸고, 종택의 종손들이 직접 나와 환대하시며, 답례품을 넘치도록 일행에게 챙겨주셨다.

남계서원에서는 한·중·일 삼국의 서원에 대한 특성과 비교에 대한 품평이 이어졌다. 중국의 서원이 '장서 기능'과 '과거급제자의 출신지'에 대한 업적을 과시하는 데 중점을 두었다면 조선의 서원은 '유학이 지향하는 이상세계를 구현할 선비를 양성하는 데 중점'을 둔 차이가 있다고 주장하는 학자도 있었고 조선 서원의 실패를 '교육 기능'과 '제향 기능'을 동시에 갖춘 데 있다고 보는 학자도 있었으며, 교육 기능이 '사적인 학맥'

과 '학파'를 형성했던 폐단에 있다고 주장하는 학자도 있었으나 서로의 주장과 차이를 모두가 수긍할 뿐 논쟁은 없었다.

종택과 서원 측에서 보내온 문화해설사는 자신의 소개조차 제대로 하지 못한 채, 기념 촬영만 하고 돌아가 서로가 매우 민망하였다. 임자를 잘못 만난 것이다. 매년 국내외 답사를 수시로 하였는데, 코로나로 삼 년을 쉰 끝에 모처럼 함께 모여 '장수유식(藏修遊息)'의 선비문화를 체험하는 매우 유의미한 여행이었다. 답사 여행의 대가들이 모인 자리인지라 어디서도 보고 배울 수 없는 귀한 현장 체험 학습의 시간이었다.

아래의 글은 스님 서재에 달린 주련의 내용이다.

頂天脚地眼橫鼻直 - 정천각지안횡비직

정수리는 하늘에 다리는 땅에 눈은 가로로 코는 곧게 세운 것, 즉 '사람'을 의미한다.

飯來開口睡來合眼 - 반래개구수래합안

밥이 오면 입을 열고 졸음이 오면 눈을 감아라.

네이버 지식인

잊을 만하면 한 번씩 문자를 보내 서예 작품의 내용을 묻는 지인이 있다. 나는 그에게 책장 귀퉁이에 버려진 옥편이다. 궁금할 때면 애타게 찾다가 답을 알고 나면 다시 책장 한구석에 내버려지고 만다. 평소에는 내가 어디서 무얼 하는지 전혀 관심이 없다.

더욱 황당한 것은 일면식은커녕 댓글의 추억조차 없는 페·친이 호를 지어달라거나 손주의 이름을 지어달라고 부탁해 올 때이다. 나를 작명가로 오해하는 경우이다. 이 외에 간찰 초서나 한문 번역을 물어오는 사람은 그야말로 부지기수다. 어느 날은 하루에도 수차례나 메신저가 울려 댄다. 때론 공부가 되기도 하지만, 대부분은 내 시간을 뺏는 무거운 짐과 번거로운 숙제이다. 이제 성명불상의 페·친이 보낸 대략 아래의 세 가지 유형을 소개하고 이 부담스러운 짐에서 벗어나고자 한다.

― 단순 문의형
보내주신 사진 속 작품의 진위, 여부는 알 수 없으나 해공 신익희 선생의 글이다. 내용은 아래와 같다.

仰不愧, 俯不怍. 戒愼恐懼, 乃君子持身之本. 上不欺, 下不擾. 正大光明,
是丈夫立世之方.
民國乙未秋 申翼熙

우러러 하늘에 부끄러움이 없고, 굽어서 사람에게 부끄러움이 없어야
할 것이라. 경계하고 삼가며 두려워하고 조심함이 바로 군자가 자신을 유
지하는 근본이요. 위로는 하늘을 속이지 아니하고 아래로는 세상을 어지
럽히지 않아서 크고 바르며 밝고 빛나는 것, 이것이 장부가 세상에 서는 방
도이다.
민국 을미년(1955년) 가을에 신익희

이는 초서가 아닌 행서이다. 의지를 갖고 살펴보면 이해할 수 있는 자
료이다. 스스로 공부하려는 노력 없이 자신의 수고를 덜고자 타인에게 위
탁하는 경우이다.

— **과제 제출형**

1902년 황성신문과 1959년 부산일보에 실린 "烏有(조유)로 歸(귀)하
다"라는 말은 무슨 의미이며, 출처는 무엇인가?

부산일보의 1959년 9월 10일 자를 확인 해보니 내용은 이러하였다.

"四二八六年十一月二十七日 釜山驛前大火災로 社屋과 施設은 一時에
'烏有로 歸하는' 悲運에 逢着하엿다."

이는 "단기 4286년 11월 27일 부산역 앞 대화재로 사옥과 시설은 일시에 '조유로 귀하는' 비운에 봉착하였다"라는 말인데, 여기서 "'烏有(조유)'로 歸(귀)하다"는 '烏有(오유)로 歸(귀)하다'의 오기로서 '허무하게 물거품이 되었다'라는 의미이다.

'오유(烏有)'라는 말은 한나라의 사마상여(司馬相如)가 지은 「자허부(子虛賦)」에 나오는 말인데, 그는 이 책에서 '자허(子虛)', '오유선생(烏有先生)', '무시공(無是公)'이라는 가공의 세 인물을 설정하여 문답을 전개하였다. 대략의 내용은 세 인물을 가설한 문답체로써, 제후의 사냥에 관한 일을 서술하고 끝부분에 절약과 검소의 뜻을 기술하여 임금을 풍간(諷諫)한 것이다.

여기서 자허(子虛)는 '빈말'이라는 뜻이고, 오유선생(烏有先生)의 '오유(烏有)'는 '무엇이 있겠느냐'는 뜻이고, 무시공(無是公)은 '이 사람은 없다'라는 뜻으로서 실제로는 있지 않은 허구의 일이나 사람을 비유하는 말이다. 후세에 허무한 일을 말할 때, 흔히 '자허(子虛)' 또는 '오유(烏有)'라 하였는데 이는 어떤 일이 "허무하게 수포(水泡)로 돌아가다"라는 의미이다.

이는 내게도 공부가 된 경우이기는 하지만 내 능력을 시험하려는 의도와 함께 내게 부담스러운 과제를 안긴 경우이다.

― 염치 불고 민폐형
보내주신 사진 속 작품의 진위, 여부는 알 수 없으나 홍의장군 곽재우의 간찰이다. 내용은 다음과 같다.

前蒙杜詩, 迨感迨感. 卽承情翰, 仰慰仰慰. 呈草, 見起勢, 當出矣. 明將出
謝云, 深慰. 城上之

任, 以先生次爲之. 故自是進謝, 加資高下, 則未之聞也. 須更聞見, 毋墜古風, 仍以治下人, 欲勝者, 如何. 舍姪得來, 深幸深幸. 餘俟脫直一穩. 不備. 謹拜上謝狀.

卽日 郭再祐二拜

전에 두시(杜詩)를 보내주시어 아직도 감사합니다. 그리고 지금 정겨운 편지를 받고서 매우 위안이 되었습니다. 초기(草記)를 올리고 기세를 보아서 마땅히 나아갈 것입니다. 내일은 출사한다고 하니 매우 위안이 됩니다. '성상소(城上所)'의 임무는 선생을 위해서 하는 것입니다. 그러므로 이로부터 나아가 사은 숙배하는 것인데, 가자(加資)의 높낮이는 아직 듣지 못하였습니다. 모쪼록 다시 듣고 고풍을 추락시키지 마시고, 치하(治下)의 사람들을 뛰어나도록 하는 것이 어떻습니까? 조카가 와서 매우 다행입니다. 나머지는 직소(直所)에서 벗어나 한번 찾아뵙기를 기다리겠습니다. 이만 줄입니다. 삼가 절하고 답장을 올립니다.

편지 받은 당일 곽재우가 재배합니다.

이 정도는 인사동이나 전문 간찰 번역자에게 소정의 고료를 주고 의뢰해야 함에도 염치와 도리를 망각한 경우이다.

옛말에 '사무왕교지례(師無往教之例)'라는 말이 있다. 선생이 가서 가르쳐 주는 예는 없다는 말이다. 대면해서 질문할 최소한의 용기와 예의가 없다면, 나 또한 상대의 질문에 응대할 마음이 전혀 없다. 나는 자동응답 기능을 가진 'AI'가 아니다. 굳이 이런 글을 올리는 것은 당사자를 민망케 하려는 의도가 아니라, 나 자신이 무생물의 네이버 지식인으로 취급당하고 싶지 않은 까닭이다.

시간이 '나서' 날 보러오는 사람과 시간을 '내서' 날 보러오는 사람은 전혀 다른 부류이다. 나도 두 부류의 인생이 갖는 진정성 정도는 파악하고 산다. 더구나 자신의 필요에 의한 일임에야 더 말할 것이 무엇이 있겠는가.

노비문서(奴婢文書)

　모 방송사의 프로그램 중에 진품명품이라는 시사교양 프로가 있다. 전언에 의하면 어느 출연자가 자신의 집에 소장 중인 가보라며 고문서를 제출하였는데, 판정단에 의하여 '노비문서'로 밝혀졌다는 설이 있다. 나는 이 방송을 직접 보지 못하였지만, 만약 실제 있었던 일이라면 노비문서라기보다는 '노비 매매 입안(立案)'이나 '노비 매매 명문(明文)'이었을 것이다.

　노비가 자신의 신분을 증명할 문서를 소장하고 있을 리는 만무하다. 그러므로 출연자는 자신의 조상이 노비인 것이 아니라, 노비를 매득한 주인이었기 때문에 노비 매매 문서를 소장하고 있었을 것이다.

　'노비 매매 명문'은 노비를 매매하면서 이를 증빙하기 위해 작성한 문기이다. 노비 매매도 토지 매매와 마찬가지로 관에 신고하여 '입안'(立案-공증)을 받아야 하였으나 조선 후기에는 입안을 받지 않고 매매가 이루어지기도 하였다. 그러나 토지 매매와는 비교되지 않을 정도로 입안 절차를 준수하였는데 그것은 노비들의 도망과 출산 및 사망 등으로 변동이 심해서 입안을 받아두어야만 후일 소유를 증빙할 수 있었기 때문으로 추정된다.

1766년 노비 덕산(德山)이 상전댁의 노비를 도산서원에 매매한다는 노비 매매 문기가 전해진다. 본문의 내용은 아래와 같다.

건륭 31년 병술년 정월 6일에 도산서원의 수노(首奴)에게 주는 명문.
위 명문은 나의 상전댁 노비 금녀(金女)와 금녀가 세 번째로 낳은 안암(安岩)이를 가격 12냥을 받고 후소생과 함께 본원의 수노에게 영구히 방매하는 일이다. 뒷날 만일 다른 말이 있거든 이 문서를 가지고 관에 보고하여 바로 잡을 일이다.
노비주의 사노 덕산 (좌수)
증인 금(琴) (서압)
필집 이(李) (서압)

이 문서는 1766년(영조 42) 1월 6일 덕산이 상전댁의 노비를 도산서원에 매매한다는 '노비 매매 문기'이다. 매매하는 노비는 금녀와 금녀가 세 번째로 낳은 안암이다. 금녀의 나이는 55세이다. 두 노비의 값은 12냥이고 도산서원의 수노에게 매매하는데 나중에 태어나는 소생도 모두 포함된다고 했다. 나중에 다른 말이 있으면 이 문서를 가지고, 관에 고하여 따지면 될 것이라 하였다.

노비 매매의 경우 매매한 노비가 나중에 자식을 생산했을 때 소유권이 문제가 될 수 있다. 그래서 노비 매매 문서에는 나중에 태어난 소생도 모두 함께 방매한다는 구절이 반드시 들어있다. 노비의 주인은 사노비 덕산으로 되어있는데 덕산은 상전을 대신해서 매매한 것이다. 덕산임을 증명하기 위해 왼손 마디를 그려 넣었다. 증인은 금 씨이고 문서를 작성한 사람은 이 씨이다. 둘 다 서압(署押)을 하였다.

서압은 요즘 말로 사인이라 할 수 있는데, 수결(手決), 수결(手訣), 수압(手押), 화압(花押), 서결(署決), 수례(手例), 서명(署名), 착함(着銜), 서함(署銜) 등으로 불리기도 하였다.

'명문(明文)'은 전답을 비롯한 가옥, 노비 등의 매매 문서를 말한다. 그러나 고문서 명칭이 아닌데 관례적으로 쓰고 있다고 주장하는 학자도 있다. 도량(導良)은 이두로서 '그것에 따라서'라는 뜻이다. 가절(價折)은 값으로 매긴다는 뜻이다.

명문에는 '자매문기(自賣文記)'가 있다. 조선 후기에 거듭된 흉년으로 살길이 막연해진 평민들은 목숨을 연명하기 위해 자신과 처자를 노비로 팔았는데, 이때 작성하는 문서를 자매문기라 하였다. 숙식만 해결해 주는 조건으로 돈도 받지 않고 노비가 되는 경우도 많았다.

융희(隆熙) 4년(1910)에 풍산 류씨 하회마을 화경당(북촌댁)의 류승지댁의 노비였던 김순천(金順千)이 작성한 자매명문이 전해진다.

김순천이 스스로를 정유년에 방매하여 황지에 있는 부항의 산에 들어가 살았는데, 가세가 몰락하여 여러 차례에 걸쳐 자신을 노비로 다시 받아서 사용해 먹도록 청하였다. 이에 전문(錢文) 100냥을 받고 감사한 마음으로 이 문서를 작성하고 후일의 증거로 삼는다고 하였다. 실제로 자신의 몸을 파는 명문이다.

증인은 김덕진(金德鎭)이고 필집(筆執)은 유만길(柳萬吉)이다. 김순천(金順千)의 이름자 밑에 수형(手形)을 그렸다.

고문서 관련 수업을 진행할 때마다 가슴이 먹먹해지는 경우가 종종 있다. 신분제 사회에서 노비는 존엄성을 가진 하나의 인격체가 아니라 한낱 재산으로 치부되는 생명이 있는 물질에 불과한 존재였다. 유산을 나누는 '분재기(分財記)'에는 노비를 가족 단위로 형제들에게 나누는 것이 아니라 가격 단위에 맞추어 한 가족을 뿔뿔이 흩어놓는 야만을 아무런 죄의식 없이 행하기도 한다. 성리학에 매몰되었던 양반 사대부들의 비인격적 이중성에 때로 소름이 돋기도 한다.

고문서는 후대의 기록자에 의하여 편집되거나 가필되지 않은 1차의 원사료이다. 당시의 사회 문화와 풍습 등의 실제상황을 생생히 엿볼 수 있는 매우 귀한 고증 자료이지만 고통스럽고 참혹한 기록이 너무 많다. 고문서를 통하여 역사의 실상을 제대로 배우는 사람치고 울화병이 없는 사람은 거의 없다.

비록 역사는 승자의 기록이라 하지만, 우리는 우리 스스로 역사를 왜곡한 부분이 너무나 많다. 역사를 바로잡는 것은 고사하고, 바르게 알려고조차 하지 않는다는 것은 참으로 개탄스러운 일이다.

생각하는 대로 사는 삶

"생각하는 대로 살지 않으면 사는 대로 생각하게 된다" 프랑스 시인인 폴 발레리라는 사람이 한 말이라는데, 우연히 접하게 된 이 메시지에 종일토록 생각이 꽂혔다. 이 말을 고전적 한문 문장으로 한역한다면 이렇게 요약할 수 있지 않을까?

生不循思 – 생불순사
則思循生 – 즉사순생

삶이 생각을 따르지 않는다면, 생각이 삶을 따르게 될 것이다. '생각하는 대로 사는 삶'과 '사는 대로 생각하는 삶'에는 어떠한 차이가 있을까? 사물을 헤아리고 판단하는 능력을 '생각'이라고 한다면, 사고력은 자신을 존재하게 하는 능력이며, 타인과 세상을 분별하고 참된 지식을 생산해 낼 수 있는 에너지의 원천이다. 생각하는 힘인 사고력을 온전히 갖춘 사람만이 '현상'이 아닌 '본질'을 이해할 수 있는 법이다.

그러나 사고력을 배양하는 이 사유의 세계에도 절차와 방법이 있다. 공자는 깨달음의 세계에 진입하기 위한 과정으로 '학(學)'과 '사(思)'를 강조하였다.

學而不思則罔 - 학이불사즉망
思而不學則殆 - 사이불학즉태

배우기만 하고 사색하여 자기 것으로 소화하지 않으면 얻음이 없고, 사색하는 힘을 기르되 인류의 집단지성이 이루어 놓은 보편적인 학문을 배우지 않으면 검증되지 않은 독단의 세계에 빠져 위태로워지기 쉽다는 말이다. 진정한 깨달음이란 '학(學)'과 '사(思)'의 조화로운 수양에서 이루어지는 것이다. '돈오(頓悟)'라는 것도 '점수(漸修)'적 삶의 수련이 전제되었을 때 가능한 것이지 구도자적 갈망조차 없이 하늘에서 거저 떨어지는 것이 아니다.

그러므로 철학의 시작은 의문에서 출발하지만, 종교의 시작은 깨달음에서 출발되어야 한다. 깨달음 없는 맹목적 신앙은 그저 성전의 마당만 밟는 종교적 '호갱' 소비자일 뿐이다.

톨스토이는 말하기를 "'기억'에 의해서가 아니라 '사색'에 의해서 얻어진 것만이 참된 지식이다"라고 하였다. 그러나 '사는 대로 생각하는 삶'이란 현상세계에 초점을 맞추는 인생이다. 시각과 육감에 의한 현상에 집착하여 언제나 자신을 둘러싼 환경의 변화에 따라 감정과 생각이 변해갈 뿐이다.

현상에 나타난 것만으로 본질을 단정 지으려는 성급한 판단 때문에 경솔한 처신으로 오류를 범하기 쉽다. 결국에는 세상을 보이는 것만 보게 되므로 자신의 내면세계조차도 바르게 인지할 수 없는 왜곡된 인생을 살게 되는 것이다. 불가에서는 이렇게 말한다. "사람은 누구나 부처가 될 수 있다. 그러나 자신의 눈을 믿는 자는 결단코 성불할 수 없다" 니체는 말하기를 "춤추는 별을 분만하기 위해서는 자기 안에 카오스를 품고 살아야 한다"라고 하였다. 우리는 끊임없이 의문해야 한다. 사유 없는 지식은 흉기에 불과하다. 질문과 의견이 필요 없는 사람은 '군인'이거나 '노예'일 뿐이다.

진실을 보고 싶다면 눈에 보이는 것만 보지 말고 현상의 이면을 볼 줄 알아야 한다. 그러기 위해서는 눈을 감고도 볼 수 있는 감식안을 가져야 한다. 현상의 이면을 볼 수 있는 눈이 없다면 세상이 온통 혼탁과 의혹투성이여도 타인의 아픔에 공감하지 못한 채, 저 좋은 대로 즐거워하며 희희낙락할 것이다.

파블로 피카소(Pablo Picasso)의 뼈아픈 일침을 여기에 새겨 둔다.
"그저 보지만 말고 생각하라. 표면적인 것 배후에 숨어있는 놀라운 속성을 찾아라. 눈이 아니고 마음으로 읽어라."

송무백열(松茂栢悅)

춘추시대 진나라 윤기(陸機)라는 사람이 쓴 문장에 「탄서부(歎逝賦)」라는 글이 있다. 이 글은 사라져 가는 것들에 대한 아쉬운 마음을 토로한 명문장으로 그 가운데 이런 대목이 있다.

"소나무가 무성해지면 진실로 잣나무가 기뻐하고, 지초(芝草)가 불에 타니 오호라 혜초가 한탄하네.[信松茂而柏悅, 嗟芝焚而蕙嘆.]"

위의 글에서 '송무백열(松茂栢悅)'과 '혜분난비(蕙焚蘭悲)'의 고사가 탄생하였다.

한 세상 살다 보면 누구나 이웃 간의 '애사'와 '경사'를 종종 만나게 된다. 지인들에게 애사와 경사 중에 어느 쪽을 더 중요시하느냐고 물으면, 대개는 경사는 못 가도 애사는 반드시 참석한다고들 말한다. 슬픔을 당한 사람을 위로하고자 하는 마음이야 누구에게나 인지상정일 것이다.

그러나 인간 심리의 내면을 깊게 고찰해 본다면 애사에서 더 큰 위로를 받는 쪽은 오히려 방문자이다. 재앙을 당한 이웃을 문병하거나 문상하면서 상대를 위로하기도 하지만, 그 기저에는 재앙에 걸려들지 않은 자신을 안도하고자 하는 보상심리가 있기 때문이다. 반대로 이웃의 경사에 흔쾌히 방문하지 못하는 내면의 심리는, 상대를 진심으로 축하하고자 하는 마음보다는 자신의 처지와 비교되는 마음 때문에 선뜻 참석하지 못하는 것이다.

주자의 친구였던 여조겸(呂祖謙)은 그의 저서 『동래박의(東萊博議)』에서 이렇게 말하였다.

"환난을 함께 겪기는 쉽고, 이익을 함께 나누기는 어렵다."
　共患易 – 공환이
　共利難 – 공리난

환난은 사람들이 다 같이 두려워하는 바이고, 이익은 사람들이 다 같이 바라는 바이기 때문에 다 같이 두려워하는 마음이 있으면 형세상 반드시 화합하고, 다 같이 바라는 마음이 있으면 형세상 반드시 다투게 된다. 고난에 함께하기는 쉬워도 성공을 함께하기는 어려운 것, 이것이 곧 인간의 본성이다.

이 세상에서 가장 천박한 속담을 꼽으라면 나는 주저 없이 대한민국의 속담을 예로 들 것이다. 그것은 바로 "사촌이 땅을 사면 배가 아프다"라는 말과 "부러우면 지는 것이다"라는 속담이다. 사촌이 땅을 사면 마땅히 축하하고 부러워해야 할 일이지, 그것을 배 아파한다는 것은 매우 옹졸하고 부끄러운 일이다.

"부러우면 진다"라는 말은 상대의 성공을 절대로 인정하지 않겠다는 태도이다. 상대의 성공을 축하하고 배워서 나에게도 도전의 기회로 삼아야 할 일이지, 상대의 성공이나 성취를 인정하지 못하고 나는 능력이 안 돼서 못 사니 너도 사서는 안 된다는 것은, 지독한 패배주의요 열등의식의 발로이다. 노골적으로 심하게 표현하자면 식민지 노예근성의 천박한 한계를 보이는 행위에 불과하다.

여조겸은 이어서 전자의 문장 뒤에 이런 말을 덧붙였다. "자신의 공이 없는 것은 부끄러워하지 아니하고, 도리어 남의 전공(戰功)을 인정하려 하지 않는다."

不慙己之無功 - 불참기지무공
反不容人之有功 - 반불용인지유공

한국인들은 남의 성공을 인정하는데 매우 인색하다. 늘 공격과 지배를 받아온 타성적 관습이 있고 지정학적으로도 대륙에 동떨어진 반도에 위치한, 편방 민족의 한계성을 안고 있어서 중원을 제패하거나 대륙을 선제적으로 공격해 본 적이 거의 없다. 성공해 본 일이 없는 사람은 상대의 성공을 인정하지 않으려는 욕구 또한 강하다. 상대의 능력을 인정하지 않으려는 욕구는 무의식 가운데 자신의 무능을 위로받으려는 심리가 내면에 깔려있기 때문이다.

누가 나의 진정한 친구인지를 분별하고자 한다면, 한 번쯤 이런 생각을 해보면 쉽게 답을 얻을 것이다. 만약 내가 20평 집에 살다 60평 집을 사서 이사 가게 되었다고 가정할 때, 자신의 집 평수와 비교하지 않고 내 일처럼 기뻐해 줄 사람이 누구일까? 내 자식이 고시에 합격하였을 때 자기의 자식과 비교하지 않고 내 일처럼 기뻐해 줄 사람이 누구일까?

우리는 흔히 비를 맞는 사람과 함께 비를 맞아주고, 우는 사람과 함께 울어주는 사람이 좋은 친구일 것이라는 착각을 하기 쉽다. 그러나 만일 그가 당신의 성공을 축하하지 못하고 배 아파할 위인이라면 그와는 결코 친구가 되어서는 안 될 사이임을 깨달아야 한다. '애사'에 참석하는 일은 동정으로도 가능한 일이지만, '경사'에 참석하여 상대를 축복하는 마음은 그에 대한 사랑이 없이는 원천적으로 불가능한 일이기 때문이다.

옛사람은 벗과의 교분을 나눌 때 '송무지락(松茂之樂)'의 마음을 우정의 근본으로 여겼다. 그러므로 애사를 위로해 주기보단 경사에 가족처럼 기뻐해 줄 사람이 있다면, 그 사람이 곧 진정한 친구이다. 적어도 나는 그렇게 생각한다.

불계지주(不繫之舟)

매어 놓지 않은 배

일찍이 괴테는 이런 말을 남겼다. "바다로 출항하는 것에는 위험이 뒤따른다. 그러나 출항하지 않으면 기회조차 없다" 파도가 두려워 바다를 피한다면 결코 물고기를 잡을 수 없다. 그물은 배에 두어서는 안 된다. 그물을 바다에 던졌을 때만이 비로소 고기를 잡을 수 있는 법이다. 찰스 스펄전을 비롯한 후대의 학자들이 다시 이 말을 매우 유려하게 풀어냈다.

> "배는 항구에 있을 때 가장 안전하다. 그러나 그것이 배의 존재 이유는
> 아니다."

기회를 얻기 위해서는 기회가 있는 곳으로 가야만 한다. 세찬 파도와 싸울지라도 반드시 출항하여 기회의 땅을 찾아가야 한다는 말이다. 아무것도 하지 않은 채 가만히 앉아서 누군가 자신에게 기회를 줄 것이라 믿고 기다리고 있다면 그런 꿈은 차라리 버리는 것이 현명하다. 꿈은 간절

히 바란다고 이루어지는 것이 아니라 꿈을 땀으로 적실 때만이 비로소 이루어지는 법이다.

미 대통령 선거에 세 번이나 출마하였던 '윌리엄 제닝스 브라이언'은 이렇게 말했다. "운명은 기회의 문제가 아니라 선택의 문제이다. 기다리는 것이 아니라 성취하면 되는 것이다" 비록 그는 세 번 모두 낙선하였지만, 나는 그에게서 도전하는 인생이 훨씬 더 아름답다는 것을 깨달았다. 운명은 자신에게 피동적으로 주어지는 '기회의 유무'에 의해 정해지는 것이 아니라, 자신의 능동적 개입에 의한 '선택적 취사'에 달려있다고 믿는 그의 적극적이고 진취적인 태도가 내 가슴을 뛰게 한다.

배가 항해를 할 때 제 기능을 다하는 것처럼 사람도 자신의 삶의 가치를 스스로 구현해 낼 때 존재의 의미가 있는 것이다. 인생에서 가치를 구현해 내기 위한 도전은 그것이 무엇이 되었든 그 자체로 의미가 있고 아름다운 일이다. 이 멋진 아포리즘을 중역(中譯)으로 표현한다면, 대략 이런 형태로 표현할 수 있지 않을까 싶다.

船在港口的时候最安全 – 선재항구적시후최안전
但这并不是船存在的理由 – 단저병불시선존재적이유

이것을 다시 한대의 고문으로 한역(漢譯)한다면 이렇게 표현할 수 있을 것이다.

舟在港則安 – 주재항즉안
然非舟所存 – 연비주소존

이 가슴 설레는 메시지를 오래도록 마음에 담아 두었는데, 수년 전 고찰을 순례하는 여정에서 여러 가지 형태로 문장을 번역하다 보니 장서인(藏書印)이나 두인(頭印)으로 쓸만한 아이디어를 하나 얻었다. 배를 항구에 매어 놓지 않고 언제나 자유롭게 항해를 하도록 해야 한다는 생각에서 '매어 놓지 않은 배'라는 의미의 '불계지주(不繫之舟)'라는 사자성어를 고안해 냈는데, 그게 이미 전거(典據)가 있었던 것이었다. 하늘 아래 새것은 없다더니 역시 나와 비슷한 류의 고민으로 이런 식의 표현을 했던 선현이 있었다니 참으로 놀랍고 또 나의 천학비재한 무지가 부끄럽다.

미래는 신에게 맡겨야 한다. 미래는 우리가 알 수 없는 미지의 영역이다. 미래는 하늘에 맡기고 오늘 내가 할 수 있는 일에 전력을 다해야만 한다. 어제의 내가 오늘의 나를 만든 것처럼 오늘의 내가 또 내일의 나를 만들어 갈 것이다. 기실 나는 어떤 '기회'나 '목적'을 위해 인생의 닻을 올리고자 했던 것은 아니다.

'정처 없는 방랑'을 한다거나 '속세를 초월한 무념무상의 경지'를 향해 매인 밧줄을 벗고자 한 것도 아니다. 그저 내 인생의 알 수 없는 미래를 위해 남은 시간을 소중하게 사용하고 싶었을 뿐이다. 나를 얽매었던 고정관념이라는 편견의 밧줄을 벗어버리고 미지의 세상을 향해 사고의 변혁과 함께 미처 알지 못했던 다양한 사유의 세계를 경험하고 싶었을 뿐이다.

행복은 반드시 목적지에 있는 것만은 아니다. 어쩌면 목적지를 가는 여정에 있는 것인지도 모른다. 오늘도 나는 그 여정의 한 길목에서 자유로운 항해를 하고 있을 뿐이다.

여자와 소인

여성의 인권(人權)이 신권(神權)에 맞먹는 시대에 이런 소리를 해서 사회적으로 매장당하는 건 아닌지 모르겠다. 아마 '꼴페미' 여사들이 이 글을 보면 나를 난도질하고픈 충동을 느낄지도 모르겠다. 그러나 이 말은 공자의 말씀이고, 나는 그의 발언에 일정 부분 일리가 있다는 전제하에 나의 의견을 개진하는 것뿐이다.

『논어』「양화」편에 이런 말이 있다.

唯女子與小人爲難養也 - 유여자여소인위난양야
近之則不遜 遠之則怨 - 근지즉불손 원지즉원

곧 이 말은 "여자와 소인은 같이 지내기 어렵다. 가까이하면 불손하고 멀리하면 원망한다"라고 하는 의미인데, 이 말에 대한 해석이 참으로 분분하다. 대표적인 것이 '여자(女子)'를 자녀로 보고 '소인(小人)'을 하인으로 이해하여 "자녀와 하인은 기르기 어렵다"로 풀이해야 한다는 학설이다. 이는 성인(聖人)인 공자를 여성 차별주의자로 볼 수 없다는 사고에 기반한 주장이다. 이외에 "군자는 여자와 소인과는 일을 도모해서는 안 된다"라는 말로 이해하려는 등의 다양한 학설이 있지만, 내가 논하고자 하는 논지와 관계가 없으므로 논란을 생략한다.

『사기』에 이런 표현이 있다. '공씨삼세출처(孔氏三世出妻)', 이 말은 "공자 집안의 삼 세대는 모두 '출처(出妻)'하였다"라는 말인데, 여기서 '출처'는 '휴처(休妻)'와 같은 말로 현대어의 이혼에 해당한다. 공자의 부친 '숙량흘'과 '공자' 자신, 그리고 아들 '공리'까지 삼대가 모두 이혼을 한 것이다. 『사기』와 『예기』의 기사를 종합해 보면 공자가 휴처(休妻) 한 이유 중 하나는 칠거지악 중의 '구다언(口多言)'에 해당하였다. 구다언의 폐단은 처가 단순히 말이 많은 것이 아니라 '위기리친야(爲其離親也)' 즉 "그 친족들의 사이를 이간질하기 때문이다" 라고 풀이하고 있다.

나는 공자가 성차별주의자인지, 아닌지를 밝혀내고자 하는 생각이 전혀 없다. 단지 공자 시대의 여성은 대다수가 학문적 수양을 한다거나, 사회적 활동을 하던 시대가 아니었다. 그들의 생활반경은 가족과 친족 등의 향리에 국한되었으며, 관심사 역시 일상적 생활사에 불과하였다. 또한, 남자나 사대부라고 해서 그들 모두를 군자라 칭할 수 있는 것도 아니다.

'군자(君子)'란 '지도이유덕지인(知道而有德之人)' 즉 도리를 알고 덕이 있는 사람을 말하고, '소인(小人)'이란 '환득우환실지인(患得又患失之人)' 곧 얻을 것을 근심하고 또 그 얻은 것을 잃을까 근심하는 사람을 말한다. 그러므로 군자는 '의(義)'를 지향하는 사람이요, 소인은 '리(利)'만을 따지는 사람이다. 공자가 말한 '여자와 소인'에서 그 '여자'에 해당하는 범주를 현대의 모든 여성이라고 단정할 수는 없다. 그러므로 이 말은 만고불변의 진리라고 할 수는 없지만, 비록 시대가 변하였어도 일리(一理)와 타당성은 또한 충분히 있다 하겠다. 그렇다면 어떤 여성이 공자가 말한 '여자(女子)'의 범주에 해당하는가?

고민할 것도 없이 너무나 당연한 이치가 아니겠는가? 바로 '여자 소인'을 말하는 것일 것이다. 여성에게도 군자 같은 여성이 있을 것이고 소인 같은 여성이 있을 것이다. 그렇다면 현대판 '여자 소인'은 대관절 어떤 사람일까?

저마다 이해하기 나름이겠지만, 나는 자기중심적이고 이기주의적이며 편견에 찬 여자들에게서 소인의 냄새를 맡는다. 사회적 인간관계에 있어서 자신의 실수나 잘못에 대해 미안하다고 사과하면 될 사소한 일조차 자존심 때문에 기어이 그 말을 못 하고 상대와의 관계를 아예 단절해 버리고 마는 사람들이다. 열 번을 잘해주다 한번 서운하게 하면 그와는 원수가 되어 은혜는 강물에 새기고 서운한 것은 바위에 새기는 사람들이다. '옳은 것'과 '좋은 것'에 대한 사고의 미분화로 자신이 좋아하는 것이면 모두 옳은 것이고, 자신이 싫어하는 것은 모두 악으로 치환하고 마는 이분법에 갇힌 사람들이다.

이런 '소인 여자'들의 특성은 대개 자신은 선량한 피해자이고 상대는 잠재적 범죄자라는 편견을 갖고 있다. 또한, 대체로 자신과 역사를 객관화하려는 훈련이 전혀 되지 않아 상대는 언제나 슈퍼맨과 같은 완벽한 이상형의 사람이 되어 주기를 바라면서, 자신은 상대가 바라는 이상형의 사람이 되어줄 생각은 전혀 하지 않는 부류들이다.

공자의 말이 옳으냐 그르냐 하는 문제는 내게 전혀 중요하지 않다. 문제는 일상의 현실에서 여전히 이런 '여자'와 '소인'을 겪게 되는 일이 왕왕 있을 수 있다는 것이며, 중요한 것은 이런 인생을 만났을 때 내가 어떻게 대처하는 것이 현명한 처신인지를 배우고 싶을 뿐이다.

박효관(朴孝寬)과 안민영(安玟英)이 지은 『가곡원류(歌曲源流)』에 작자 미상의 이런 시가 있다. 내가 다소 의역하여 다듬어 번역하였다.

곳아 色을 믿고, 오는 나비 禁치 마라
春光이 덧없슨 줄 넨들 아니 斟酌하랴
綠葉이 成陰者 滿枝면 어늬 나비 오리오

꽃아 한때의 자태만 믿고서 나비를 하찮게 여기지 마라
봄빛이 잠깐이라는 것을 너도 짐작 못 할 바가 아닐 텐데
금세 꽃은 시들고 가지만 남으면 어느 나비가 오겠느냐?

한때 나는 예쁜 여자가 곧 착한 여자일 것이라는 편견에 빠진 적이 있었다. 그러나 이성에 대한 환상이 현저히 사라진 지금, 예쁜 여자가 착한 여자가 아니라 심성이 고운 여자가 착한 여자라는 것을 깨닫는다. 이제 내가 '예쁜 여자'라고 생각하는 사람은 인품이 고운 사람을 말하는 것이지, 현대의 미적 기준에 부합하는 얼굴이 예쁜 성형미인을 말하는 것이 아니다. 성형미인이 되어서라도 자신의 육체와 성을 무기로 삼으려는 '꼴페미'나 극단적 남성 혐오주의인 '메갈'에 해당하는 여성이야말로 공자가 말하는 이 시대의 '여자 소인'이 아닌가 싶다.

종공원명(鐘空遠鳴)

어느 페친의 담벼락에서 이런 글을 보았다. "나무는 꽃을 버려야 열매를 맺고, 강물은 강을 버려야 바다에 이른다" 전 조계종 총무원장이었던 자승 스님이 했던 말로 출전은 「화엄경」이라고 밝히고 있다.

그러나 나는 이 정도의 인문적이고 문학적인 수사가 불교 경전에 성언 (聖言)으로 들어있다는 것이, 끝내 미덥지 못하여 화엄경을 샅샅이 살펴봤지만, 어디에도 그런 내용은 없었다. 누가 어쨌건 간에 항간의 횡행하는 오류 논란에 대해 굳이 시비하고픈 마음은 전혀 없다.

그저 좋은 글귀에 내 생각을 얹어보고자 하는 충동이 생겼을 뿐이다. 나무가 정성 들여 피운 꽃을 버렸을 때 비로소 열매를 맺을 수 있고 강물은 강을 버렸을 때 비로소 바다에 이를 수 있는 것처럼, 새는 둥지를 버려야 하늘을 날 수 있고 배는 매인 줄을 벗어야만 대해를 횡단할 수 있을 것이다.

큰 것을 얻기 위해서는 자신의 소중한 것을 버릴 줄 알아야 하고, 길들여진 관습과 속박의 굴레를 벗어날 수 있는 용기가 있어야 한다. 당나라 장수 소정방(蘇定方)이 부소산(扶蘇山) 아래의 강에서 용을 잡기 위해 사용했던 미끼가 '백마'였다고 한다. 전설에 불과한 이야기지만, 그래도 용을 잡고자 한다면 적어도 백마 정도의 미끼는 사용해야 하는 법이다. 후대에 그 강을 '백마강(白馬江)'이라 하고 그 바위 터를 '조룡대(釣龍臺)'라 하였다고 전한다.

희생 없이는 아무것도 얻을 수 없다. 무엇인가를 얻기 위해서는 그와 동등한 대가를 지불해야만 한다. 물건의 가치만큼 돈을 지불해야 물건을 살 수 있는 것처럼 무엇인가를 얻고자 한다면 반드시 그 가치만큼의 대가를 희생해야 한다.

이 말이 전하고자 하는 등가적 상대성의 원리가 문학적으로 매우 적절한 비유라는 생각이 들어 내가 직접 한역을 해보았다.

樹要花謝 才能得果 - 수요화사 재능득과
水要離江 才能入海 - 수요리강 재능입해

생각난 김에 덧붙이자면 "종은 속을 비워야 그 소리를 멀리 보내고, 강물은 아래로 흘러야 바다에 이른다" 이 또한 누가 만든 경구인 줄은 모르겠으나 나를 겸손하게 만들기에 충분한 격언인 것 같아 어설픈 솜씨로 한역을 해보았다. 붓을 놓은 지 너무나 오래돼서 잘 써질지는 모르겠으나 열심히 습작해서 고마운 지인께 추석 때쯤 선물로 주고 싶다.

鐘惟中空 才能遠鳴 - 종유중공 재능원명
江惟低流 才能入海 - 강유저류 재능입해

이 말을 더 줄여서 사자성어로 만든다면 아마 이렇게 되지 않을까?

鐘空遠鳴 - 종공원명
江流成海 - 강류성해

채우는 것만이 좋은 것이 아니고, 위로 올라가는 것만이 행복해지는 것
도 아니다. 사람과의 관계도 그러하고 사랑도 그러하다. 모든 인간관계에
일방통행이란 없다.

『예기(禮記)』에 '예상왕래(禮尙王禮)'라 하였다. "예는 오고 가는 것을 숭
상한다. 가기만 하고 오지 않는 것도 예가 아니며, 오기만 하고 가지 않는
것도 또한 예가 아니다.[禮尙往來. 往而不來, 非禮也. 來而不往, 亦非禮也.]"

세상사가 늘 불의하고 불공정한 듯해도 인간의 내면세계를 지배하는
작동 원리는 언제나 누구에게나 늘 공평하고 상호가 균등하다.

빌어먹을 팔자

1948년 발간된 김구의 자서전 『백범일지』 25쪽에는 다음과 같은 글이 있다.

相好不如身好 – 상호불여신호

身好不如心好 – 신호불여심호

"얼굴이 잘생긴 것은 몸이 건강한 것만 못하고, 몸이 건강한 것은 마음이 좋은 것만 못하다."

김구 선생이 과거에 떨어져 상심하고 있을 때, 그의 아버지가 "관상 공부나 해보라" 하자 『마의상서(麻衣相書)』를 빌려다가 석 달 동안을 공부하였다. 관상을 연구하다 자기 얼굴을 보니, '귀(貴)'나 '부(富)' 같은 좋은 상은 없고 오직 '천(賤)', '빈(貧)' 등의 '흉(凶)'상뿐이었다 한다. 한마디로 빌어먹을 팔자인 거지의 관상이었다는 말이다.

이에 크게 낙심하여 살아갈 희망을 잃고 있었을 때, 책의 마지막 부분에 그 유명한 경구가 눈에 띄었다. 이 격언에 용기를 얻은 백범은 외적 수양이 아닌, 마음을 닦는 내적 수양에 힘써 제대로 된 사람 노릇을 하며 살겠다고 다짐하여 평생을 삶으로 실천하였다.

빌어먹고 산 사람 중에 가장 크게 된 인물이 누구냐고 묻는다면, 나는 주저 없이 백범 김구 선생을 꼽을 것이다. 암울한 식민지 조국의 현실 속에서 그는 자신의 생산적 노동의 대가로 사는 현실의 안락한 삶을 포기하고 민중에게 빌어먹고 사는 고난의 길을 택하였다.

이천만 동포와 겨레를 살리고자 했던 그는 두렵고 떨리는 마음으로 독립에 필요한 자금을 빌어먹고 살았지만, 그것이 자신의 안위를 위한 길이 아니었기에 훗날 그는 민족의 정신적 지주요, 겨레의 위대한 지도자 반열에 오를 수 있었다.

오늘날에도 우리 사회에는 빌어먹고 사는 사람들이 여전히 많다. 표를 구걸하고 후원금을 구걸하며 빌어먹고 사는 정치인이나, 생산적 산업활동은 전혀 없이 신도들에게 복을 빌어주는 대가로 신도들의 헌금을 빌어먹고 사는 목사나 승려 등의 종교인들이 대체로 그런 부류들이다.

빌어먹고 사는 사람 가운데서 유일하게 자선을 베풀어 준 사람에게 대가 지불을 하지 않아도 되는 사람이 있다. 그런 사람을 일컬어 세상은 '거지'라고 부른다. 그들은 그저 빌어만 먹고, 곧바로 '먹튀'한다고 해도 세상은 결코 그들을 나무라지 않는다.

그러나 거지가 되기를 거부하는 사람에게는, 비록 빌어먹고 살지라도 세상은 반드시 빌어먹는 자들에게 그 대가에 상응하는 책임을 요구한다. 정치인에겐 국가적 안위와 민생의 복리를 증진할 책임을 요구하고, 종교인에겐 사회적 윤리와 도덕적 삶의 지표가 되어 줄 책임을 요구한다. 이 경제적 책임과 윤리의 당위를 실현해 내지 못했을 때, 우리는 그들에게 더 이상 존경의 의미를 부여하지 않고 그저 '빌어먹을 놈'이라고 비웃는 것이다.

바야흐로 정치의 계절이 돌아왔다. 국·힘·당의 발암 물질들이야 비난할 것이 무엇이 있겠는가마는, 소위 진보를 자처하는 민주당의 빌어먹는 자들에게는 간절한 바람이 있다. 이번 총선에서 수박이든 참외든 80% 이상은 반드시 물갈이 공천을 해야 한다고 본다. 특히 정치를 구직의 수단으로 삼는 생계형 정치인들은 이젠 제발 다른 업종으로 전향하기를 바란다.

자신의 삶에 성공한 경험을 바탕으로 국민에게 더 나은 삶의 질을 제공하기 원하는 순수한 봉사자이거나 독재자가 벌이는 광란의 질주를 온몸으로 막아내겠다는 일사의 각오를 한 자가 아니라면 제발 나서지 말라. 이 두 가지 이유 없이 공천을 바라는 생계형 정치자영업자들은 국민의 눈에는 그저 빌어먹겠다는 '거지'로밖엔 보이지 않는다.

'민(民)'이 주권을 갖는 민주 시대에 자신을 '민초'니 '백성'이니 하면서 스스로 제왕적 봉건주의 신민을 자처하는 모질한 인간들에게도 간곡한 부탁을 한다. 제발 자신들의 불합리한 판단과 비이성적인 맹목적 투표가 이웃에게는 재앙의 폭탄이 된다는 것을 명심하길 바란다.

나는 나의 건강한 노동력을 기반으로 일평생 국가에 한 푼도 빠짐없이 성실하게 세금을 납부하였을 뿐만 아니라 5대 의무를 완벽히 준수한 대한민국의 당당한 주권자이다. 내가 낸 세금을 녹으로 빌어먹는 자들에게 나는 나의 의견을 개진하고 나의 주장을 요구할 권리와 자격이 있다.

국민의 세금을 빌어먹는 자들아! 제발 권력을 통해 자신의 이권을 잡으려 하지 말고 독립군의 '의병 정신'으로 내 한 몸 희생하여 역사를 바로 세울 각오를 다져라. 그것이 나와 너 우리의 자손들이 살아갈 터전을 아름답게 닦는 길이다.

백범은 동시대의 사람보다 집안이 좋은 것도, 학식이 풍부한 것도, 돈이 많은 것도, 얼굴이 잘생긴 것도 아니었다. 그럼에도 불구하고 그가 다른 모든 사람을 제치고 대한민국에서 가장 존경받는 최고의 정치지도자가 될 수 있었던 것은, '심학(心學)'의 중요성을 깊이 깨달았기 때문이다.

백범의 교훈을 정리하자면, 다음과 같다.

> 관상이 좋은 것은 신상(身相) 좋은 것만 못하고
> 신상이 좋은 것은 심상(心相) 좋은 것만 못하다.
> 觀相不如身相 - 관상불여신상
> 身相不如心相 - 신상불여심상

나는 여기에 굳이 한 가지를 더 언급하고 싶다.

"'심상(心相)'이 좋은 것은 '배상(背相)' 좋은 것만 못하다"를 추가하고 싶다.

> 心相不如背相 - 심상불여배상

마음은 원이로되, 육신이 연약한 것이 인간인지라, 좋은 마음씨를 갖고 있다 한들 그가 삶으로 실천해 낸 이력이 없다면 그는 단지 꿈을 꾸었을 뿐, 땀을 흘리지 않은 자이다. 꿈은 꾸기만 하면 거저 이루어지는 신기루나 요술램프 같은 환상이 아니다. 오직 땀으로 꿈을 적실 때만이 현실로 이루어지는 한 알의 씨앗에 불과한 것이다.

그러므로 그 사람의 뒷모습이야말로 한 사람의 일생을 온전히 평가할 수 있는 중요한 기준이 되는 것이다. 뒷모습이 아름다운 사람, 그가 진정 좋은 사람이요, 훌륭한 인생이다.

'심상불여배상(心相不如背相)'이 진리이다.

눈뜬 봉사

어느 모임에서 내게 강의 요청이 있었다. 강의 도중 무슨 말끝에 "그게 바로 눈뜬 봉사 꼴이 아니겠냐?"고 했더니 휴식 시간에 어떤 이가 "그거 시각장애인 비하 발언이 아닌가요?"하고 가볍게 꼬집었다. 그럼 '눈뜬 소경'이나 '눈뜬 장님'은 어떠냐고 했더니, 그것도 모두 장애인을 비하하는 발언 같다고 하였다.

'맹인(盲人)'이야 눈멀 맹(盲) 자를 쓰는 한자 말인 줄 쉽게 알 수 있어 시비가 없었지만, '장님'이니 '봉사'니 '소경'이니 하는 말은 왠지 비속어 같아 시각장애인을 얕잡아 보는 느낌이 들었던 모양이다. 아마 심청전의 심봉사를 불쌍한 사람 무시하는 단어쯤으로 생각했던 것 같다. 그러나 이 말들은 모두 비속어나 비하 발언이 아니라 맹인의 높임말이다. 장님이라 할 때의 장은 어른 장(長)이 아니라 지팡이 '장(杖)'이다. 곧 '지팡이를 쥔 어른'이라는 뜻이다.

또한 '봉사(奉事)'는 조선시대 혜민서(惠民署)에서 침을 놓던 의관으로서 종8품 벼슬을 일컫는 말이고, '소경(少卿)'은 고려시대 종4품의 벼슬로서 서운관(書雲觀)에서 천문과 역일(曆日), 측후(測候) 등을 맡아보던 관리를 말한다. 민간에서도 시각장애인들이 의술이나 점술에 종사하는 사람들이 많았다. 시각장애가 선천성일 경우도 있지만 대개는 노년에 발생하였고 육신의 눈이 감기면 마음의 눈이 열린다고 믿은 까닭에 그들을 높이고 존중하는 마음에서 해당 관직의 벼슬 이름으로 높여 부르던 존칭어였다.

옛 선비들은 즉물적 표현을 경계하였다. 매우 수사적이고 완곡한 은유 형태의 언어유희를 즐겼다. 허기가 지면 일반 평민들이야 '배고프다'라고 직접적인 소리를 하지만, 양반 계층의 사대부들은 즉물적 표현을 하지 않고 '시장하다'라고 말한다. 여기서 '시장(嘶腸)'이란 내장에서 말 울음소리가 난다는 표현이다. 시장의 '시(嘶)'는 말 울음소리 날 '시' 자이고, 장(腸)은 창자 '장'이다.

'지난겨울'이란 말은 문자적 표현으로는 '과동(過冬)'이지만 대개의 선비는 은유적 표현으로 '객동(客冬)'이라는 말을 쓴다. 즉 '손님으로 왔던 겨울'이라는 뜻이다. 손님은 왔다가 떠나는 존재이니, 왔다가 떠난 지난겨울이라는 소리이다. 선비들이 일상으로 접하는 서책도 '안상고인(案上古人)'이라고 표현한다. 곧 책상 위의 옛사람이라는 멋스럽고 운치 있는 말이다.

우리가 요즈음 '꽃게'라고 불리는 대게는 꽃처럼 예쁜 색깔이어서 꽃게라고 부르는 것이 아니다. 등에 꼬챙이같이 생긴 두 뿔이 있어서 '곶해'라고 하던 것이 '곶게'가 되고 '꽃게'가 되었다. 성호사설이나 자산어보에 나오는 곳해의 한자어식 표기는 관해(串蟹) 또는 '시해(矢蟹)'이다. 관해의 '관(串)'은 곳, 꼬챙이, 꼬치 등을 뜻하고 '해(蟹)'는 게를 말한다. 시해의 '시(矢)' 역시 화살촉과 같이 끝이 뾰족한 것을 의미한다.

지명 가운데도 육지가 바다를 향해 꼬챙이처럼 튀어나온 지역을 '곳'이라 하는데 장산곳, 호미곳, 장기곳 등이 이에 해당하는 지역이다. 한편 대게의 대는 큰 대(大) 자로 오해하기 쉬운데 대게의 한자식 표현은 '죽해(竹蟹)'이다. 대게의 다리가 크다는 것을 의미하는 것이 아니라 다리를 접기 위해 대나무처럼 마디가 있어서 '대게'라 한 것이다..

이런 곳게를 조선의 선비들은 옆으로 걷는다고 하여서 '횡보공자(橫步公子)', '횡행개사(橫行介士)'라 하였으며, 창자가 없다고 하여 '무장공자(無腸公子)'라 칭하였다.

김밥의 '김'도 한자어로는 해태(海苔) 또는 감태(甘苔)로 불렸지만 '해의(海衣)'라는 표현을 즐겨 썼다. 곧 '바다가 입는 옷'이란 소리다. 미역은 한자로 곽(藿)이지만 '바다의 띠'라는 의미로 '해대(海帶)'라고 표현하였다.

지금은 금싸라기 땅인 '여의도(汝矣島)'가 조선시대는 모래바람 나는 쓸모없는 땅이었다. 그래서 '너나 가져라'라는 뜻의 '너섬', '너의 섬'으로 불렸다. 이 명칭의 이두식 표현이 여의도(汝矣島)이다. 인삼의 종주지로 꼽히는 금산의 월명동(月明洞)은 『신증동국여지승람(新增東國輿地勝覽)』에 의하면 '월외리(月外里)'였다. 조선시대 순우리말로 '달밖골'이라 하던 것을 한자로 차음하여 월외리가 된 것이었는데 다시 현대식 표기로 월명동이 된 것이다.

이른바 '물의를 일으켰다'라고 할 때의 '물의(物議)'란 뭇사람의 서로 다른 비평이나 불평을 유발한다는 뜻이다. 한자에서 자신을 나타내는 자(自)의 반대말은 타(他)이고 기(己)의 반대말은 인(人)이다. 그러므로 자(自)와 기(己)는 자신을 나타내고 타(他)와 인(人)은 자신을 제외한 남을 가리킨다. 그러나 자신을 지칭하는 말 중 '아(我)'의 반대말은 '물(物)'이다. 이때 물(物)은 나를 제외한 온갖 만물을 가리킨다. 그래서 나와 자연을 합일하여 '물아일체(物我一體)'라고 한다. 그러므로 '물의'를 빚는다는 말은 나를 제외한 모든 만물에 분분한 의론을 일으켰다는 소리가 된다.

어떤 기준에 맞는 사람이나 물건을 고를 때 '물색'한다는 말을 쓴다. 이때 물색의 '물'은 만물 '물(物)'이지만 '색'은 찾을 '색(索)'이 아니라 빛 '색(色)'이다. 그러므로 물색의 물(物)은 소 우(牛)와 털 물(勿)이 합쳐진 말로, 물색은 소의 빛깔을 구별한다는 속뜻이 있으며, 고대국가에서 제사를 지낼 때 좋은 색깔의 소를 고른다는 의미에서 시작되었다고 주장하는 학설이 있다.

그러나 다른 주장은 네 마리 말이 끄는 수레에서 나왔다는 학설도 있다. 수레를 몰기 위해서는 힘과 색깔이 비슷한 네 마리의 말이 필요했는데 힘이 같은 말을 '물마(物馬)', 빛깔이 같은 말을 '색마(色馬)'라고 했다. 물색(物色)은 이 물마(物馬)와 색마(色馬)의 앞 글자가 합쳐진 말로서 수레를 끄는 힘이 균등하고 색깔이 같은 좋은 말을 고르는 것을 의미했다. 조선시대 호조에서 잡비(雜費)를 물색하던 사람을 '잡물색(雜物色)', 산학청에서 석물에 관한 일을 보던 사람을 '석물색(石物色)', 선공감에서 철물에 관한 일을 맡아 보던 사람을 '철물색(鐵物色)'이라 하였다.

연암 박지원(朴趾源)이 창애라는 사람에게 보낸 편지인 「답창애(答蒼

厓)」라는 글에 이런 이야기가 있다. 화담(花潭) 선생이 길을 가다가 집을 잃고 길에서 울고 있는 사람을 만나서 물었다.

"그대는 어찌하여 우시는가?"

"저는 다섯 살에 눈이 멀어 이제 스무 해나 되었습니다. 아침에 집을 나와 길을 가다 갑자기 천지 만물이 밝게 보이고 환해져 기쁜 마음으로 돌아가려 하는데, 골목길은 갈림길도 많고 대문은 서로 비슷해서 도무지 제집을 찾지 못하겠습니다. 그래서 웁니다."

그러자 선생이 말하기를, "내가 그대에게 집에 돌아가는 법을 가르쳐 주겠소. 그대의 눈을 도로 감으시오. 그리하면 곧바로 그대의 집을 찾을 수 있을 것이오."

이십 년 만에 눈이 열린 장님에게 다시 눈을 감으라니 대체 이것이 무슨 말인가? 기적같이 열린 광명한 세상을 거부하란 말인가? 연암이 던지는 이 새로운 화두는 오늘의 우리에게 여전히 혼란스럽다. 내가 나의 주인이 되지 못하여 내 집을 찾지 못한다면 열린 눈은 망상이 될 뿐이다. 소화하지 못하는 지식은 지식이 아니며, 사고하지 못하는 믿음은 믿음이 아니며, 사용하지 못하는 권력은 권력이 아니다. 주체의 자각이 없는 현상의 투시는 언제나 혼란만을 가중시킬 뿐이다.

나야말로 '눈뜬 장님'이 아니었던가?

연암은 간명하게 일러준다. 도로 눈을 감아라. 그러면 네 집을 찾으리라. 내가 본래 있던 그 자리, 미분화된 원형의 상태로 돌아가라. 보이는 눈에 현혹되지 말아라. 튼튼한 너의 발을, 듬직한 너의 지팡이를 믿어라.

2부

풍성종룡 운영종호(風聲從龍 雲影從虎)

바람은 용을 따르고 구름은 범을 따른다

風聲從龍 雲影從虎
풍성종룡 운영종호
-『주역(周易)』

　바람은 소리와 함께 용을 따르고, 구름은 그림자와 더불어 범을 따른다. 바람에게 소리
는 흔적이다. 형체를 볼 수 없고 만질 수 없는 비물질의 세계를 우리가 인식하는 방법은
소리이다.

나는 탄핵한다

꘠

오래 묵은 생각이다. 팬덤 정치가 갈수록 심화되어 우리의 정치 지형이 진영 논리로 양분화된 것은 반도 근성을 지닌 편방 민족의 고질적 불행이다. 최근에 SNS를 통해 진보 성향을 가진 어느 목사의 글에서 "이재명을 찍는 자는 천국 갈 것이고 윤석열을 찍는 자는 지옥 갈 것이다"라는 글을 보고 그의 수준 됨을 의심하였다. 평소에 그의 글을 애독하던 사람으로서 매우 실망스러웠다. "이재명을 지지하면 애국자이고 윤석열을 지지하면 매국노다"라거나 "이재명은 선이고 윤석열은 악이다"라고 하는 선악 이분법은 지나친 편견이다. 이는 지극히 주관적인 해석일 뿐만 아니라 정치의 본질을 이해하지 못하는 매우 위험한 발상이다. 소위 팬덤 정치에 자신의 영혼이 종노릇 하는 행위에 불과하다.

국정 교과서와 관제 언론에 세뇌되어 역사 인식에 심각한 왜곡을 초래하고 있는 극우 '태극기부대'와 문재인 보유국임을 자처하는 '대깨문'의 역사 인식은 둘 다 극단적 편향에 치우쳐 균형을 잃었다는 점에서 동일한 수준이다. 편견에 갇히거나 편향에 치우치면 사물과 사건을 자신이 보고 싶은 대로만 보게 된다. 자기 성찰에 대한 분별력을 잃게 될 뿐만 아니라 내 편은 무조건 옳고 상대는 무조건 잘못이라는 독단의 도그마에 빠지는 우를 범하게 된다.

자연인 문재인은 자신의 정치 참여를 '운명'이라고 했다. 노무현 대통령이 김인규와 우병우 등 일군의 검찰 집단에게 조리돌림을 당하며 참담한 수모를 겪던 시절의 울분과 그의 죽음을 곁에서 지켜보아야만 했던 좌절감으로 그가 현실정치의 참여를 '자신의 운명'으로 받아들였을 때, 나는 그가 친일 단죄와 함께 검찰개혁과 적폐 청산을 이루어 낼 정의의 수호자이며, 그의 정치 참여야말로 민족의 '역사적 운명'이라는 것을 믿어 의심치 않았다.

나는 그가 이 사회의 부조리한 개혁을 위해 기득권 세력과 맞서다 만신창이가 되어 상처투성이로 미완의 임기를 마친다 할지라도 그는 우리의 영웅으로서 역사 속에 영원히 기억될 것으로 굳게 믿었다.

나는 한때 문재인을 '절대 선'이라 믿으며 착각한 적이 있다. 추운 겨울날 광화문에서 촛불을 들고 그의 '운명'을 '역사의 운명'이라 굳게 믿으며 가난한 통장을 깨어서 그를 열심히 후원하였다. 대통령이 되면 청와대를 국민에게 돌려주고 대통령 집무실은 종합청사로 이전하겠다거나 광화문에서 서민들과 소주잔도 기울이며 자주 소통하겠다는 실현 불가능한 터무니없는 공약을 보고서도 이미 진영 논리에 매몰되어 보고 싶은 대로 보고 믿고 싶은 대로 믿어버렸다.

임기가 시작되어 화려한 기념식과 의전 정치로 지지율이 하늘을 찌를 듯해지자 언제부터인가 그의 신념은 '개혁'이 아닌 '지지율'로 바뀌었고 '소통'은 '고집'으로 변하고 말았다. 마침내 '정의'와 '지지율'이 충돌하고 자 할 때, 그는 '정의'를 버리고 '지지율'이라는 사적 욕망을 택하였다.

검찰총장의 '임기보장'이라는 소의(小義)에 집착하여 '검찰개혁'이라 는 대의(大義)를 잃어버렸으며, '절차적 정당성'이라는 명분에만 집착하여 '적폐 청산'이라는 시대정신을 망각하고 말았다. 그는 촛불 정신을 계승한 것이 아니라 노무현의 친구라는 단물을 빨아먹은 것이다. 애당초 그에게 는 개혁을 위한 비전이나 전략이 존재하지 않았다. 그의 운명은 사기였다.

그의 대표적 실정으로 분류되는 인사 정책의 실패는 안목의 부재에 의 한 '무지'나 '무능'만이 아니었다. 더 큰 잘못은 위기 상황을 대처하지 못 하고 방관한 '무책임'에 있다. 그는 실패한 인사에 대해서 자신의 무능을 결코, 인정하지 않았을 뿐만 아니라 위기와 혼란을 자초하고서도 사태 수 습을 위하여 누구를 경질한 적이 단 한 번도 없었다.

윤석열, 최재형, 김동연 등은 노골적으로 대놓고 반기를 든 자들이었 고 유은혜, 김현미, 홍남기, 박범계 등은 무능의 상징이었으며 김명수, 김 진욱, 김오수 등은 무책임의 극치를 보여주었던 인사였다. 어느 한 사람도 온전하게 충성하는 자가 없었다. 조국의 멸문지화에 방관하는 그를 보면 서 누구도 그를 위한 모험을 하지 않은 것이다. 모두가 기회주의와 보신 주의로 립서비스나 남발하며 자신의 이미지 관리에만 열중하였다.

그는 '갈등 조정' 능력이 전혀 없는 매우 비겁한 리더였다. 이른바 '착한 아이 증후군'에 빠져서 생래적으로 누구에게도 싫은 소리를 못한다. 그저 좋은 사람, 착한 사람이라는 이미지지만을 갖고 싶어 했을 뿐이다. 조국 장관 인사청문회 당시 자신이 임명한 장관을 검찰총장이 수사 한번 하지 않고 밤 12시 생방송 도중에 전격 기소해 버린 희대의 사건이 발생하였다. 이는 명백한 항명이며 하극상이다. 이성과 상식이 살아있는 건강한 국가라면 윤석열이 주동한 '검찰 난동'은 형법 87조 국헌문란의 국사범으로 긴급체포하고 구속 수사해야 옳았다. 대통령의 인사권을 정면으로 거역하고 파괴한 행위는 본질적으로 내란죄에 해당한다. 헌법에 의하여 설치된 국가 기관(대통령)을 전복 또는 그 권능 행사(인사권)를 불가능하게 한 것은 명백한 국헌문란이다.

조국 일가가 멸문지화의 능욕을 당하고 있는데도 검찰총장에게 "나는 윤석열 총장을 여전히 신뢰한다"라고 하며 조국 장관에게는 "나는 그에게 빚이 있다"라는 해괴한 망발을 하였다. 두 사람 모두에게 싫은 소리를 못한 것이다. 모두에게 좋은 사람의 이미지로만 남고 싶었던 것이다. 사태의 심각성이 이러했음에도 팬덤 정치에 종노릇 하는 대깨문들은 "문통에게는 빅픽쳐가 있다"거나 "우리는 문재인 보유국"이라며 비판 세력의 입을 원천 봉쇄하였다.

나는 박근혜처럼 "나도 속고 국민도 속았습니다"라고 대국민 호소를 한다거나 채동욱 사례처럼 범죄사실을 입증하여 파면을 시키거나 김영삼처럼 "독불장군에게는 미래가 없다"라고 일갈하거나 하는 등의 여러 가지 방법으로 얼마든지 문책하고 경질할 수도 있었음에도 그는 끝까지 갈등 해소에 미온적이었다.

최성해가 학력 위조로 이십칠 년간 총장을 해먹은 범죄행위에 대해서도 문제조차 삼지 않았다. 검찰은 공소시효가 지났다고 하지만, 총장의 임기는 삼 년이며 삼 년마다 재임용되는 과정을 거쳐야 하기 때문에 그의 공소시효는 아직도 여전히 유효하다. 법률 적용의 형평이 이러함에도 행정부의 수반은 모르쇠로 일관하고 교육부 장관을 문책조차 하지 않았다. 끝내 오불관언으로 일관하고 만 것이다.

5선의 국회의원이며 당 대표까지 지냈던 추미애에게 법무부 장관은 체급에 맞지 않는 자리였다. 윤석열의 패악질이 두려워 아무도 맡지 않으려는 자리에 등 떠밀어 올려보내 놓고 그녀가 고군분투하며 결사 항전으로 사선을 넘나들 때 문재인과 민주당은 모두 방관으로 일관하였다.

대통령은 겨우 2주짜리 징계안에도 자신의 손에 피 묻히기를 주저하여 주무 부처에서 올라오는 결재에 형식적으로 사인만 하겠다는 태도를 보였다. 오히려 "윤석열은 문재인 정부의 총장이다"라며 두둔하기까지 하는 기괴한 퍼포먼스를 연출하였다. "윤석열을 키운 것은 문재인이다"라는 프레임에 갇히기 싫어 오히려 그녀를 사지에 내몰고서는 "윤석열을 키운 것은 추미애다"라는 프레임에 걸리게 한 것이다. 자신은 끝까지 착한 사람이라는 좋은 이미지로 남고 싶었던 것이다.

이재용을 방면할 때도 국민적 분노를 의식하여 박범계를 앞세워 장관의 권한인 '가석방'으로 자신의 의지를 위장하였다. 쿠데타를 일으킨 반역자 노태우에게 '국장'이라는 영예를 안겨주어 온 국민을 수치스럽게 만들더니 정작 자신은 국장에 참여하지 않았다. 국무회의 의결이었기 때문에 자신의 의지와는 무관하다는 이미지를 연출한 것이다.

이미 박근혜를 '사면'하기로 작정하고 나서 그의 의중을 알아차린 이낙연이 선점 효과를 보려다 국민에게 몰매 맞는 것을 보고서는 자신은 그런 의지가 전혀 없는 것처럼 표정 관리에 열중하였다. 선거가 임박해서 국민적 동의 절차도 없이 느닷없는 기만전술로 적폐의 원죄를 기어이 사면해 주고야 말았다.

이번 대선 과정에서 대통령은 소위 친문 세력들의 반발을 잠재우며 후보자에게 "나를 밟고 가라"라는 열린 자세로 자신의 정책을 마음껏 비판할 수 있도록 이재명에게 길을 열어 줬어야 했다. 그러나 그는 끝내 자신의 추종 세력들의 반발을 막지 않았으며 이미지와 지지율 관리에만 열중하였다. 당내의 친문 세력마저도 선거운동에 매우 수동적이고 미온적이었다. 이재명은 가장 열악한 조건 속에서 단기필마로 47.8%의 기적을 일구어 낸 것이다.

남자로 태어났다고 해서 모두가 다 신사의 모습으로 죽는 것은 아니다. 남자로 태어나는 것은 하늘의 '운명'이지만 신사로 죽는 것은 끊임없는 자기 검열에 의한 '노력'이 필요한 법이다. 그는 신사의 모습으로 정치를 시작했지만, 비겁한 리더의 모습으로 정치무대를 내려오게 되었다. 나는 그에게서 이제 더 이상 신사의 모습을 발견할 수가 없다. 그는 내게 무능하고 무책임 한데다 비겁한 리더로서 고집불통의 모습만을 각인시켰을 뿐이다.

그가 재임 기간에 유례없는 성공을 거둔 것은 오직 자신의 지지율뿐이다. 탄핵 정국이라는 유리한 정치적 지형과 촛불 민심이라는 강력한 지원을 등에 업고도 겨우 41%의 지지율로 대권을 거머쥐었다. 그러나 퇴임

시의 지지율은 오히려 45%에 달하는 사상 초유의 일을 이루어 냈다. 체면과 이미지를 중시하며 '좋은 게 좋은 거'라는 식으로 누구와도 원수 맺지 않겠다는 그의 립서비스형 인간 관리가 성공한 것이다. 정치인의 길보다는 연예인의 길을 택한 셈이다. 연예인에게는 '인기'가 생명이겠지만 정치인은 '명분'이 생명이다. 연예인이야 좋은 게 좋은 것이라며 현실적 인기에 연연할 수밖에 없겠지만 정치인은 '옳은 것이라야 좋은 것이다'라며 후세에라도 역사적 평가를 받겠다는 결기가 있어야 한다.

사람은 살아가면서 개인적으로 누구도 미워하지 않겠다는 목표를 세울 수 있다. 그러나 누구에게나 다 좋은 사람으로 평가받겠다거나 누구에게도 욕을 먹고 싶지 않다는 목표는 실현 불가능한 허상에 불과하다. 그것은 자신을 기만하는 일종의 자기 최면술이며, 자기의 허상을 구현하려는 과대망상일 뿐이다. 인간사는 그럴 수도 없고 그래서도 안 된다. '진리'가 '다수결'이 아닌 것처럼 '정의' 또한 '인기순'이나 '지지율'로 결정되는 것이 아니기 때문이다. 남들의 평가에 의한 지지율이나 이미지만을 의식하여 체면에 연연하는 인생은 공자가 그토록 미워하며 이단으로 정죄하였던 교언영색(巧言令色) 하는 '향원(鄕原)'에 불과한 사람일 뿐이다.

어쩌면 우리가 말하는 '착한 사람'이란 광고 속 이미지와 같은 허상에 불과할지 모른다. 중요한 것은 '착한 사람'이라는 이미지를 얻는 것보다 '착한 일을 한 사람'이라는 실제적 경험을 갖추는 것이 훨씬 더 소중한 일이다. 우리의 판단 또한 착한 사람일 것이라는 이미지에 현혹되어 실체가 없는 감정적 판단을 할 것이 아니라 옳은 일을 한 실제적 경험을 바탕으로 실증적 판단을 해야 옳은 것이다.

옳은 일을 한 사람이 되기 위해서는 사회적 평판이나 도덕적 비난을 두려워해서는 안 된다. 정의로운 자에게는 좋은 사람이라는 평을 받아야 하고 불의한 자에게는 나쁜 사람이라는 평을 받는 것이 옳다. 굳이 도둑질하고 있는 놈에게까지 고맙다는 소리를 들어야만 하겠는가?

나는 오늘 실패한 대통령 문재인을 탄핵한다.

내가 그를 지지하고 열광했던 것은 개혁을 위해 '십자가'를 져야 하는 그의 '박해'와 '고난' 때문이었지 기념식장에서 의전 정치하며 '성군놀이' 하는 '영광' 때문이 아니었다. 퇴임 후 봉하마을 너럭바위 앞에서 가슴 치며 통곡하는 염치없는 짓거리는 제발 하지 않기를 바란다. 귀하는 김대중과 노무현의 계보를 이을 재목이 아니었다.

친구의 죽음 앞에서 자신의 십자가를 '운명'처럼 지고자 했던 내가 알던 문재인은 이미 죽었다. 정조 이후 이백여 년 동안 진보 개혁 세력에게 문재인 정부만큼 막강한 권한을 가졌던 적이 일찍이 있었던가? 180석의 의회 권력까지 몰아준 국민에게 문재인 정부는 너무나 무기력하고 무책임하였다. 앞으로 더 철저히 부서지고 좌절해야 한다.

국민의 피눈물 나는 개싸움과 촛불 정신으로 하나가 되어 만들어 준 '천재일우'의 기회를 허망하게 날려버린 귀하는 더 이상 '운명'을 논하던 그 옛날의 문재인이 아니었다. 자신이 임명한 부하의 항명과 반란에 힘한번 써보지 못하고 좌고우면하며 눈치나 보다가 체면과 지지율만을 염려하여 보신으로 일관한 비겁한 리더의 전형이었다. 그저 '오욕칠정'의 세속적 욕망에서 자유롭지 못한 한낱 필부에 지나지 않았으며, '착한 아이 증후군'에 빠져 결정장애를 앓고 있는 '정치적 미숙아'에 불과하였다.

윤석열의 검란 이후 자신이 임명한 부하의 만행으로 국헌을 문란케 하여 국민을 분노와 절망으로 화병을 나게 한 책임은 누가 질 것이며, 일개 깡패 검사에 불과하였던 그에게 오늘이 있도록 키워준 책임은 누가 질 것이며, 앞으로 오 년간 국민이 겪게 될 치욕과 수모와 좌절의 책임은 누가 져야 할 것인가?

　나는 이 일에 가장 큰 책임이 문재인 씨에게 있다고 단언한다. 귀하는 이 절망과 좌절의 사태에 대해 마땅히 가장 무거운 책임을 지고 석고대죄하며 역사와 국민 앞에 사죄해야 한다. 정치인이 국민을 지켜줘야지 국민이 정치인을 지킨다는 게 말이 되는가? 자신의 사적 욕망으로 권력을 추구하고자 하는 정치 모리배들이 과연 인간문화재란 말인가? 천연기념물이란 말인가? 어찌 엄동설한 추위 속에 국민을 내몰아 개싸움을 시키는가? 개싸움은 정치를 하고자 하는 그대들의 몫이 아니었던가? 위대한 국민의 단결된 힘과 촛불의 함성으로 세워진 정부가 탄핵을 당했던 적폐 세력에게 겨우 오 년 만에 도로 정권을 갖다 바친 이 역사의 비극을 도대체 무엇으로 변명할 것인가?

　이재명이 싫어 윤석열을 찍었다는 '깨시연'들과 아직도 문재인 보유국이라는 미망에 사로잡힌 '대깨문'들과 우리 주군은 무오류의 인생이라고 굳게 믿으며 팬덤 정치의 종노릇 하는 '광신도'들에게 대학(大學)의 명언을 첨언하고자 한다.

　好而知其惡 惡而知其美 - 호이지기오 오이지기미
　"좋아하더라도 그의 나쁜 점을 알아야 하며, 미워하더라도 그의 좋은 점을 알아야 한다."

군자불기(君子不器)

⁂

어떤 이가 내게 물었다. 당신은 '보수'입니까? '진보'입니까? 소이부답(笑
而不答) 하던 내가 그에게 되물었다. 당신은 '군자(君子)'입니까? '소인(小
人)'입니까? 한참을 머뭇거리던 그가 말하였다. "소인인 것 같습니다".

군자와 소인을 변별하는 기준은 '의(義)'와 '리(利)'에서 출발한다. 어떤
한 상황에 처했을 때 자신의 유불리를 먼저 계산한다면 그는 소인인 것이
요, 자신의 유불리와 관계없이 이 일이 의로운지 불의한지를 먼저 생각한
다면 그는 군자다운 사람인 것이다.

그러므로 소인은 얻을 것을 근심하고 또 잃을까 염려하는 사람, '환득
우환실지인(患得又患失之人)'을 지칭하는 말이요, 군자는 인간이 마땅히 지
켜야 할 도리를 알고 덕이 있는 사람, '지도이유덕지인(知道而有德之人)'을
일컫는 말이다. 이 두 인격의 개념은 나면서부터 신분적으로 규정지어지
는 것이 아니다. 내 안에 '성(聖)'과 '속(俗)'이 함께 공존하고 있는 것처럼

우리는 모두 군자이기도 하고 때로 소인이기도 하다.

'군자불기(君子不器)'는 "군자는 그릇이 아니다"란 뜻이 아니다. 명사를 부정하는 것은 '비(非)' 부정사이기 때문에 그런 취지의 말이 되려면 '군자비기(君子非器)'가 되어야 한다. 그러나 '부(不)'는 동사를 부정하는 부정사이기에 '군자불기(君子不器)'는 "군자는 제한된 그릇처럼 한정되지 않는다"라는 의미로 이해해야 한다. 그러므로 군자는 '시(時)'와 '처(處)'에 따라 사유의 세계가 무한하여 사고의 획일성을 억압받지 않는 존재인 동시에 자신의 본질을 스스로 규율하는 자유로운 존재란 말이다.

나는 보수이기도 하고 또한 진보이기도 하다. 그러나 때로는 보수도 아니고 진보도 아니다. 나는 민주당이라는 '이익집단의 노조원'도 아니고 그들에게 종속된 'AI'도 아니다. 그저 주권을 가진 국민의 한 사람으로서 '간헐적 민주당 지지자'일 뿐이다. 대한민국의 기형적인 정치지형 아래에서 누군가 나를 정형화된 틀에 고정불변의 객체로 규정하는 것을 나는 단호히 거부한다.

백호 윤휴가 "천하의 이치를 어찌 주자만 알고 나는 모른단 말이냐"라고 하였을 때 성리학에 매몰된 조선 사회는 그를 사문난적(斯文亂賊)으로 규정하여 사회적 낙인찍기를 주저하지 않았다. 그런 잘못된 낙인찍기의 관행이 우리의 DNA에 뿌리 깊게 남아 있어 여전히 사회 곳곳에서 횡행하고 있다. 박정희는 자신의 원죄인 친일 부역의 죄과를 호도하고자 반공 이데올로기로 국민을 무장시켜서 정적들을 '빨갱이'라는 주홍 글씨로 정치적 낙인을 찍어 사회적 매장을 자행하였다. 주지하는 바와 같이 DJ는 대통령이 되고 나서도 빨갱이라는 정치적 낙인의 망령에서 벗어나지 못하였다.

대선이 끝나고 차마 받아들일 수 없는 암울한 현실 앞에 비분강개하는 필부의 넋두리를 동네 놀이터에 퍼질러 놨는데, 이것이 감당키 어려운 '필화사건'의 불씨가 되고 말았다. 이 불씨는 마침내 산불이 되어 일파만파로 퍼져나갔다. 상상을 초월할 정도의 폭발적 반응에 정작 당황하고 놀란 것은 나 자신이었다.

어마 무시한 페친들의 친구 요청이 쏟아져 왔고 격려와 응원의 메시지가 밀려왔다. 나의 발언이 논란의 중심이 되어 여기저기 언론사에서 인터뷰를 요청하는 사례까지 생겨났다. 전혀 예상치 못하였던 일인지라 일언지하에 모두 거절하였다. 평생을 비주류 아웃사이더로 살아온 내가 새삼스레 이 나이에 무슨 유명세를 치르고 싶은 마음이 있겠는가? 그야말로 '1'도 없다.

한편으로 페북 메신저에는 최소한의 논리와 합리적 사유도 갖추지 않은 언어폭력과 인신공격성 글들이 무차별로 쏟아졌다. 대체로 자신의 우상을 비판했다는 것에 대한 감정적 배설에 불과한 비난의 글들이 주류를 이루었지만, "님의 의견을 존중합니다"라고 정중히 댓글을 달고 더 이상 코멘트하지 않았다. 그것은 내가 그의 주장에 동의한다거나 또는 내 인격적 도량이 넓어서가 아니라 나의 판단에도 얼마든지 오류가 있을 수 있다는 것을 전제하였기 때문이다. 또한, 에블린 베아트리체 홀이 볼테르의 평전에서 "나는 당신의 의견에 동의하지 않는다. 그러나 그것을 말할 당신의 권리는 목숨을 걸고 지킬 것이다"라고 말한 바와 같이 내 정치적 자유는 언제나 나의 반대자의 자유에 의해 보장되기 때문이다.

그러나 자신과의 정치적 견해가 다르다는 이유로 상대를 악마화하고 인신공격을 서슴지 않는 극단적 진영 논리에 갇힌 부류들과는 어떤 형태로든 말을 섞고 싶지 않다. 그들은 이미 민주 시민으로서의 주권을 스스로 포기한 자들이다. 자신이 지지하는 정치인을 우상화하거나 신격화하여 스스로 홍위병을 자처하는 자들이며, 그들의 악담은 자신이 팬덤 정치에 종노릇 하는 노예임을 반증하는 행위에 불과하다.

비판적 지지자를 악마화하며 일체의 비판이나 비난을 용납하지 못하는 그들에게 문재인은 무오류의 인생이며 신성불가침의 대상이다. 그들은 '문재인 대통령이야말로 역사에 남을 위대한 지도자'라고 주장한다. 개혁을 이루지 못하고 정권이 교체된 책임은 오직 그를 제대로 보좌하지 못한 참모진과 무기력한 민주당 의원에게 있다는 것이다. 이런 식의 논리라면 위대한 지도자를 알아보지 못한 국민이 개혁의 걸림돌이고 자신에게 표를 주지 않은 국민이 반성해야 한다는 말이 아니겠는가? '성찰'과 '회개'를 수용하지 않는 '무비판적 추종'이나 '맹목적 믿음'은 정치나 종교나 매우 위험한 독성물질로 작용한다. 공동체를 위태롭게 할 뿐만 아니라 종국에는 반사회적 재앙이 되고 만다.

봉건제하의 절대 왕정 시대에도 '군주민수(君舟民水)'라 하였는데, 하물며 21세기 민주주의 시대에 정치인이라는 존재는 주권자인 국민에 의하여, 국민이 선택한, 국민을 위한 일꾼에 불과할 뿐이다. 일꾼의 자격을 외모나 성격 등의 '용모 단정'식 외향적 이미지에 가치를 두어서는 곤란하다. 주인이 원하는 일에 대한 실제적인 업무의 능력과 성과로써 평가해야 마땅한 법이다.

간혹 '백성'이니 '민초'니 하는 단어를 쓰는 전근대적 사고를 가진 분들의 글을 대할 때가 있다. 이는 민주시민의 주권을 포기한 행위일 뿐만이 아니라 여전히 식민지 노예근성을 버리지 못한 비자주적이고 반주체적인 발상이다.

나는 나의 주장을 일반화하거나 절대화하고 싶은 의도가 전혀 없다. 나 또한 오류가 많은 인생임을 잘 알고 있기 때문이다. 그러나 일개 범용한 소시민에 불과한 내가 그토록 비분강개한 것은 국민에게 권력을 위임받은 정치인이 '해야 할 일을 하지 않은 것'과 '하지 말아야 할 일을 한 것'에 대한 책망과 비판을 주권자의 한 사람으로서 지극히 사적인 감정으로 피력한 것일 뿐이다. 또한, 극단적 인신공격으로 개인의 신상까지 비난하며 악마화하는 자들과의 논쟁을 피하고 싶어 논란이 잦아들기를 기다렸던 까닭은 상식이나 교양을 설득해야 할 정도의 수준이라면 그와는 이미 친구가 될 수 있는 사이가 아니라고 판단했기 때문이다.

내가 고전을 공부하는 가장 큰 이유는 지적 허영심이나 세속적 욕망을 충족하기 위함이 아니다. 그것은 고전을 통해 '역사'와 '자신'을 객관화해서 볼 줄 아는 안목을 키우고자 함에 있다. 섬을 벗어났을 때만이 비로소 섬 전체의 모습을 볼 수가 있는 것처럼, 인간은 자신의 욕망을 내려놓았을 때만이 비로소 실체적 진실에 가까운 자신의 모습에 다가갈 수 있다.

우리는 언제까지 자신의 참모습을 외면한 채 정치적 낙인찍기로 상대를 악마화하는 전근대적 폐습을 답습하고만 있을 것인가? 이제 우리의 국운도 반도 민족의 근시안적 편견에서 벗어나 '갈라파고스 신드롬'의 미몽에서 하루빨리 깨어날 때가 되어야 하지 않겠는가?

구맹주산(狗猛酒酸)
주막집 개

'구맹주산'이란 고사성어가 있다. 주막집의 개가 사나우면 손님이 없어 술이 시어진다는 뜻이다. 한 나라에 간신배가 있으면 어질고 선량한 선비가이르지 않거나 떠나버려 결국 나라가 쇠약해지고 만다는 것을 비유하는말이다.

송(宋)나라 사람 중에 술을 파는 자가 있었다. 그는 되가 공정했고, 손님에게도 아주 공손하였으며, 술을 만드는 재주가 뛰어났다. 술도가임을 알리는 깃발도 아주 높이 걸었지만, 술은 팔리지 않고 모두 시어져 버렸다.그 이유를 이상히 여겨 평소 알고 지내던 마을의 어른 양천(楊倩)에게 자문을 하였다.

양천이 물었다.

"당신 집의 개가 사나운가?"

"개가 사나우면 어째서 술이 팔리지 않는 것입니까?"

"사람들이 두려워하기 때문이라네. 어떤 사람이 자식을 시켜 돈을 주머니에 넣고 호리병을 들고 술을 받아오게 하였는데, 개가 달려와서 그 아이를 물었다네. 이것이 술이 시어질 때까지 팔리지 않는 이유라네."

이 이야기의 출전은 『한비자(韓非子)』이다. 간신배들의 농간에 현명한 선비가 등용되지 못하는 까닭을 설명하기 위해 든 비유이다.

주막집마다 주인의 총애를 받는 충견들이 한둘씩은 있을 법한데, 도대체 무엇이 어째서 문제란 말인가? 사마천의 『사기(史記)』에 "폭군 걸왕(桀王)이 기른 개는 요(堯)임금과 같은 성인을 보고도 짖으며, 큰 도적 도척(盜跖)이 키운 자객은 허유(許由)와 같은 성인에게도 칼을 들이댈 수 있다"라고 하였다.

본시 개의 속성은 '선악'에 있지 않고 오직 '먹이'에 있음을 깨달아야 한다. 이 때문에 개는 자신에게 먹이를 주는 주인에게만 충성할 뿐, 그 외에는 누구든지 자신의 적으로 여길 뿐이다. 주막집 주인이 자신의 개를 여전히 사랑하는 한 그 주막의 술은 결코 쉽사리 팔리지 않을 것이다.

국가나 단체 또는 어떤 조직이든 간에 사나운 개를 자처하는 충견이 한둘쯤은 반드시 있게 마련이다. 내가 속한 공동체 또한 예외는 아니다. 충견을 자처하는 '맹구(猛狗)'나 물정 모르는 '주막집 장인' 등은 모두 자신의 고객인 '주당'에 대한 예의를 상실한 부류들이다. 주당들이야 돈이 없을지언정 어디 주막이 없어 술을 못 마시겠는가? 오라는 곳은 없어도 갈 곳이 천지인 세상에 주당이 '맹구(猛狗)' 때문에 주막을 옮겨야 한다는 게 말이나 되겠는가 말이다.

요즈음 우리는 도처에 넘쳐나는 '맹구(猛狗)'와 눈먼 '주막집 장인' 때문에 '혼술족'이 늘어난다는 웃픈 시대를 살고 있다.

조선 후기 화가 남리(南里) 김두량(金斗樑)의 '삽살개(尨狗)' 그림이 있다. 영조 임금이 김두량을 총애하여 그림의 화제(畫題)를 직접 써주었으며, '남리(南里)'라는 호를 하사하기까지 하였다 한다.

화제의 한자어는 이와 같다.

柴門夜直 是爾之任 - 시문야직 시이지임
如何途上 晝亦若此 - 여하도상 주역약차
癸亥六月 初吉翌日 - 계해유월 초길익일
金斗樑 圖 - 김두량 도

원문의 내용인즉 이렇다. "사립문에서 밤을 지키는 것이 너의 임무이거늘, 어찌하여 길 위에서 대낮에 이렇게 짖고 있느냐"라는 뜻이다. 밤에 도둑을 지켜야 할 자신의 본분을 망각한 채, 대낮에 손님을 쫓아내고 있는 사나운 개가 혹여 자신이 아닌지 늘 경계하고 살펴야 할 일이다.

군주민수(君舟民水)

"군주는 배이고 서민은 물이다. 물은 배를 띄우지만, 배를 엎기도 한다. 군
주는 이러한 생각을 함으로써 위기에 직면할 때 그 위기가 이런 지경에까
지 이르지 않도록 하여야 한다.[君者舟也, 庶人者水也. 水則載舟, 水則覆舟. 君
以此思, 危則危將焉而不至矣.]"

— 『순자(荀子)』, 「왕제(王制)」

"군주는 배이고 인민은 물이다. 물은 능히 배를 띄우지만, 역으로 충분
히 배를 뒤엎을 수도 있다.[君舟人水. 水能載舟, 亦能覆舟.]"

— 『정관정요(貞觀政要)』, 「논정체(論政體)」

초등학교 때의 일이다. 내가 사는 동네 골목길에 길게 늘어진 계단이
있었다. 어느 날 아침 등교 시간에 충격적인 장면을 목격하였다. 골목길
계단에 교복을 입은 어떤 고등학생 형이 윗단추를 서너 개쯤 풀어헤친 채
다리를 쩍 벌리고 앉았는데, 그 아래에 그의 어머니로 보이는 늙은 여자

가 무릎을 꿇고 가방을 끌어안은 채 눈물로 애원하고 있었다.

"제발 학교에 가라, 이 에미 소원이다."

"아 저리 꺼져, 학교 안 간다구."

어려서는 도무지 이해할 수 없었다. 어른이 되어 생각해보니 불량학생을 만든 원인의 팔 할은 그의 어머니에게 있었다는 생각이 든다. 그 어머니의 지나친 온정주의가 오히려 불량학생의 장래까지도 망쳤을 것이라는 생각이 든다.

'선거는 차악을 선택하는 것'이라고들 한다. 일리 있는 소리이다. 그러나 지금은 아니다. 개선의 의지가 전혀 없는 차악에게 무슨 희망이 있으며, 최악과의 변별이 또한 무슨 의미가 있겠는가? '미워도 다시 한번' 기회를 주자고들 한다. 선거 때마다 고장 난 레코드 돌아가듯 하는 신파극에 눈물이 마른 지 이미 오래다. 이런 신파조의 온정주의가 불량학생을 만들어 내듯 반성 없는 구태 정치인을 양산하는 것이다.

"검찰 파쇼 정권을 도와주는 격이다"라고들 한다. 검찰 파쇼 정권을 탄생하게 한 것이 누구 때문이란 말인가? 정치인의 진영논리는 자신들의 기득권 논리에 불과하다. "그 피해가 고스란히 국민에게 돌아온다" 공갈치지 마라. 먼저 당신들 밥줄부터 끊어 놔야 한다. 더 이상 직업 정치인들의 기만술에 농락당하지 않을 것이다.

학교 안 가겠다는 놈은 자퇴시키는 것이 마땅하다. 당장은 인생 끝난 것 같지만 오히려 그것이 그를 살리는 길이다. 지금의 민주당은 부서져야 한다. 죽을 만큼 철저히 부서져야 한다. 국민이 아픈 만큼 당신들도 포수인치(包羞忍恥)하고 와신상담(臥薪嘗膽)하며 절치부심(切齒腐心)해야만 한다. 그것만이 다시 사는 길이다. 현실의 두려움 때문에 개선의 의지가 전혀 없는 차악을 선택한다면 오 년이 아니라 십 년, 이십 년이 되어도 정권 회복은 난망한 일이다.

민주당을 찍어야만 애국이라고 생각하는 자칭 진보주의자들 또한 자신이 불량학생을 만든 어머니가 아니었는지 한 번쯤 깊은 고민을 해봐야 할 때다. 회초리를 드는 아버지도, 약을 발라주는 어머니도 모두가 자식 사랑의 다른 표현일 뿐이다. 그러나 선거 때마다 진영으로 편을 나누어 '묻지마식' 투표로 거수기 노릇만을 한다면 이야말로 민주주의의 가치를 훼손하고 정의를 부정하는 일이다. 사랑에 눈먼 자발적 복종이 폭군에 의해 강요된 복종보다 더욱 해로울 수 있다. 폭군의 노예에게는 희망이 있지만, 사랑의 노예에게는 희망이 없기 때문이다.

지지자라고 해서 모두가 맹목적 거수기만 있는 것은 아니다. 비록 나는 한 방울의 물에 불과하지만, 배를 전복시키는 역사의 흐름에 기어이 동참할 것이다. 수구 세력에게 정권을 빼앗긴 '구태 민주'는 마땅히 역대 최악의 참패를 당해야 한다. 한국 정치사에 다시 올 수 없는 180석의 힘과 촛불 시민의 지지가 얼마나 위대한 것이었는지에 대한 뼈저린 반성을 해야만 한다. 지금은 '민(民)'이 '군(君)'을 전복시켜서 깨닫게 해줘야 할 때이다.

불가에서는 대사일번절후재소(大死一番絶後再蘇)라 하였다. "크게 한번 죽어서 완전히 단절된 뒤에라야 다시 소생할 수 있다"라고 하였다. 이 길만이 절대 진리에 이르는 외길이라고 나는 굳게 믿는다. 노ㆍ통의 추도식 때, 나는 그들이 봉하마을 너럭바위 앞에서 대성통곡하며 부형청죄(負荊請

罪)라도 할 줄 알았다. 그러나 '문재인'과 '민주당'은 아무도 사죄하지 않았다. '성공한 대통령'과 '졌·잘·싸'의 당당한 모습뿐이었다. 여야를 불문하고 거기 모인 정치인들 누구도 추모에 뜻이 있어 보이지 않았다.

오직 노·통의 명성과 이미지를 도용하여 자신의 주가를 높이고자 하는 추악하고 노회한 정치적 욕망만이 드러나 보였을 뿐이었다. '노무현'의 정신을 계승하려는 자들이라기보다는 단물만을 빨아먹고자 하는 이리떼 같았다. "할 수만 있다면 법이 허용하는 범위 안에서 돕고 싶다"라는 말 한마디에 노·통은 홀로 탄핵까지 당하는 수모를 감내했다. 과연 그들은 '염치'가 있는 존재란 말인가?

반성은 국민이 해야 하는 것이 아니라 직업 정치인들이 해야 할 몫이다. 성숙한 국민의 참다운 권리는 그들을 참회하도록 표로써 심판하는 것이다. 대의민주제에서 '기권'은 단순히 권리를 포기하는 '사표'가 아니라 민심의 또 다른 형태를 표현하는 하나의 수단이다. 민주당은 최선을 다해 진정성 있는 사죄를 하고 명분 있는 패배를 받아들여야 한다. 그리고 자신의 힘으로 스스로 알을 깨고 다시 태어나야 한다.

오늘 나는 '민(民)'으로서 '주(舟)'를 전복시키는데, 나의 귀한 한 표를 행사하였다. 그러나 부활의 씨앗이 될 거룩한 그루터기에는 기꺼이 구명 튜브를 던졌다.

노무현 & 문재인

'노무현'은 중과부적의 상태였지만 기득권에 대항하여 단기필마로 홀로 싸웠다. 그 결과 모든 책임을 자신이 혼자 뒤집어썼다. 지지율은 추락하였고 측근은 기회주의적으로 처신하였으며, 동지는 분열하였고 자신은 임기 중에 국민적 공분의 대상이 되었다. 이때는 비난하기보다는 마땅히 지지했어야 옳았다.

'문재인'은 180석의 전례 없는 가공할 화력을 가졌지만 싸우지 않고 관망하였다. 그 결과 어떠한 책임에서도 자신은 자유로웠다. 지지율은 유지되었고 측근은 만신창이가 되었으며, 부하는 배신자가 속출하였어도 자신은 젠틀한 신사로서의 이미지를 굳혔다. 이때는 지지하기보다는 마땅히 비판했어야 옳았다.

나는 축구나 야구를 매우 좋아하지만 '구단'보다는 '선수'를 좋아할 뿐이다. 정치도 마찬가지이다. 정당보다는 정치인 개인을 선호한다. 한국 정치의 기형적 구조를 매우 비판적으로 보는 사람인지라 굳이 정파를 구분하자면 '간헐적 민주당 지지자' 정도쯤 되겠다. 그러나 심정적 지지로라도 적(籍)을 두지 않고 한사코 한발 물러서려는 이유는 시대와 역사를 읽는 객관적 균형감을 잃지 않고자 하는 마음 때문이다.

"나훈아를 좋아한다고 해서 나훈아는 '의인'이고 남진은 '악인'이다"라는 논리는 성립될 수 없다. 자신의 음악적 취향이 나훈아 풍을 선호하는 것일 뿐이지 아무리 열성적 사생팬일지라도 그들의 인생을 선악으로 규정할 권리는 누구에게도 없다. 자신의 주관적 감정의 '호오(好惡)'가 '정의'와 '불의'의 기준이 될 수는 없기 때문이다.

진영논리의 폐단은 우리 편은 무조건 옳고 상대편은 무조건 나쁘다는 '묻지 마'식 팬덤 정치로 변질되고 만다는 데 있다. 자신의 진영에 대해서는 어떠한 비판이나 직언도 용납지 않으면서 상대 진영에는 무차별적 증오와 적개심을 부추긴다. 이는 민주주의의 가치를 후퇴시킬 뿐만 아니라 독선적 사고를 증폭시켜 정치적 홍위병을 양산해 내는 야만의 결과를 초래할 뿐이다. 정치인을 우상화하고 스스로 팬덤 정치에 종노릇 하는 맹목적 지지자들의 행태 또한 자신의 정신세계가 아직 식민지 노예근성에서 해방되지 못하였음을 스스로 반증하는 행위에 불과하다.

과거 우리 사회는 '지역감정'이 갈등과 분열을 조장하였다면, 오늘날은 '진영논리'가 서로에게 분노와 증오를 유발하여 대결구조를 심화시키고 있다. '더불어민주당'이든 '국민의 힘'이든 정치인의 진영논리는 자신들의 기득권 논리에 불과하다. 나는 이들의 진영논리에 길들여진 충견이 되고 싶지 않다. 그들의 권력 욕망에 들러리나 서는 맹목적 추종자가 아니라 주권자로서 양 진영 모두를 감시하고 비판하는 민주주의의 파수꾼이 되고 싶은 것이다.

문재인 보유국임을 자랑스러워하는 '대·깨·문'이나 독재자 박정희를 신격화하는 '태극기 모독부대'는 둘 다 독선의 도그마에 빠져 자신의 시각이 균형을 잃고 편견에 가득 차 있다는 점에서 동일한 수준이다.

자신의 주관적 감정인 '호오(好惡)'의 기준과 객관적 윤리인 '선악(善惡)'의 기준을 이원화해 내지 못하는 그들의 논리적 사고의 무지는 때로 타인을 비방하고 악마화하는 흉기로 둔갑하기 일쑤이다. 더구나 이 무지가 신념을 갖게 되면 그땐 '확증 편향적 맹목적 지지'로 발전하여 반드시 반사회적 재앙으로 귀결되고 만다.

주권이 국민에게 있는 민주사회에서 정치인은 결코 '숭배'의 대상이 아니다. 오히려 '감시'와 '비판'의 대상일 뿐이다. 그들은 주권자인 민주시민에 의해 권력을 위임받은 공복이기 때문이다. 그러므로 정치인은 인기와 지지율에 영합하기보다는 주권자의 역사적 평가를 두려워할 줄 알아야 하며, 마땅히 이미지가 아닌 '성과'로서 존중받아야 하고 '결과'로서 평가받아야 한다.

건강한 민주사회가 되기 위해서는 지도자의 리더십 못지않게 중요한 것이 추종자의 팔로우십이다. 자신이 팬덤 정치에 열광하는 '들러리'가 아니고 진정으로 민주주의를 지키는 '파수꾼'이라고 생각한다면, 자신이 지키고자 하는 가치가 '정치인의 우상화'였는지 '민주주의'였는지를 곰곰이 한번 살펴보아야 할 때이다.

"사람은 누구나 부처가 될 수 있다. 그러나 자신의 눈을 믿는 자는 결단코 성불할 수 없다."

김영삼 & 문재인

1990년 1월 22일 민정당의 노태우 정부와 김영삼의 통일민주당, 김종필의 신민주공화당은 '민주자유당'이라는 신당을 창당하였다. 이른바 '3당 합당'이다. 이로써 '민자당'은 여소야대의 정국 지형을 무너트리고 단숨에 총의석수 299석 중 218석을 차지하는 거대 여당으로 탄생했다. 야당 지도자가 자신의 정치적 셈법을 저울질하여 정략적 결단을 함으로써 여당의 공동 대표로 탈바꿈하는 건국 이래 초유의 상황이 발생한 것이다.

3당 합당 후 YS는 "호랑이를 잡으려면, 호랑이 굴로 들어가야 한다"라고 하며 자신의 행위에 정당화를 부여하였다. 마침내 그가 집권하자 개혁은 전광석화와 같이 순식간에 이루어졌다. 취임과 동시에 군내 사조직인 '하나회'를 빛의 속도로 해체하고 5·18 특별법을 제정하였으며, 전임 대통령이었던 전두환 노태우 등 12·12 군사반란 및 5·18 민주화 운동 진압 관련자를 반란 및 내란죄의 혐의를 들어 즉각적으로 구속해 버렸다.

당시 하나회 출신 장성이 "무신정변이 왜 일어났는지 아느냐?"며 협박성 발언으로 저항하자 YS는 "개가 짖어도 기차는 달린다"라며 일언지하에 무시하고 말았다. 그의 이 발언은 세간에 널리 회자되었던 매우 유명한 사례이다. 뿐만 아니라 "이 시간 이후의 모든 금융거래는 실명으로만 이루어집니다"라는 금융실명제 긴급 담화문을 통해 어느 누구도 예측하지 못했던 혁명적 결단을 신속하고 과단성 있게 이루어 냈다.

'3당 야합'과 'IMF 외환위기' 주범이라는 혹독한 비난에도 불구하고 그는 뚝심과 결단력의 리더십을 소유한 냉철한 정치 승부사였다. 역사에 가정은 성립하지 않는다고 하지만 만약 이 시기에 대통령이 '김영삼'이 아닌 '문재인'이었다면 과연 이런 일을 해낼 수 있었을까?

천만의 말씀, 만만의 콩떡이었을 것이다. 하나회 해체는 언감생심 꿈도 꾸지 못했을 것이며, 절차적 정당성 논란으로 전두환과 노태우조차도 법정에 세우지 못했을 것이 분명하다. 금융실명제는 공론에 부쳐 국민적 지지를 얻으려다 결국 수포로 돌아가고 말았을 것이다. 끔찍한 상상이다.

혹자들은 '수박'들이 문제라고 한다. 인사 추천을 잘못한 측근들과 민주당 수박 의원들의 담합과 내통이 문제라는 것이다. 그러나 이것은 지엽적인 문제일 뿐이다. 리더십의 본질을 이해하지 못한 측면이 있다. 대통령제하에서 권력의 정점은 대통령에게 있다. 그가 허수아비나 바지사장이 아닌 담에야 그를 제외한 장님 코끼리 더듬기식의 논란이 무슨 의미가 있겠는가?

문제는 리더십에 있다. 그간 우리 사회에는 호랑이를 잡기 위해 제 발로 호랑이 굴에 들어가 맨몸으로 호랑이를 둘러메고 나온 배짱과 담력이 특출난 리더도 있었지만, 집에서 키우던 불독에게 뒷덜미가 물려 개망신을 당하고도 아무 일 없었다는 듯 예의 신사 웃음으로 표정 관리만 하던 밤고구마형 리더도 있었다.

젊은 날 그렇게도 YS를 미워했는데, 문재인이라는 '방임형 리더'를 겪고 나니 그가 얼마나 위대한 지도자였는지를 새삼 절실히 깨닫게 되었다. 역설적인 일이지만 지난 정부의 리더가 문재인이 아니고 YS였더라면, 윤석열의 반란은 꿈도 꾸지 못하였을 것이다. 이것은 법과 원칙에 의한 시스템의 문제가 아니라 지도자의 리더십 문제라는 것이다.

역사학자들에 의하면 우리 민족은 일본에 무려 780여 차례나 침략을 당했던 반면, 우리가 일본 본토를 침략한 적은 단 한 번도 없었다고 한다. 이것이 과연 자랑할 만한 일인가? 이것이 우리가 진정으로 평화를 사랑하고 원칙을 지켜냈던 민족적 긍지였단 말인가? 윤석열에 의해 하루아침에 무너질 원칙을 무슨 대단한 가치라고 '절차적 정당성'이니 '민주적 원리'이니 하면서 조선 시대 '예송논쟁'하듯 허망한 타령으로 임기 내내 허송세월만 하고 말았어야 했단 말인가?

아직도 정신 못 차린 민주당은 여전히 '문파'가 문제니, '명파'가 문제니 하며 계파 싸움에 날 새는 줄 모르고 있다. 어느 쪽이 옳은지 난 잘 모르겠다. 그러나 분명한 것은 내 당대에 '행정부' 권력과 '의회' 권력과 '지방' 권력까지를 모조리 석권하여 개혁을 완성할 수 있었던 그런 천재일우의 기회는 끝내 다시 오지 않을 것이기에 밥그릇 싸움에 여념 없는 직업 정치인들의 몰골이 그저 혐오스럽고 불쾌하기 짝이 없을 뿐이다.

박정희 & 문재인

'문재인'을 역사에 남을 위대한 대통령이라고 주장하는 사람들이 있다. '박정희'를 경제를 발전시킨 위대한 대통령이라고 말하는 사람들도 있다. 각자의 개인적 평가는 역사와 사건을 대하는 저마다의 기준이 다를 것이니 굳이 그들과 시비곡직을 가리고 싶은 마음이 추호도 없다. 그러나 두 '전직(前職)'들에게는 역사의 기록에서 지울 수 없는 멍에가 있다.

"쿠데타로 집권한 박정희는 부하의 총에 맞아 궁정동 안가에서 연예인 품에 숨졌다"라는 부끄러운 기록이 그것이며, "촛불혁명으로 탄생한 문재인은 자신이 임명한 부하의 배신으로 정권을 빼앗기고 말았다"라는 수치스러운 기록이 그것이다.

용병술에 탁월하였던 '박정희'는 부하들에게 충성경쟁을 유도하여 자신을 신격화하는 데 성공하였으나 자신이 놓은 덫에 걸려 부하의 총에 맞아 독재정권의 막을 내렸다. 용병술에 무지하였던 '문재인'은 부하들을 무한 신뢰하며, '너만 믿는다'라고 방임하여 자신의 지지율 제고에는 성공하였으나 과신했던 부하의 배신으로 정권을 빼앗기고 말았다.

박정희에게 권력의 힘은 '총'에 있었다. 저항하는 민심을 계엄으로 통제하고 채홍사를 기용하여 주지육림에 빠졌어도 측근은 오로지 권력의 정점에 가까이 가고자 하는 충성경쟁만 하였을 뿐 누구도 그를 비판하거나 직언하는 사람이 없었다.

문재인에게 권력의 힘은 '촛불'에 있었다. 그러나 애석하게도 촛불 시민은 노무현의 '지·못·미' 트라우마로 인한 집단 최면에 빠져 그를 성역화하는 치명적 오류를 범하였다. 잇따른 인사 정책의 실패로 개혁의 동력이 상실되었음에도 어떠한 비판이나 직언을 용납하지 않았다.

이들의 공통점은 '우상화된 권력'과 '맹목적 추종세력'이 있다는 점이다. 박정희에게는 그를 신격화하는 '박정희교 신자'들이 있었으며, 문재인에게는 문재인 보유국임을 자랑스러워하는 '대·깨·문'들이 있었다. 이들에게 자신의 주군은 신앙의 대상이며 무오류의 존재인 동시에 신성불가침의 영역이었다. 어떠한 비판이나 합리적 의심조차도 용납되지 않았다.

또 다른 공통점은 두 사람 모두 자신이 임명한 부하에 의하여 정권의 막을 내리게 되었다는 것이다. 최후의 순간에 한 사람은 죽어서 청와대를 나갔고 한 사람은 정권을 빼앗긴 패주가 되어 청와대 시대를 마감하였다.

문재인은 자신의 오늘이 있게 해준 촛불 시민에게 끝내 사죄하지 않았다. 촛불 시민이 차려준 '백 년 밥상'을 저 혼자 먹고 엎어버렸으면서도 '대·깨·문'의 환호에 도취되어 자신이 성공한 대통령임을 각인시키기에 여념이 없었다. 문재인 정부의 검찰총장이 후임 대통령이 되었으니 정권연장이 된 것으로 생각하고 있는 걸까? 촛불 시민에게는 형언하기 어려운 수치와 모욕의 시간을 남겨준 채, 자신은 행복한 사람이었노라며 이제 자연인으로 돌아가 잊힌 사람이 되겠다고 한다.

잊힌 사람이 되고 싶다고 하여 '흔적'이 사라지는 것도 아니요, 외면하고 싶다고 하여 '기억'과 '고통'과 '상처'와 '치욕'이 사라지는 것도 아니다. 인기와 지지율은 거품처럼 사라질지언정 촛불 시민에 대한 배신은 불멸하는 역사의 기록으로 남아 후대의 인류에게 반드시 비판의 대상이 되어 '비겁한 리더'의 전형으로 회자가 될 것이다.

정치인에게 당대의 지지율이나 인기는 허망한 신기루에 불과한 것이다. 역사의 평가에서 영원히 자유로울 수 없는 것이 '공인'된 자의 숙명이다.

이순신 & 문재인

"지금 신에게는 아직 열두 척의 배가 있고 순신은 죽지 않았습니다.[臣戰船 尙有十二 舜臣不死.]"

133척의 왜선을 마주한 조선의 수군에게 전선(戰船)은 고작 12척뿐이었다. 진도 벽파진의 '명량'은 애당초 이길 수 있는 싸움이 아니었다. 그러나 이순신은 이 싸움에서 세계 해전사에 길이 남을 명장면을 연출해 내고 만다. 그가 이 전투에서 승리할 수 있었던 비결은 오직 한 가지였다.

"죽고자 하면 살 것이요, 살고자 하면 죽을 것이다."
死卽生 生卽死 - 사즉생 생즉사

바로 목숨을 건 '결기'였다.

대통령제하에서 대통령의 권력은 필연적으로 '무소불위(無所不爲)'의 제왕적 힘을 갖게 된다. 그러나 신사 이미지를 가진 어느 전직 대통령은 '절제된 권력'만을 고집하였다. 권력을 지나치게 절제하고 사용치 않다 보니 그가 보여준 대통령의 권력은 청운동 동사무소 직원과 별반 다르지 않았다. 권력을 가진 제왕적 대통령이라기보다는 오히려 청와대 직원에 가까웠다. '절제'가 아닌 '박제'인 셈이었다.

국민은 그의 리얼한 신사 연기에 속아 180석의 의회 권력과 더불어 지방정부의 권력까지 대한민국에서 줄 수 있는 모든 권력을 그에게 몰아 주었다. 진보 진영으로서는 전무후무한 일로 건국 이래 최초의 경험이자 다시는 올 수 없는 천재일우와 같은 기회였다. 그것은 오직 '개혁'에 대한 국민의 열망 때문이었다.

그러나 그는 단 한 번도 권력의 칼을 뽑거나 국민을 설득하려 하지 않았다. 언제나 참모와 장관, 국회의원들을 앞세우며 그들의 뒤에서 형세를 관망하다가 번번이 기회를 날리고 말았다.

종국에는 정치입문 8개월짜리 병역 미필의 정치 초보자에게 '국군통수권'이라는 국가권력을 송두리째 넘겨주는 배은망덕한 수모와 치욕을 국민에게 안겨주었다. 자신의 인기영합적 '이미지'에 주력하고 국가 공동체의 근간인 '정의'를 외면하였던 비겁한 리더에 의해 끝내 개혁의 촛불은 꺼지고 만 것이다.

풍전등화와 같은 압도적인 전력의 열세에도 불구하고 '불가능한 상황을 가능한 현실'로 바꾸어 낸 민족의 지도자가 있었던 반면, 모든 우세한 화력을 다 갖추고도 싸우지 않아 '가능한 상황을 불가능한 현실'로 바꾸어 버린 무능한 리더도 있다.

　개싸움의 승패는 개의 크기나 몸집에 비례하는 것이 아니다. 오직 개의
싸우고자 하는 '투지'에 싸움의 승패가 달려있다. '12척'의 배로 조국을
누란의 위기에서 구한 민족의 영웅 이순신은 비록 전장에서 죽었지만, 민
족의 가슴속에 영원히 살아있다.

　'180석'이라는 압도적 다수의 의회 권력을 갖고도 자신이 임명한 일개
깡패 검사에게 국운을 농락당한 전직 '청와대 지킴이'는 비록 살아서 퇴
임하였지만, 개혁의 불씨를 꺼버린 비겁한 리더로 민족의 가슴속에 영원
히 기억될 것이다.

대한민국의 저울

저울의 생명은 '균형'이다. 균형의 핵심은 '중심'이다. 중심의 '중(中)'이란, 불편불의무과불급(不偏不倚無過不及)이다. 한쪽으로 치우치거나 기울지 아니하고, 지나치거나 모자람이 없어야 한다. 법의 잣대는 모든 사람과 모든 사건에 기준과 적용이 동일해야 한다. 화살이 과녁에 '적중(的中)'하듯 '시(時)'와 '처(處)'에 합당해야 온전한 저울이다. 지금 대한민국의 저울은 과연 공정한가?

그리스 신화에 등장하는 정의의 여신 '디케(Dike)'는 손에 '칼'만을 쥐고 있었다. 그러던 것이 로마 시대에 들어와 정의의 여신상에 '칼'과 함께 '저울'이 등장하였다. 정의를 구현하는데 권력의 힘만으로는 한계가 있다는 뜻이다. 그리하여 공정성과 공평성을 상징하는 '저울'을 여신에게 준 것이다. 그 후 15세기 말에 이르러 '칼'과 '저울'에 더하여 여신의 눈에 '눈가리개(眼帶)'를 부착하였다. 이는 정의의 여신이 사적 감정과 편견을 배제한 채, 오직 공정하고 균형 있는 판결만을 하겠다는 의지의 표명이다.

우리나라 대법원에 있는 정의의 여신상은 '칼' 대신 '법전'을 들고 있으며, 눈가리개 없는 한복 차림의 모습이다. 여신상을 제작하였던 조각가 박충흠 작가에 의하면 '법'과 '정의'를 상징하는 서구적 이미지의 여신을 한국적인 느낌으로 재형상화한 것이라 한다. 이 여신상은 "두 눈을 부릅뜨고 법에 따라 공정하게 판결한다"라는 메시지를 담았다 한다.

서구의 '정의의 여신상'이 '칼'을 든 것은 정의의 실현을 의미하며, '눈'을 가린 것은 불편부당(不偏不黨)하여 어느 쪽도 편들지 않는 공정한 재판을 하겠다는 것을 의미한다. 이에 반하여 우리의 여신상은 '칼'을 없애고 '법전'을 들게 하고 '안대'를 벗긴 눈을 뜬 여신의 모습이다. 과연 우리의 정의의 여신은 사적 감정과 편견을 온전히 배제할 수 있을까, 하는 의구심이 든다. 또한, 법 집행자들의 법 만능주의를 주장하는 리갈마인드한 인식의 사유가 법 이면에 처한 약자의 눈물을 닦아 줄 도량을 담보할 수 있겠는가, 하는 노파심과 함께 법률 지배자들의 논리만을 대변하는 것은 아닌가, 하는 기우를 떨쳐 버릴 수가 없다.

세계 어디에도 정의의 여신이 앉아 있는 경우는 없다. 서구의 정의의 여신이 분연히 일어나 불의를 처단하며 인간사회에 능동적이고 적극적으로 대처한다는 이미지인 반면 우리의 여신상은 높은 보좌 위에 앉아 인간세상에서 억울함을 호소해 올 때 비로소 법전을 찾아보고 저울질하겠다는 권위주의형 이미지이다. 여전히 신은 높고 법은 멀게만 느껴지는 형상이다. 나는 이 조형물에서 우리 사회에 만연해 있는 법을 빙자한 '유전무죄', '무전유죄', '전관예우' 등의 단어가 연상이 된다.

'법치주의'는 국민이 법을 잘 지키도록 준법을 강요하는 제도가 아니라 오히려 권력을 위임받은 위정자들이 나라를 통치할 때 '법'과 '원칙'에 입각해서 국정을 운영하라는 제도이다. 윤석열 정부는 총장 시절 자신이 행하였던 것처럼 모든 임명 공직자에게 '조국 전 장관'을 표준 삼아 동일한 잣대로 적용하여 모범을 보이기를 바란다.

원님 재판

'네 죄를 네가 알렸다.'

원님 재판에서 가장 중요한 것은 증거와 증인, 절차적 정당성이나 실체적 진실 등이 아니다. 오직 사또의 '심기'에 달려있다. 피고인의 무죄 입증을 위한 눈물겨운 노력도 사또의 심기를 불편케 한다면 괘씸죄에 걸리고 만다. 심기를 건드리는 '괘씸죄'는 무죄를 유죄로, 유죄를 무죄로 만드는 마법의 신통력이 있다. 요즘 현대판 원님 재판을 시리즈로 보고 있다. 확증편향에 사로잡힌 권력 카르텔의 이기적 욕망덩어리들이 육법전서를 장악한 자신들의 심기를 불편케 한 죄를 개혁 세력에게 물은 것이다.

유신정권은 존재하지도 않은 '인혁당재건위'를 조작하여 무고한 사람들을 사법 살인하였다. 대법원 판결이 확정된 후 18시간 만에 사형을 집행하였고 시신마저 임의로 화장한 채 유가족에게 돌려주지 않았다. 당시 대법원장이었던 민복기(이완용과 사돈지간)를 비롯하여 재판에 참여하여 사법살인을 자행하였던 이들 중 누구도 오심에 대한 죄를 처벌받지 않았다.

오히려 국가 훈장을 받으며 추앙의 대상이 되었다.

"사법부의 판단을 존중합니다" 국민을 향한 위정자들의 비겁한 립서비스에 신물이 난다. 사법부는 더 이상 신성하지도, 신성불가침의 성역도 아니다. 우리는 지금 검찰이 수사와 기소로서 정치보복을 하고, 권력의 단맛에 길들어진 사법부가 판결로서 농단을 부리는 부조리한 세상에 살고 있다.

선택적 정의와 편파적 수사, 조직의 기득권 수호를 위해 진실을 호도하며 심기로서 판결하는 법비들에게 무고한 사람이 이유 없이 고통당하는 것을 보면서도 '절차적 정당성'만을 주장한 채 뒷짐을 지고 만다면, 이는 통치권자의 직무유기에 해당한다. 박정희, 전두환 이후에 역대 어느 정권이 지금과 같이 막강한 권력을 가졌던가? '정의'가 없는 권력은 폭력이지만 '의지'가 없는 권력은 무능이다. 미친개를 풀어주면 결국엔 주인을 물고 만다.

전임 대통령의 임기 후반은 '결기'와 '총기'가 퇴보했다. 최고의 욕이 '여보세요'라고 한다. 또한 자신의 의중을 좀처럼 드러내지 않는다. 행여 '착한 아이 증후군'에 빠진 것은 아닌가? 자신이 결기를 보이지 않는데, 누가 목숨을 내놓고 충성을 하겠는가? 측근들은 서로 눈치를 보며 의중을 헤아리는 일에 열중하고, 청와대는 그저 지지율과 이미지 관리에 영합하고 있는 듯해 보였다.

인품과 통치는 별개의 문제이다. 일찍이 맹자는 "한갓 착한 마음만으로는 정치를 하기에 부족하고, 한갓 제도만으로는 저절로 행해질 수 없다.[徒善不足以爲政, 徒法不能以自行.]"라고 하였다.

짐승을 다스릴 때는 짐승의 법이 필요하다. 고양이에게 생선을 맡기는 우를 범하고 자신의 손발이 잘려나가고 있는데도 여전히 "검찰 내부 개혁에 대해서는 윤석열 총장을 신뢰하고 있다"라고 생각하는지 묻고 싶다.

정치는 인사가 만사라 하였다. 인사가 불안하기 짝이 없다. 안목이 없는 것인지, 인재풀이 부족한 것인지, 측근에 휘둘리는 것인지, 도무지 알 길이 없으나 대통령의 정치력이 부재한 것만은 틀림없어 보였다. 젠틀한 신사 이미지만으로 '절차적 정당성'을 헌법수호의 보루로 삼고 있는 한, 친일 유신 세력의 청산이나 검찰 사법부 등의 권력 적폐를 청산하고자 하는 염원은 요원한 망상이 되고 말 것이다.

노무현의 비극을 반복해서는 안 된다. 국민을 개싸움의 현장으로 내몰아 다시 촛불을 들게 한다면 문통은 매우 비겁한 통치자로 기록될 것이다. 검찰과 법관의 임용시스템을 바꿔야 한다. 사법연수원의 성적대로 판검사를 임용할 것이 아니라, 수료 후 오 년간은 의무적으로 인권 변호를 하도록 제도개혁을 해야 한다. 인권변호사의 경험을 통해 사회적 약자의 눈물을 이해하고 소외된 이웃의 아픔에 공감하며 진정으로 인권의 존엄성을 깨달아야 한다. 인권변호사 시절의 실적과 성적에 따라 판검사를 임용하고 보직을 정해주어야 한다.

최소한 지금과 같이 자신의 이기적 욕망과 세속적 출세를 위하여 조직의 이익만을 우선시 하는 깡패 검사와 불편한 심기를 드러내며 판결로서 진실을 농단하는 법비들의 출현은 더 이상 존재하지 않을 것이다. 낮은 사람, 겸손한 권력, 강한 나라, 사람 사는 세상을 만들겠다던 결기는 모두 어디로 갔는가? 비겁한 사람, 뒷짐 진 권력, 억울한 나라, 법비들의 세상이 되지 않기를 간절히 소망한다.

사법부의 원님 재판에 불편한 나의 심사를 대신코자 루쉰의 피맺힌 절규를 여기에 덧붙인다.

"먹으로 쓴 거짓은 결코 피로 쓴 진실을 감출 수 없다.[墨寫的謊說, 決掩不住血寫的事實.]"

불벌중책(不罰衆責)

'중책(衆責)'은 '불벌(不罰)'이라 한다.

많은 사람이 범한 잘못은 오히려 처벌할 수 없다는 말이다. 많은 사람이 지킬 수 없는 신호는 신호 위반자를 처벌하기보다는 신호등을 철거해야 하는 것이 옳은 일이다. 그러나 한 사람의 부주의로 발생한 일에 대해 공동체 전체에게 연좌제를 적용하여 모두의 권리를 박탈하는 일은 현대 사회에서 있을 수 없는 비문명적 만행이다.

때로 공동체 구성원들이 스스로 "우리 모두의 책임입니다"라고 한다면 그때는 누구도 책임지지 않겠다는 립서비스에 불과한 것이다. 이를 집단적 사과와 성찰로 오인해서는 안 된다. '시(時)'와 '처(處)'에 따라 사안의 경중과 책임의 비중은 각기 다른 법이다. 행간의 사정을 무시하고 일반화하고 평균화해서는 반복되는 해악을 방지할 수 없다.

우리는 흔히 "오십 보 백 보다"하는 말로서 '죄'와 '벌'의 원인 규명을 뭉뚱그려 소홀히 하는 우를 범할 때가 있다. '오십 보'와 '백 보' 사이에 도덕적 차이는 없을지라도 물리적 거리의 차이는 반드시 존재하는 법이다. 물리적 거리의 차이뿐만이 아니라 '시간'의 차이와 '상황'의 차이까지도 반드시 규명하여 처벌을 달리해야만 한다. 도망간 '범죄'가 같다고 해서 '형벌'의 내용까지 똑같이 처리해서는 안 되기 때문이다.

"모두 다 사랑한다"라는 말은 역설적이게도 "아무도 사랑하지 않는다"라는 것을 반증하는 말이다. 인간은 어떤 사람도 모두를 사랑할 능력이 없다. 사랑에도 차별이 있고 차등이 있는 법이다. 진정한 '공정'과 '평등'은 각인의 상황과 형평에 따른 세밀한 차이를 존중하고 인정하는 데서 출발한다.

"언제든 그만둘 각오가 돼 있다"라는 말은 욕심을 버린 비장한 말일 수도 있지만, 상황에 따라서는 매우 무책임한 처사일 수도 있다. "나 아니면 안 된다"라는 말 또한 위와 동일한 논리 구조를 갖고 있다.

중요한 것은 '시(時)'와 '처(處)'의 상황이다.

궁핍한 시절 고난의 자리에서 "나 아니면 안 된다"라고 하는 것은 순결한 희생을 전제하는 말이지만, 똑같은 상황에서 "언제든 그만둘 각오가 돼 있다"라고 하는 것은 책임을 면하고자 하는 비겁한 변명의 소리에 불과하다.

번영의 시절 영광의 자리에서 "언제든 그만둘 각오가 돼 있다"라는 말은 사심 없는 봉사의 마음을 전제하는 말이지만, 똑같은 상황에서 "나 아니면 안 된다"라고 하는 것은 권력을 독점하고자 하는 이기적 욕망의 분출이다. 정치든 종교든 공동체의 리더들 가운데 이것을 혼동하는 사람이 절대다수이다. 동서와 고금에 끊임없이 반복되는 인간의 이기적 욕망이다.

비상이라 할 때의 '비상(非常)'은 예사롭지 않은 특별한 상황을 말한다. 다시 말해 상식적이지 않은 상황을 말하는 것이다. 이 비상한 시국에 민주당은 박지현이라는 '비상(非想)'한 인물을 대책위원장으로 세웠다.

계파 싸움에 몰두하는 직업 정치인들로서는 자파의 이익을 대변할 사람 외에는 누구도 대표로 인정하기 싫었을 것이다. 고심 끝에 '내 편'도 '네 편'도 아닌 관리형 바지사장이 필요했던 것이다. 그에게 원했던 것은 비상한 상황을 타계할 경륜이나 지도력이 아니었다. 그저 립싱크로 표정 관리나 하며 대중들의 비난을 모면해 주기만을 바랐던 것이다. 그사이 물밑에서는 철저히 계파 간에 주도 싸움을 벌여서 자신들의 당권에 대한 지분을 챙기는 데에 그 목적이 있었던 것이다.

그러나 핫바지에 불과한 이 래디컬 한 페미니스트가 단단히 사고를 치고 말았다. 그 무슨 능력으로도 국민이나 의회공동체를 대표할 자격이 없는 이 정치미숙아가 전도 유망한 차기 대권 주자의 숨통을 저격하고 만 것이다. 망치를 든 자에게는 모든 것이 못으로만 보이는 법이다.

생계형 정치인들의 비겁하고 못난 짓거리가 결국은 자충수가 되어 자승자박한 꼴이 되고 만 셈이다.

민주화 시대의 정치는 자신의 영역에서 재능을 펼쳐 성공한 경험이 있는 인재가 더 넓은 세상에서 국민을 위해 자신의 준비된 경륜을 펼칠 수 있는 무대가 되어야지 검증도 안 된 초보 정치지망생이 자신의 이상을 관철하기 위해 국민을 볼모로 자신의 신념을 시험하려 해서는 안 된다. 정치는 소년 천재가 단번에 해결할 수 있는 영역이 아니다. 숱한 시행착오의 과정 끝에 칼날이 무디어진 이상주의자들의 값진 인생의 경륜이 필요한 직업이다.

민주당은 '비상(非常)' 상태에 빠진 조직을 '비상(飛上)'하게 만드는 '비상(非常)'한 능력을 지닌 인물을 천거한 것이 아니었다. 망치 하나 딸랑 든 '비상(非想)'한 페미니스트에게 완장을 채워주어 조직을 '비상(悲傷)'한 상태로 만들어 버리고 말았다.

결국 그녀는 민주당에게 '비상(砒霜)'이 되고 말았다.

서해맹산(誓海盟山)

지난 일요일 '그대가 조국'을 관람했다. 행여 매진이라도 될까 싶어 일주일 전에 사전 예매를 해 두었다. 하필 이날은 학회가 있는 날이었다. 내게 이 학회는 '간찰 초서'를 연구하는 매우 중요한 모임이었지만 만사를 제쳐놓은 채, 기어이 영화관을 향하였다. 관람실 문을 열고 들어서며 나는 그만 설움에 복받쳐 눈물이 왈칵 쏟아지고 말았다. 관람객은 우리 부부를 포함하여 고작 여섯 명에 지나지 않았다.

오도된 여론을 철석같이 믿으며 '조국'을 저주하였던 그 수많은 인간들은 진실을 알고자 하는 양심이 눈곱만큼이라도 있다면 반드시 이 영화를 보아야만 한다. 5·18이 폭도들에 의한 난동이라고 굳게 믿는 인간들은 단 한 번만이라도 '망월동'에 가서 진실을 알고자 하는 노력을 했어야 옳다. 당신들의 비난이 정당하기를 원한다면 적어도 진실을 알고자 하는 최소한의 균형을 갖추어야 옳다.

자신이 레거시 미디어에 세뇌된 줄조차 모른 채, 언론이 홍보하는 대로 의심 없이 믿고 마는 그 단순 무지에서 벗어나 현상의 이면에 감추어진 진실을 알고자 하는 노력을 해야만 한다. 자신이 믿는 바대로 이 사회의 공정과 정의를 중시한다면, 양심이 순기능을 할 수 있도록 자신의 저급한 욕망을 비워내야만 한다.

나는 우리 민족이 반드시 고쳐야 할 치명적 단점 중 하나가 '합리적'이지 못하고 '감정적'이라는 데 있다고 생각한다. 그 때문에 편견이 지나치게 심하여 배타적 성향이 매우 강한 민족이라는 것이 늘 부끄러웠다. 우리는 냄비처럼 쉽게 뜨거워지고 또 쉽게 식어서 천지를 진동할 것 같던 사건도 언제 그랬냐는 듯 너무 쉽게 잊고 마는 양은 냄비 같은 근성을 가진 민족이다.

예로부터 진실을 바르게 규명하려는 노력에 몹시 부정적이고 소극적이었다. 그저 시류에 편승하여 군중 속에 숨어서 돌이나 던지며 '낙인찍기'를 좋아하는 민족이다. '사문난적'으로 낙인을 찍던 성리학의 시대가 그랬고, '친일파'로 낙인찍던 해방 전후의 시대가 그랬으며, '빨갱이'로 낙인찍던 반공 이데올로기의 시대가 그랬다.

매카시 광풍이 휘몰아치던 지난 삼 년, 검찰 특수부는 참고인과 피의자의 인권을 무참히 유린했다. 뿐만 아니라 문서를 조작하고 진술을 기만하는 등의 일들을 서슴지 않았다. 검찰은 국가에서 공인된 '범죄 조직'이었다. 법원 역시 이에 동조하여 진실을 알고자 하는 일에 매우 편파적이었다. 이미 답은 저들끼리 정해놓았다. 검찰의 충견을 자처한 언론은 대대적인 여론몰이로 분위기를 몰아서 파렴치한 범죄자로 일가족 모두에게 주홍글씨의 낙인을 찍고 말았다.

장관 후보자의 생방송 청문회 도중 그의 아내를 소환 조사 한번 없이 의혹만으로 전격 기소하는 건국 이래 초유의 사태가 벌어진 것이다. 공권력의 횡포에 의하여 조작된 증거와 낙인찍기로 한 가족이 멸문지화를 당하는 야만이 21세기 대한민국의 현실에서 벌어진 것이다. 2019년 서울은 '범죄의 도시'였고, 대한민국은 '범죄의 국가'였다.

혹자는 조국을 '예수'에 비견한다. 그의 고난은 십분 공감하지만, 이 비유는 동의하기가 좀 어렵다. 그러나 이것만은 분명하다. 예수를 십자가에 처형하라고 고함치는 성난 군중은 영락없는 대한민국 언론의 모습이었으며, 예수를 거칠게 심문하던 대제사장들과 공회는 야당(현재는 여당) 청문위원들과 똑같이 닮아 있었다. 죽는 날까지 잊을 수 없을 것 같은 그 역겨운 대제사장들과 공회의 이름들은 이와 같다. '여상규', '김도읍', '김진태', '장제원', '주광덕', '오신환', '이은재', '정점식' 그리고 싸가지를 상실해버린 제자 '금태섭' 등이다.

여기에 또 한 사람 빼놓을 수 없는 중요한 닮은 꼴이 있다. "이 사람의 피에 대하여 나는 무죄하다"라며 손을 씻던 '빌라도' 총독이다. 그는 대한민국 행정부 수반의 모습과 일란성 쌍둥이였다.

영화를 보는 내내 나는 세 명의 인간을 절대 용서하지 않기로 다짐하였다. 내면에 마그마가 끓어 올라 스크린 속으로 뛰쳐 들어가고 싶은 충동을 자제하느라 호흡이 가빴다. 그 첫 번째 인간은 고졸 학력을 박사로 위조하여 27년간을 감쪽같이 대학 총장을 해 먹었던 모해위증(謀害僞證)

범죄자인 동양대 총장 '최성해'다. 두 번째 인간은 국민이 위임한 공권력의 칼을 사적 감정으로 마구 휘두른 깡패 검사 출신의 검찰총장 '공서결'이다. 그리고 또 다른 한 인간은 자신의 손에 피 묻히기를 싫어하여 차도살인 만을 고집하다 끝내 결자해지를 하지 못하고 청기와 하우스를 떠나버린 '빌라도' 총독이었다.

과연 인간 '조국'은 앞으로 이 땅에서 자연인으로 살아갈 수 있을까? 나는 그것 역시 이미 불가능한 선택이라고 생각한다. 가족이 멸문지화를 당하고 있는 고통 앞에서 미치지 않고서야 어찌 맨정신으로 하늘을 이고 살 수 있단 말인가? 보통 사람이 상상할 수조차 없는 참담한 고통을 감내하고 있는 그에게 세상은 잊힐 권리조차 허락하지 않을 듯하다.

맹자는 이르기를 "하늘이 장차 이 사람에게 큰일을 맡기려고 할 때는 반드시 먼저 그 사람의 마음을 고통스럽게 하고, 근골을 힘겹게 하고, 몸을 굶주리게 하는 등 그를 곤궁하고 결핍하게 만든다. 그 사람이 하는 바를 어긋나고 어지럽게 하는 것은 그 사람의 마음을 뒤흔들어 성품을 강인하게 함으로써, 지금까지 할 수 없었던 일을 할 수 있게 하기 위함이다.[…… 動心忍性, 增益其所不能.]"라고 하였다.

하늘이 그를 단련시킨 것에는 까닭이 없지 않을 것이다. 조국 전 장관은 취임에 임하기 전 자신의 각오를 이순신 장군의 '서해맹산(誓海盟山)'에 빗대어 소회를 밝힌 바 있다. 예수에게 자연인의 삶이 아닌 '공생애'의 삶이 있었던 것처럼, 조국 전 장관이 이제 자연인으로의 삶이 불가능하다면, 오히려 서해맹산과 같은 굳은 의지로 '공생애'를 살아서 그의 삶에 반전을 이루어 내는 것은 어떨까? 하는 상상을 해본다. 아마 그렇다면 비록 예수에 견줄 수는 없을지라도 적어도 이순신 장군과는 충분히 견줄 만한 위대한 삶이 되지 않을까 싶다. 그가 누군가? 칼 찬 선비 남명 조식 선생의 후손이 아니던가?

지극히 몽매한 나의 관견(管見)으로 모질고 잔인한 주문이 될 수도 있겠지만, 차기 총선에서 종로구에 출마하여 심판을 받은 뒤 이재명 등과 대권 경합을 벌인다면, 모름지기 국민의 성원이 들불처럼 일어날 것이라 굳게 믿는다.

그에게 간곡한 심정으로 두 가지 말씀을 꼭 전하고 싶다. 하나는 보조국사 지눌(知訥)이 자신이 지은 '권수정혜결사문(勸修定慧結社文)'에서 했던 말로 내가 조금 윤색하여 번역하였다.

"땅에서 넘어진 자는 반드시 땅을 딛고 일어나야 한다. 땅을 딛지 않고 일어나는 방법은 세상 어디에도 있을 수 없다.[人因地而倒者, 因地而起. 離地求起, 無有是處.]"

또 다른 하나는 백범 김구 선생의 말씀이다.

"내 힘으로 할 수 없는 일에 도전하지 않으면, 내 힘으로 갈 수 없는 곳에 이를 수 없다. 나를 넘어서야 이곳을 떠나고, 나를 이겨내야 그곳에 이른다."

부디 조국 전 장관과 그의 가족에게 '평안'과 '명예의 회복'의 길이 속히 이르기를 간절히 빌고 또 빈다.

송양지인(宋襄之仁)

춘추시대 송(宋)나라에 양공(襄公)이라는 제후가 있었다. 양공은 초나라와 홍수(泓水)라는 강변에서 싸우기로 하였다. 송나라 군대가 먼저 홍수에 도착했지만, 초나라 군대는 뒤늦게 도착하여 이제 막 강을 건너려고 하였다. 이때 장수 목이(目夷)가 건의했다. "저쪽은 수가 많고 우리는 적으니 건너기 전에 쳐야 합니다" 그러나 양공은 듣지 않았다. 초군이 강을 건너와 전열을 정비하고 있자 목이가 다시 지금이라도 치자고 했으나 양공은 듣지 않고 적군이 진용을 정비한 후에 치자고 하였다.

초나라 군대가 전열을 가다듬고 난 뒤 송나라가 마침내 공격을 시도하였으나 송나라는 오히려 대패하고 말았다. 사람들이 모두 양공을 비난하였다. 그러자 양공이 말했다. "군자는 다른 사람이 어려움에 처해 있을 때 곤란하게 만들지 않고, 전열을 갖추지 않은 상대방을 공격하지 않는다고 하였소" 송나라 양공의 인(仁)을 비유하는 말로서 쓸데없는 인정을 베풀거나 불필요한 동정이나 배려를 하는 어리석은 행동을 지적하는 말이다.

문통의 잇따른 인사 실패와 거듭되는 실정에도 불구하고 '문통에게는 빅픽처가 있다', '문통은 원리주의자이다'라며 막연한 희망의 끈을 놓지 않았다. 열렬한 지지자 중에는 '우리는 문재인 보유국가'라며 맹목적 환상에 주술적 이념을 더하여 종교적 신념으로까지 무장한 '빠'들도 있었다. 어쨌거나 모두 그의 젠틀한 신사 이미지와 더불어 노무현의 친구라는 강력한 믿음이 운명처럼 개혁을 이루어 내고 말 것이라는 기대를 갖기에 충분했다.

그러나 그에게는 착한 신사 이미지의 이면에 결정적인 단점이 있었는데, 그것이 '결정장애'와 더불어 '갈등 관계 조정의 회피'이다. 대표적 사례가 윤석열 항명 사태 때이다. 대통령이 임명한 장관을 검찰 총장이 수사 한번 하지 않고 기소시켜 버리는 초유의 사태가 벌어졌음에도 누구도 어느 쪽도 경질하거나 문책하지 않았다. 오히려 장관에게는 "그에게 빚이 있다"라고 하였으며, 총장에게는 "나는 여전히 윤 총장을 신뢰한다"라고 하였다.

갈등 관계에 있는 사람 사이에 중재 역할을 한다거나 시비를 판단하는 일을 극도로 싫어하는 스타일이었다. 두 사람 모두에게 선한 이미지의 착한 사람으로만 기억되고 싶은 것이다. 추 장관과 윤 총장의 징계 건에 관한 대립에 대해서도 문통은 간여하지 않으려는 기색이 역력하였다. 문제의 본질과는 관계없이 나는 올라오는 결재 서류에 사인만 하겠다는 오불관언의 자세로 일관하였다. 총장이 공권력을 사유화하여 개인적인 정치를 시도하고 있었음에도 "윤 총장은 문재인 정부의 총장이다"라며 문제를 회피하기에 급급하였다.

인사를 실패한 것보다 더 큰 잘못은 인사의 실패를 인정치 않으려는 고집과 경질이나 문책을 통한 쇄신조차 하지 못하는 무능과 무책임에 있다. '정의'가 없는 권력은 폭력이지만 '의지'가 없는 권력은 무능인 것이다. 문재인 정부는 진보 진영으로서는 건국 이래 가장 막강한 의회 권력을 가짐으로써 개혁을 실행할 수 있는 천재일우의 기회를 맞았다. 이 절호의 기회를 아무런 소득 없이 날려버리고 착한 아이 증후군에 빠져 젠틀한 신사 이미지에만 집착한다면 그는 '송양지인'에 맞먹는 '문양지인'이라는 어리석은 통치자로 기록될 것이다.

박근혜를 사면한다는 소식에 울화가 치밀어서 홀로 폭음을 하고 말았다. 아무리 정치에 공학이 필요한 시점이라 할지라도 이건 원칙도 원리도 도리도 정도도 아니다. 흥정이요, 거래요, 야합일 뿐이다. 자신의 수족이 멸문지화를 당할 때는 그렇게도 수수방관으로 일관하더니만 국민적 합의가 필요한 일에는 일언반구 없이 번개처럼 해치우시는가? 문통에게 이런 스피드가 있었더란 말인가? 결정장애 아니었던가?

박근혜는 '생계형 범죄자'가 아닌 '권력형 범죄자'이다. 국민 앞에 봉사와 헌신을 다짐하고 선서까지 한 사람이다. 주범인 박근혜를 사면한다면 종범인 최순실이는 어쩔 것인가? 70이 넘어 병중에 있는 수많은 생계형 장발장들은 또 어찌할 것인가? 그들은 여전히 인권조차 없는 개돼지란 말인가? 당신들의 공정과 정의란 것이 도대체 이런 것인가? 그 겨울 1,700만 촛불의 의미를 한순간에 퇴색시켜 버린 이 무능한 정권에게 나는 여전히 공정과 정의를 위한 개혁을 구걸하고 있어야 하는가?

'법치주의'는 국민이 법을 잘 지키도록 준법을 강요하는 제도가 아니다. 오히려 권력을 위임받은 자들이 나라를 통치함에 있어 '법'과 '원칙'에 입각해서 국정을 운영하라는 제도인 것이다. '민주주의'는 국민이 주인이 되는 나라이다. 권력이 국민에게 있다는 말이다. 국민이 정치지도자에게 열광하며 충성을 다해야 하는 것이 아니라 권력을 위임받은 선출 공무원이 국민에게 최상의 정치로서 충성을 다해야 한다. 나는 주권자의 한사람으로서 질 좋은 정치를 서비스받을 권리가 있다.

대표적 실정으로 기록될 문통의 인사정책을 보면서 대통령이 윤석열이라는 괴물을 잘못 선택한 것이 아니라, 내가 문재인을 대통령으로 잘못 선택한 것이 아닌가 하는 자괴감이 든다. 새해에는 권력을 위임받은 비정규직 공직자들이 주권자인 국민에게 양질의 정치서비스를 해줄 것을 주문한다.

자찬 송덕비(自讚 頌德碑)

 '송덕비(頌德碑)'는 조선 시대에 임금의 명으로 각 고을의 감영이나 관아 등의 임지에서 정사를 돌보던 관찰사나 수령 가운데, 재임 중 특별한 공덕을 세운 사람을 위하여 관내의 백성 성민(城民)들이 이를 기리고자 당대의 백성들에 의해 세워진 비석을 말한다. 송덕비에 이름을 남길 만한 목민관의 자격으로는 청렴한 자세로 고을을 위해 헌신하고 봉사하여 뚜렷한 성과로서 백성에게 은택을 입힌 자라야 한다. 이 은택에 감읍한 고을의 백성들이 목민관에 대한 경의를 헌사하려는 목적으로 세워졌던 것이 바로 송덕비다.

 송덕비의 별칭으로는 '공덕비(功德碑)', '선정비(善政碑)', '거사비(去思碑)', '유애비(遺愛碑)', '불망비(不忘碑)', '영사불망비(永思不忘碑)', '정청비(政淸碑)' 등이 있다. 특히 이 가운데 '유애비(遺愛碑)'는 지방의 관찰사나 고을의 수령 가운데, 전쟁이나 재난을 당하여 위기 극복을 위해 헌신하다 '순절(殉節)'하거나 '전사(戰死)'하였던 이들의 업적을 기리기 위해 세웠던

비의 명칭이다.

송덕비 건립은 고을의 감영이나 관아 등에서 직무를 수행하는 동안 고을을 위해 정무적, 재정적으로 헌신하였거나, 백성들의 고충과 분쟁을 해결하였거나, 전쟁이나 재난 시 백성들을 구호하며 적과 싸우다 순절하였거나 하는 등의 충의와 애민 정신이 모범적이었던 이들을 대상으로 하였다. 그 공적에 대한 사실 여부를 조사하고 심의하여 실적이 사실일 경우 해당 목민관의 업적과 은택 등을 칭송하고자 당대의 백성들이 직접 세웠다.

부정부패 및 비리에 연루된 탐관오리이거나 재임 기간 내에 권한이나 임무 등을 소홀히 한 목민관의 경우는 절대로 송덕비를 세울 수 없었다. 이 때문에 일부 무자격 목민관들은 자신의 업적을 스스로 치하하려는 욕심으로 재임 중 자신의 재물을 들여서 백성들을 기만하고 위협한 뒤에 억지로 세웠던 경우가 종종 있었다. 그러나 암행어사의 감사 등으로 이러한 비리가 발각되면 현직에서 축출되었을 뿐만 아니라 곧바로 송덕비를 철거하거나 매장하였다.

향교나 서원 등에 전하는 고문서의 기록에 의하면 조선 시대에 송덕비를 세울 수 있는 기준은 다음과 같은 조건을 충족시킨 자라야 했다.

— 임직 중 고을을 위해 헌신하고 공무에 충실하며, 민생을 생각하고 위민에 기여한 자.
— 민생의 고충을 해결하고 법적 중립을 지향하며 정무를 공정히 집행한 자.
— 청렴결백하여 뇌물이나 청탁 등을 받지 아니하고 공무를 성실히 수

행한 자.

— 전쟁이나 사변 시에 고을의 안녕을 사수하기 위해 적과 교전하다가
순절한 자.

— 재난이나 변고 시에 구호와 구휼에 만전을 기하며 온전히 임무를 수
행한 자.

위에 열거한 바와 같이 송덕비를 세울 수 있는 목민관의 자격 기준 또
한 매우 엄격하였지만, 무엇보다 중요한 것은 '시기'와 '건립'에 대한 적법
한 기준이다. 송덕비 건립 '시기'는 반드시 현직의 '퇴임 이후'라야 가능하
였다. 재임 시에 전쟁이나 재난 등의 변고를 당하여 전투와 구호 등의 임
무를 수행하던 중 순절한 경우만을 예외로 둘뿐이었다. 또한 '건립'은 목
민관 자신이 재임 중 결정하는 것이 아니라 반드시 퇴임 후 '고을 백성들
의 자발적 의지'에 따라 결정하는 것이 관례였다.

퇴임을 준비하는 대통령이 1억 3천만 원 상당의 '무궁화대훈장'을 본
인 스스로 재가했다 한다. 역대 모든 대통령이 관행으로 해왔다는 청와대
측 주장은 명분으로도 매우 설득력이 떨어진다. "상훈법 10조에 의하여
서훈 추천을 받은 뒤 국무회의에 상정하여 대통령이 재가한다"라고 하였
지만, 이는 전직 대통령의 공적을 후임 대통령이 평가하고 재가할 때 의미
가 있는 것이지 자신의 재임 기간 공적을 본인 스스로 평가하여 재가한다
는 것은 한 편의 블랙 코미디와 같은 일이다.

이는 후진국 시절 독재자를 칭송하기 위한 발상에서 비롯된 것으로 '계
승해야 할 가치가 있는 전통'이 아니라 '청산해야 할 부끄러운 유산'일 뿐
이다. 세계사에 유례가 없는 낯부끄러운 일로서 후진국 독재자들이 통치

기간에 스스로 자신의 동상이나 공적비를 세우는 행위와 똑같은 추태이다. 21세기에 아프리카 어느 신생국가에서나 있을 법한 일로서 해외토픽에 나올 만한 몰지각한 짓거리이다.

조선의 사대부들이 간혹 '자찬 묘지명(自撰墓誌銘)'을 쓰는 경우는 더러 있었다. 이 경우는 자신의 삶을 스스로 검열하여 자신의 사후를 경계하려는 의도와 후대에까지 변함없는 자신의 의지를 전하고자 하는 신념에서였다. 그러나 행여 어떤 이가 '자찬 송덕비(自撰 頌德碑)'를 세웠다 한다면, 본인이 자체적으로 세운 것이 알려지게 되는 순간 그는 관료로서의 정치 생명이 끝날 뿐만 아니라 가문 전체에도 지울 수 없는 치욕적인 오명과 함께 지탄(指彈)과 설검(舌劍)의 수모를 감수하고 살아야만 했다.

하물며 "기회는 평등하고, 과정은 공정하고, 결과는 정의로운 나라"를 만들겠노라며 '절차적 정당성'을 누누이 강조해온 현직 대통령이 전임 독재자들이 자행한 부끄러운 악습의 고리를 차마 끊어내지 못하고 말았다면, 그것은 전직들의 염치없는 밥상머리에 자신의 숟가락을 슬그머니 얹고자 하는 구차한 욕망의 발로일 뿐이다. 이는 마땅히 '후임 대통령'이나 지지자인 '국민'이 평가하고 시행해야 할 일이다. 자신의 임기 중에 스스로 셀프 훈장을 수여한다는 것은 감독관 없이 치른 시험을 자신이 직접 채점하겠다는 어처구니없고 황당한 일이다.

'훈장'이 되었든 '송덕비'가 되었든 타인이 인정하고 공감하였을 때 가치가 있는 것이지 자신의 재임 중 공로를 직접 치하하겠다는 것은 국민을 위해 '봉사'를 한 것이 아니라 '장사'를 한 것임을 자인하는 셈이다. 이는 국민에 대한 예의도 도리도 아니다. 셀프 훈장의 제정 경위가 독재 시대의 부끄러운 유산임을 안다면 관행을 따르기보다는 양심의 길을 선택했어야 옳지 않았을까?

만약 퇴임하는 대통령이 이를 단호히 거부하여 구태의연한 악습을 단절하였다면, 비록 '정치인 문재인'에게 정치적 비난은 가했을지 몰라도 '자연인 문재인'에게 인격적 비난은 함부로 가하기 힘들었을 것이다. 국민으로서 이 일에 일말의 부끄러움조차 없다면, 우리 사회는 이미 '염치'나 '양심' 따위를 내던져버린 채 '예의'와 '교양'이 실종된 비정한 시대를 살고 있음을 스스로 반증하는 것이다.

경을 칠 놈 & 경을 친 놈

유명 운동선수나 연예인들 가운데 종종 몸에 문신(타투)한 모습을 볼 때가 있다. 젊어 한때 유행이려니 싶다가도 후회할 텐데, 뭘 알고 저럴까, 싶어 때론 안타까운 생각이 든다. 우리말에 "경을 친다"라는 말이 있다. 예전에는 어른들이 "이런 경을 칠 놈" 하는 식의 비속어를 곧잘 쓰곤 하였다.

'경'은 묵형할 '경(黥)' 자로 고대 중국에서 행하였던 오형(五刑) 가운데 하나이다. '묵형(墨刑)' 또는 '자자(刺字)'라고도 하며 몸이나 얼굴에 문신을 새겨 넣는 형벌이다. 오형(五刑)은 묵형(墨刑=黥刑: 문신), 의형(劓刑: 코 베기), 궁형(宮刑: 거세), 비형(剕刑: 발뒤꿈치 베기), 대벽(大辟: 사형) 등이 있는데, 이 가운데 묵형(墨刑)은 경형(黥刑)과 같은 말로서 도둑질한 죄인에게 해당하는 형벌이었다. 조선에서도 영조 때까지 행해졌는데 뜸 치료를 자주하던 영조가 그 고통을 알고서 시행을 중지시켰다 한다.

그러므로 '경을 칠 놈'이라는 말은 "경(黥)이라는 형벌을 겪게 될 도둑놈"이라는 의미의 욕인 것이다. 요즘 유행처럼 타투를 하는 사람들은 과연 이런 의미를 알고나 하는 것일까? 예전에 문신은 주로 깍두기들의 전유물이었다. 팔뚝이나 등짝에 '차카게 살자'라는 등의 낙서가 있거나 민화풍의 그림이 있는 자들은 대체로 국가로부터 군대도 면제받는 특전을 누렸다. 그들의 등짝에 새겨진 타로가 예술성이 뛰어나 국위를 선양하였기 때문은 결코 아니다. 자기 몸뚱이에 멋대로 낙서를 하여 스스로 자신을 '도둑놈'이라고 낙인을 찍어대는 인간들에게 국가는 총이라는 위험한 물건을 도저히 맡길 수 없었기 때문이었다.

세상에 많고 많은 멋이 있고 낭만도 취미도 가지가지가 있는데, 왜 하필이면 자기 몸뚱이에 새기는 조잡한 낙서를 멋이랍시고 유행처럼 해대는 것일까? 혹시 자신의 몸에 상처를 감추고자 한다거나 불순한 흉터가 있어서 그러는 것이 아닐까? 내가 너무 순진한 생각을 하는 것인가?

내가 다니는 수영장에 손목과 발목까지 덮는 전신 수영복을 입고 오는 사람이 종종 있다. 우연찮게 샤워장에서 그들의 벗은 몸을 볼 때면 여지없이 요란한 그림이 그려져 있다. 그러나 누구도 그들을 비난하거나 질시하는 자가 없음에도 불구하고 그들은 예외 없이 며칠 못 가 수영을 그만두고 만다. 본인 스스로가 부끄러움을 견디지 못하는 것이다. 전신 수영복을 입었다는 것 자체가 문신을 후회하며 부끄러워하고 있음을 반증하는 것이다.

굳이 '신체발부는 수지부모요(身體髮膚受之父母)'하는 거창한 소리를 들이대지 않더라도 자신의 신체조차 소중히 간직하지 못하는 인생에게 대사(大事)를 맡긴다는 건 어림없는 소리이다. 자신의 육체가 영과 혼이 깃든 위대한 성전인 줄을 좀 더 일찍 알았더라면 만화 동산쯤으로 희화화하는 무모한 도발은 결단코 하지 않았을 것이다.

어느 정신 빠진 정치인이 자칭 젊은 세대를 대변한다는 국회의원으로서 '타투업법' 제정을 위해 신체 노출을 감행하며 파격 기자회견을 열었다고 한다. 자신의 몸에 낙서가 되었든 예술이 되었든 자발적 문신을 해대는 일시적 유행에 불과한 입법이 그렇게 시급하고 불가피한 문제였던가? 취업난으로 연애와 결혼과 출산을 포기한다는 '삼포세대'의 일자리나 주택문제보다 더욱 절실하고 절박한 문제였단 말인가?

'이런 일하라고 의원이 있는 것'이라 하니 이 친구는 아무래도 직업을 잘못 선택한 듯하다. 차라리 연예인이었더라면 당신이 불쌍하고 국민이 자존심 상하는 불행한 사태는 없었을 텐데 말이다.

스크루지 문 영감의 '분재기(分財記)'

❧

내가 사는 동네에 '문(文)' 씨 성을 가진 지독한 수전노 스크루지 영감이 살고 있었다. 그에게는 성씨가 다른 일곱 아들이 있었는데, 모두가 개성이 독특하고 성미가 제각각이어서 우애라고는 '1'도 없었다. 문 영감이 공직 생활을 마치고 은퇴하는 시점에 각각의 아들에게 재산을 분배하여 분가를 시키고자 하였는데, 일곱 아들은 그전에 이미 사달이 나고 말았다.

첫째는 적장자 '낙엽'이다.

이 인간은 분재(分財)를 시작하기도 전에 제일 먼저 유산을 상속해 달라고 생떼를 써서 한밑천 받아 쥐고는 곧바로 집을 나가버렸다. 지금 만리타향 미국에서 갈치 낚시를 하며, 세월을 보내고 있지만 모르긴 해도 성경 속의 탕자처럼 거지꼴을 면치 못할 것이다.

둘째는 입양아들 '철수'이다.

이 철부지는 소풍 갈 때마다 지가 제일 좋아하는 솜사탕을 그렇게 열심히 사주었건만, 윤 씨 집에서 파는 눈깔사탕에 현혹돼서 그 집의 알·바를 자청하더니 끝내는 가출하여 윤 씨네 머슴이 되고 말았다. 사탕의 단물이 다 빠져 봐야 정신 차릴 자이다.

셋째는 사고 친 아들 '희정'이다.
이 자는 오토바이 마니아였다. 뒷좌석에 아가씨 태우고 하이킹 가던 중 까불고 난리 발광을 치다가 그만 덤프차를 처박고 중태에 빠져 식물인간이 되고 말았다.

넷째는 게임에 중독된 아들 '경수'다.
이 녀석은 게임을 지나치게 좋아해서 친구랑 PC방에 갔다가 '드루킹'이라는 게임에 빠졌는데, 옆좌석의 친구가 동네 건달과 싸움이 나자 말린다는 것이 그만 한패로 연루돼 폭력 전과자가 되어 수감 중인 비운의 아들이다.

다섯째는 수양아들 '민국'이다.
비록 주어다가 키운 아들이긴 했지만, 여러 아들 중 가장 똑똑하였다. 그러나 계모와 다른 아들들의 눈 밖에 나서 허구한 날 무고한 모함을 받았으며, 아비로부터도 땡전 한 푼 못 받고 엄동설한에 쫓겨났다. 성경 속의 요셉처럼 형제들에 의해 타국에 노비로 팔려 간 것이다. 현대판 인신매매를 당한 가장 불쌍한 아들이다.

여섯째는 씨 다른 아들 '석열'이다.
이 인간 망종(亡種)은 문 씨 영감이 재혼하면서 계모가 데리고 온 아들인데, 다른 아들 몰래 뒷돈도 대주고 논밭도 사주면서 장사 밑천까지 한

못 지워주었다. 그러나 이 금수만도 못한 배은망덕한 종자는 그 돈으로 날마다 라마다 룸싸롱에 가서 술이나 퍼먹다가 그만 술집 작부와 정분이 나서 아비의 집문서를 몰래 들고 기어이 그녀와 함께 야반도주하고 말았다.

일곱째는 배다른 아들 '재명'이다.

이 막내아들은 팔자가 매우 기구하였다. 본처에게서 난 아들임에도 불구하고 생모가 일찍 죽는 바람에 어려서부터 온갖 노동을 하며, 스스로 학비를 조달하였다. 이복형제들로부터 늘 왕따를 당하는 찬밥 신세였다. 아비인 문 영감마저도 공장에서 일해 번 돈을 삥땅하였을 것으로 의심하며 구박하기 일쑤였다. 분가할 때도 땡전 한 푼 주지 않고 키워준 은혜만으로도 감지덕지하라고는 야멸차게 내몰았다.

세월이 흘러 일곱 아들은 지금 모두 각자의 팔자대로 열심히 살고 있다. 스크루지 문 영감 또한 두 자식에게 뜯긴 것 말고는 큰 탈 없이 자식들 몰래 꼬불쳐 놓은 비자금으로 양산 힐스에서 입양한 '개'들과 함께 뒷산으로 산책이나 다니며, 자신의 노후를 만끽하며 살고 있다.

문 영감은 이제 이것으로 자식들에 대한 자신의 소임을 다했다며 깨끗이 손을 털고 말았다. 그는 '자식의 미래'나 '가문의 장래'에는 전혀 관심이 없는 사람이었다. 당대에 자신의 체면과 이미지만 중요시할 뿐 '가문의 명예'나 '식솔들의 안위' 따위에는 인색하고 무심한 사람이었다. 세월이 좀 더 흘러 머잖은 시기에 문 영감의 가문에 대한 새로운 평가는 반드시 이루어질 것이다. 아울러 그의 '보신책'과 '기만술'을 적나라하게 고발하는 새로운 역사가 기어이 쓰이고 말 것이다.

앞으로 일곱 아들이 그려낼 그들의 인생 후반전 이야기가 매우 궁금하다. 탕자가 된 적장자 '낙엽'이와 '서자'와 '얼자' 그리고 '수양'아들 들의 반전 있는 인생이야기, 거기에 씨 다른 아들 '석열'이의 막장 드라마에 이르기까지 모두가 다 기대 만땅이다.

스크루지 문 영감이 인생 말년에 들어 지난날 자신의 과오를 후회하고 성찰할지는 모르겠으나 최소한의 염치는 있는 사람일 것으로 생각되어 여기에 송(宋)나라 '소식(蘇軾)'과 원(元)나라 '정개부(鄭介夫)'가 하였다는 말을 남겨둔다. 모쪼록 크게 깨닫는 바가 있기를 기대한다.

"쥐가 없다고 사냥을 못 하는 고양이를 기르거나, 도둑이 없다고 짖지 못하는 개를 키워서는 안 된다.[不爲無鼠而養不獵之猫, 不爲無盜而養不吠之犬.]"

— 소식(蘇軾)

"고양이를 기르는 것은 쥐를 방비하고자 함인데, 탐욕스러운 고양이인 줄 모르고 기른다면 음식을 도둑맞는 해가 더욱 심해질 것이다. 개를 키우는 것은 도둑을 막아내고자 함인데, 사나운 개인 줄 모르고 키운다면 사람을 해치는 폐단이 더욱 커질 것이다.[畜猫防鼠, 不知饞猫, 竊食之害愈甚. 養犬禦盜, 不知惡犬, 傷人之害尤急.]"

— 정개부(鄭介夫)

그는 치세하는 동안, 사람을 관리로 쓸 때는 반드시 재주와 능력을 가려서 써야 하며 아무 하는 일도 없이 녹만 먹지 못하도록 해야만 했다. 뿐만이 아니라 쥐를 막으라고 기른 고양이가 도리어 반찬을 훔쳐 먹거나 닭을 물어 죽이는 일까지 발생하였다. 도둑 잡으라고 키운 개가 오히려 주인에게 덤벼들거나, 도둑과 내통하여 집안을 거덜 낸 초유의 사건이 생겨난 것이다.

아직도 후회와 반성이 없다면 스크루지 문 영감은 '사냥 못 하는 고양이'와 '짖지 못하는 개', 그리고 '탐욕스러운 고양이'와 '사람을 무는 개'를 키운 대가를 혹독하게 치르게 될 것이다.

횡설수설(橫說竪說)

❧

'횡설수설'의 사전적 의미는 생각나는 대로 아무 조리(條理) 없이 함부로 마구 늘어놓는 말을 의미하거나 말을 이렇게 했다가 저렇게 했다가 하는 것, 또는 두서 없이 아무렇게나 떠드는 것을 일컫는 말이다. 그러나 그 말의 본래 뜻은 지금과는 의미가 상당히 달랐다. 『장자(莊子)』「서무귀(徐無鬼)」편에 나오는 횡설수설의 원형은 이렇다.

"서무귀가 나오자, 여상이 그에게 물었다. '선생께서는 대체 무슨 말로 우리 임금을 설득하셨습니까? 라고 하자 서무귀가 말하기를 제가 임금님을 설득시키는 방법은 횡적으로는 시, 서, 예, 악을 설명하였고, 종적으로는 『주서(周書)』의 「금판(金版)」편과 「육도(六弢)」편을 설명하였을 뿐입니다.[徐无鬼出 女商曰: '先生獨何以說吾君乎, 吾所以說吾君者, 橫說之則以詩書禮樂, 從說之則以金板六弢.]"라고 하였다

이 대화에 나오는 '횡설종설(橫說從說)'이 훗날 '횡설수설(橫說竪說)'로

바뀌었다. '횡(橫)'은 가로를 나타내고 '수(竪)'는 세로를 뜻하는 말이다. 횡설수설(橫說竪說)은 도무지 알아들을 수 없게 정신없이 떠드는 말이 아니라, 종횡무진(縱橫無盡)으로 가로와 세로로 사례를 들어 설명하여 이치에 조금도 어긋나지 않는 조리(條理)가 정연(整然)한 말을 뜻하였다. 종과 횡을 넘나들며 교차적으로 사례를 들어 설명하므로, 듣는 이로 하여금 충분히 이해할 수 있도록 논리적으로 설득하는 말이 횡설수설의 본래 의미였다.

"길고 줄기차게 잘하는 말솜씨"를 이르는 '장광설(長廣舌)'이란 말이 현대에 와서는 "쓸데없이 너저분하게 오래 지껄이는 말"이라는 좋지 않은 뜻으로 바뀌어 버린 것처럼, '횡설수설'도 지금에는 이 소리 하다가 느닷없이 저 소리를 해서 도대체 무슨 말을 하고 있는지 알 수 없게 되었을 때 쓰이는 말로 그 의미가 와전되고 말았다. 이렇게 말뜻이 다르게 된 까닭에는 '횡(橫)' 자가 지닌 여러 가지 뜻에 대한 오해 때문이다. '횡(橫)'은 '가로'라는 뜻이 있지만 동시에 '멋대로, 함부로'라는 뜻도 있어서 이해 대한 인식의 차이에서 비롯된 것이다.

'횡단보도(橫斷步道)'는 안전표지에 따라 보행자가 차도를 '가로질러' 건너다니도록 정해놓은 길을 말한다. 그러나 '횡인(橫人)'은 제멋대로 구는 버릇없는 사람을 말하고, '횡재(橫財)'는 노력을 들이지 않고 뜻밖에 재물(財物)을 얻는 행위나 그 재물을 뜻한다. 또한 '비명횡사(非命橫死)'는 제명에 죽지 못하고 뜻밖의 사고를 당해 죽는 것을 의미한다. '횡설(橫說)'도 따로 떼어서 말하자면 '억지로' '멋대로' 우기는 이야기라는 뜻이 된다.

『고려사(高麗史)』에는 정몽주의 스승이었던 목은 이색이 그를 칭찬하며 말하기를, "'정몽주의 논리는 횡설수설(橫說竪說)하면서도 이치에 합당하지 않음이 없다'라고 하며 그를 동방이학(東方理學)의 비조(鼻祖)로 추대하였다.[李穡亟稱之曰, 夢周論理, 橫說竪說, 無非當理. 推爲東方理學之祖]"라는 구절이 있다.

이는 포은 정몽주가 성균관에서 경전을 강의할 때 "종횡무진(縱橫無盡)으로 왔다 갔다 하면서도 이치에 조금도 어긋나지 않게 조리(條理)가 정연(整然)하였다"라고 하는 칭찬의 말인 것이다.

오늘 검찰청사 앞에서 있었던 어느 정치인의 기자회견을 보면서 문득 그의 '장광설'이 전자가 될 것인지 후자가 될 것인지, 그의 '횡설수설'은 후자가 될 것인지 전자가 될 것인지를 곰곰 생각해 보았다.

불의에 대한 분노와 침묵

공자께서 말씀하시기를 "나는 아직 '인(仁)'을 좋아하는 사람과, '불인(不仁)'을 싫어하는 사람을 보지 못했다. '인(仁)'을 좋아하는 사람은 더할 나위가 없고, '불인(不仁)'을 싫어하는 사람은 그가 '인(仁)'을 행함에 있어서 '불인(不仁)'한 것이 자기 몸에 더해지지 않도록 한다.[子曰: "我未見好仁者, 惡不仁者. 好仁者, 無以尙之, 惡不仁者, 其爲仁矣, 不使不仁者加乎其身.]"

공자는 두 유형의 사람을 보지 못했다. '인을 좋아하는 사람'과 '불인을 미워하는 사람'이다. 인을 좋아하는 소극적 행위자와 불인을 미워하는 적극적 행위자는 서로 보완하는 관계이다. 즉, '호인자(好仁者)'와 '오불인자(惡不仁者)'는 상호 필요충분조건의 대비를 통해서만이 그 실체가 우리 앞에 나타난다.

공자는 인을 힘써 실천하는 사람은 반드시 사람들의 존경을 받아야 한다고 생각했다. 그러나 당시의 현실은 냉혹하였다. 인을 좋아하지도 않았고 불인한 사람을 미워하지도 않았다. 공자가 살던 시대에도 그런 사람을 찾아보기가 힘들었다는 증거이다. 인을 실천하고 사는 것이 바보가 되는 일이요, 손해 보는 짓이라고 생각하는 사회는 더 이상 희망이 없는 세상이다.

세상은 결코 '호인자(好仁者)'만으로 정의로운 사회가 구현되지 않는다. '오불인자(惡不仁者)'의 적극적인 행위가 인(仁)의 가치를 세상에 실현하는 데 훨씬 더 유용할 수 있다. 그러나 공자가 말하는 '오불인자(惡不仁者)'의 방법론은 매우 소극적이었다. 불인한 것이 자기에게 물들지 않도록 경계하는 것에서 그쳤기 때문이다.

정의로운 세상을 위해 적폐를 개혁하려는 적극적인 방법은 불인을 미워하는 '오불인(惡不仁)'에 있는 것이 아니라 불인에 대해 분노하는 '노불인(怒不仁)'에 있다. 그러나 현대 사회에서 '분노'는 사회적 금기이다. 분노를 표출하는 사람은 미숙한 사람이며 자기절제 능력이 없는 사람으로 단정되고 만다. 이 때문에 불의를 보고도 침묵하는 것이다.

대한민국의 전임 대통령이 '호인자(好仁者)'였다는 것에는 굳이 이의를 제기하고 싶지 않다. 그러나 그는 결코 '오불인자(惡不仁者)'가 아니었으며 '노불인자(怒不仁者)'의 필요성에 대해서는 인식조차 하지 못했던 사람이었다.

개혁을 열망하는 한국 사회에서 불의를 보고도 분노할 줄 모르는 생계형 정치 자영업자들은 이제 그만 정치 일선에서 퇴장하여야 한다. 언제나 '국민'과 '민생'을 입버릇처럼 말하지만, 속내는 자신들의 권력욕과 밥그릇 싸움을 위한 이전투구에 몰두하고 있을 뿐이다.

아직도 문재인을 보고 성공한 대통령이니 문재인 보유국이니 하는 미몽에서 깨어나지 못한 '대·깨·문'과 박정희를 한국의 산업화를 이룬 난세의 영웅으로 추앙하는 '태극기 부대'는 맹목이라는 이름의 이란성 쌍둥이일 뿐이다. 불의를 보고도 침묵하는 정치인들은 언론이나 검찰의 표적이 되기를 두려워하고 유권자들의 표의 향배만을 의식하기 때문이다. 정의에 대한 소신이나 신념 없이 오직 자신의 권력 유지에만 골몰하는 정치 낭인들에게 20세기 가장 완벽한 인간이라 불렸던 체 게바라의 명언을 남긴다.

"모든 불의에 분노하라."

검찰개혁의 구원투수

삼성의 이병철 회장이 신입사원 면접 시에 백운학이라는 역술인을 대동하였다는 것은 이미 잘 알려진 이야기다. 아마 내 생각에는 이 회장이 탁월한 인재를 뽑으려 했다기보다는 배신하고 배반할 인물을 솎아내고자 역술인에게 의지했을 것 같다는 생각이 든다. 그러나 사람의 됨됨이나 운명을 관상이나 주역에 의존하는 것이 결코 바람직한 일은 아니다. 대개는 일상 속에서 대면하여 몇 마디만 나누어 봐도 그의 사람됨을 충분히 짐작할 수 있다.

면접 시에 말을 잘하는 것과 잘생겼다는 것이 업무의 능력과 전혀 관계가 없다는 것쯤은 직원을 뽑아본 사람이라면 대개가 공감할 것이다. 스펙이 업무의 능력과 반드시 일치하지 않는다는 것도 이젠 누구나 공감할 보편화된 사고이다. '착한 사람'은 착하게 생긴 이미지의 사람이 아니라 착한 행실을 실제로 한 사람이라야 진정으로 착한 사람이라 할 수 있다. '의인(義人)'은 의로운 생각을 품은 사람이 아니라 의로운 일을 삶 속에서 실천해 낸 사람이다.

일은, 스스로 일을 '잘하겠다고 말하는 사람'이나 일을 '잘할 것 같은 이미지의 사람'에게 맡길 것이 아니라 실제로 '일의 성과를 내 본 사람'에게 맡기는 것이 순리이고 도리이다. 해마다 선거철이면 후보자들은 너나없이 자신이 모든 문제를 해결할 적임자요, 개혁의 전사라고 자부한다. 선거를 코앞에 두고 사정이 급한 데 무슨 말인들 못 하겠는가? 당선만 되고 나면 표리부동하게 돌변하는 사람이 어디 한둘이었던가? 사 년 내내 존재감도 없이 자리만 보존하다가 선거 때만 되면 각설이 동냥하듯 어김없이 기어 나오는 것이 정치인이다. 선거철이 되니 저마다 모두 검찰개혁의 적임자라고 주장하지만, 과연 그들이 검찰개혁을 위해 목숨 걸고 투쟁해 본 전력이 있더란 말인가?

문재인이 '운명'이라는 책을 내고 자신의 지갑에 노무현의 유서를 넣고 다닐 때, 나는 그를 '정치적 메시아'로 숭배하였다. 그러나 나의 믿음이 자가발전에 의한 '맹목'이었으며, 이미지의 환상에 대한 '착시'였음을 오래지 않아 깨달았다. 노무현의 부활을 열망하였던 간절한 소망이 빚어낸 허망한 '신기루'였다. 노무현의 장례식날 이명박 앞에서 겸손을 가장한 그의 비굴한 모습을 보면서도 대의를 위하여 과하지욕(胯下之辱)의 수모를 견디는 절제된 인격이라고 오판하였다. 누구도 비난하거나, 비방하지 않으며 모두에게 좋은 사람이고자 합리적 처세를 하는 그에게서 신사 문재인이야말로 성군의 치세를 보여줄 난세의 영웅이라 추앙하였다.

김영삼이 군사 독재의 상징인 '하나회'를 해체한 것은 협치나 시스템이 아니었다. 전광석화와 같은 추진력과 힘의 논리로 일순간에 군부를 '장악'

한 것이다. 역사에 가정이란 있을 수 없으나 만약 문재인이었다면 '하나회 숙청' 같은 개혁은 결단코, 이뤄내지 못하였을 것이다. 그는 절차적 정당성만을 고집하여 '총장의 임기 보전'이라는 소의(小義)에 집착한 나머지, '검찰개혁'이라는 대의(大義)를 망각한 채 자신이 임명한 부하에게 정권을 빼앗긴 사람이다.

송영길은 정치 인생 삼십여 년간 자신의 재산을 한 푼도 늘이지 않고 해마다 기부하며, 오늘날까지 전세 25평 연립주택에 사는 보기 드물게 청빈한 정치인이다. 지난 대선에서 망치 테러를 당하면서도 대선 승리를 위해 당에 헌신하였으며, 이재명의 원내 진입을 위해 지역구를 양보하기까지 하였다. 이른바 '돈 봉투 사건'이 터졌을 때도 조기 귀국하여 당에 부담을 주지 않기 위해 스스로 탈당하여 혈혈단신으로 검찰의 부당한 정치 탄압에 맞서 싸웠다. 검찰은, 돈 봉투 사건의 실체와 증거가 부족 하자 별건 수사를 통해 '먹고사는 문제 연구소' 후원금 의혹으로 구속해 버렸다.

그러나 그 이면에는 '윤석열 고발' 건과 더불어 변희재와 함께 '최순실 태블릿 PC 조작 사건'을 쟁점화하자 여론이 확산될 것을 우려해 서둘러 영장을 친 보복성 구속이었다. 그 후로 민주당에서는 지금까지 단 한 사람, 어느 누구도 그를 면회조차 하지 않았다. 동지에 대한 의리보다는 자신의 정치적 입지만을 생각하여 검찰과 민심의 눈총을 받지 않겠다는 심산이다. 이런 사람들이 검찰개혁을 하겠다니 그야말로 언어도단이요, 양두구육이 아닌가?

노회찬은 "외계인이 지구를 공격하면 일본과도 손을 잡아야 한다"라고 하였다. 누구에게도 말하지 않았지만 나는 지난 일 년 동안 틈만 나면 변희재가 나오는 유튜브를 시청하였다. 그가 '최순실 태블릿 PC 조작 사건'

을 밝혀내며, 지난 팔 년간 윤석열 정권에 대해 가열 찬 투쟁을 하고 있었음을 뒤늦게 알게 되었다. 요즘 '삼 년도 길다'라는 말이 유행하고 있지만, '소나무당'은 일 년 안에 검찰 정권을 완벽하게 탄핵할 명백한 물증과 특화된 전사들을 보유하고 있다.

맹자는 말하기를 '도선부족이위정(徒善不足以爲政) 도법불능이자행(徒法不能以自行)'이라 하였다. 이는 한갓 착함만으로는 정치를 하지 못하고, 한갓 제도만으로는 정사가 저절로 행해지지 않는다는 말이다. 모델과 같은 멋진 포스, 아나운서처럼 정확한 발음, 비방이나 비난이 없는 논리적이고 합리적인 비판, 누구나 부러워할 스펙과 학문적 성과를 결코 무시할 수는 없지만, 정치판은 고매한 학자들이 고담준론을 논하는 토론방이 아니다. 약육강식의 정글의 법칙이 존재하며, 승자독식의 힘의 논리가 지배하는 잔혹한 세계일 뿐이다. 그는 권력의 정점에서 검찰개혁의 성과를 이루어낸 실적이 전무하다.

'조국혁신당'의 국민적 성원을 비판하고픈 의도는 전혀 없다. 당연히 결자해지 차원의 투쟁이 필요하리라고 본다. 그러나 그것이 감성에 의한 맹목적 확신과 착시에 의한 감정적 판단으로 지난날 문재인에 대한 나의 오류와 같은 뼈아픈 실수를 반복하는 일이 되지 않기를 진심으로 바랄 뿐이다. 현실적으로 대법원 선고 이후 투쟁 동력이 상실되었을 때 그 뒤로는 어떻게 감당할 것인지에 대해, 대표를 제외한 선발 주자들에게서 문재인의 아류가 될 것 같은 불안감과 그들에 대한 투쟁의 결기가 미흡한 점 때문에 여전히 마음이 놓이지 않는다.

우리에게는 분명 간과해서는 안 될 것이 있다. 명분과 이상이 옳으면 타협이 없이도 개혁이 가능할 것이라는 망상이나, 권력을 잡기만 하면 누구나 공직사회를 장악할 수 있을 것이라는 착각을 버려야 한다. 한국 사회의 가장 큰 기득권과 거대악인 검찰 권력의 카르텔과 관료주의의 이너서클을 '장악'하지 못한다면, 그런 정치인의 공약은 수사가 아무리 화려해도 공염불에 지나지 않는다. 그간 우리는 '관리형 리더십'의 한계를 뼈저리도록 생생하게 체험하였다.

밤나무와 상수리나무가 베임을 당하여도 거룩한 그루터기는 남아 있는 것처럼, 우리는 탄핵의 불씨와 비장의 카드를 반드시 남겨두어야만 한다. 불의가 횡행하는 이 난세에 '발주나 맹약'으로 피의 동맹을 약속한 전사들의 모임인 '소나무당'이 반드시 검찰개혁의 강력한 구원투수가 되어줄 것으로 나는 믿는다.

내가 '소나무당'을 전폭적으로 지지하는 까닭은 송영길과 같은 정치인을 결코 외면해서는 안 되는 것이 첫째 이유이고, 둘째는 망국적 검찰 공화국을 한방에 보낼 비장의 무기와 강력한 전사들이 소나무당에 존재하기 때문이다.

부족의 소치

나는 평소에 TV 뉴스를 보지 않아 정보와 소식에 둔감하다. 최근에 윤 모 씨가 부산 엑스포 유치 실패와 관련해 "모든 것은 제 '부족의 소치'입니다"라고 했다는 이야기를 전해 듣고, 그만 헛웃음이 나왔다. 일국의 국정을 주도하는 최고 책임자가 한다는 소리가 문법에도 맞지 않는 비문으로 국민에게 사죄한다는 게 전혀 진정성이 없어 보였기 때문이다.

'부족(不足)'이란 필요한 양이나 기준에 미치지 못함을 말하며, '소치(所致)'란 어떤 까닭이나 원인으로 인하여 빚어진 일을 말한다. '부족'과 '소치'는 모두 원인에 의한 결과를 나타내는 말로써 주어나 목적어가 필요한 말이다. 그런데 '부족의 소치'는 주어나 목적어 없이 술어만을 두 번 반복하는 꼴이다.

이것이 문장에 맞으려면 '능력의 부족'입니다. '실력의 부족'입니다. '리더십의 부족'입니다라고 해야 한다. 군이 '소치(所致)'를 쓰고자 한다면

'부덕의 소치'라거나 '무지의 소치' 또는 '무능의 소치'라고 해야 옳다.

우리가 흔히 쓰는 '부덕의 소치'란 천재지변으로 인한 재앙에 대해 군주가 자신의 덕이 없음을 탓하며, 이로 인해 재앙이 발생하였다고 자책을 할 때 사용하던 말이다. 조선왕조실록에 빈번하게 나타나는 기사는 이렇다.

> "오랫동안 하늘이 비를 내리지 않는 것은 실로 나의 부덕(否德)한 소치(所致)이다.[天久不雨, 實予否德所致.]"
> ―「성종실록」78권, 성종 8년 3월 17일 기사

> "대저 재해란 헛되이 생기는 것이 아니라, 반드시 부른 것이 있다. 내 즉위한 뒤 온갖 재해가 모두 일어났으니 이는 내가 부덕한 소치이다.[大抵災不虛生, 必有所召, 予卽位而後, 萬災俱備, 是予否德之所致也.]"
> ―「중종실록」20권, 중종 9년 9월 26일 기사

적어도 국정의 최고 책임자가 잘못 수행한 국정에 대해 국민에게 사죄하려 한다면 이렇게 해야 했다. "제 무지와 능력의 부족에서 비롯된 일입니다. 국민의 질책을 달게 받고 더욱 변화된 모습으로 성장하겠습니다."

행여 '부덕의 소치'란 말을 쓰려다 헛나왔는지는 모르겠으나 감히 부덕의 소치란 말을 함부로 써서는 안 된다. 이는 절대 그가 할 소리가 아니다. 그에게 해당하는 말은 '무능력의 소치', '몰상식의 소치', '몰염치의 소치', '거만의 소치' 등일 뿐이다.

평생 자기 성찰이나 반성을 해본 일이 없던 사람이다. 9수씩이나 하면서도 자신의 무지와 무능을 스스로 비판해 보지 않은 사람이다. 돈 많은 부모 만나 어쩌다 검사가 되어 자신의 범죄에는 한없이 관대하면서도 상대의 작은 실수에는 '수사'와 '기소'로 보복을 일삼은 사람이다.

자신은 치유 불가능한 '도덕 불감증'에 걸린 시한부 말기 환자임에도 마치 자신이 영원한 정의의 사도라도 되는 양 헛된 망상으로 타인의 터럭 같은 실수에는 일말의 양심의 가책조차 없이 멋대로 법의 잣대와 저울을 늘이고 부풀려, 올가미를 씌우고 숨통을 조이는 사람이다.

오늘날 국정의 파탄은 모두 그의 '비윤리'와 '비도덕'과 '비양심'에서 비롯된 것이다.

뭣이라? '부족의 소치'라고!
지나가던 개가 웃을 소리다.

정치 9급의 꼼수 정치

~~~

오늘 아침 박영선 국무총리, 양정철 비서실장, 김종민 정무 특임장관이 임명될 것이라는 '단독'이 달린 TV 조선의 속보를 접하고 한마디로 코웃음이 나왔다. '당 깨기 기능보유자'인 백두(白頭) 김 아무개 씨의 작품일 것이라는 확신이 순간 벼락처럼 뇌리에 꽂혔다. 용산 윤 씨 또한 검사 시절 피의 사실을 언론에 흘리며 간을 보던 개 버릇을 여전히 남 못 주는구나, 하는 생각마저 들었다.

사마천의 『사기(史記)』「위세가(魏世家)」에는 위 나라 문후(文侯)가 재상 임명을 위해 이극(李克)에게 자문하면서 나눈 대화가 기록되어 있다.

"위 문후가 이극에게 말하기를 선생께서 '집안이 가난하면 어진 아내를 그리게 되고, 나라가 혼란하면 훌륭한 재상을 그리게 된다.[家貧思良妻, 國亂思良相]'고 하셨습니다. 제 동생인 '성자(成子)'와 '적황(翟璜)' 중에 어떤 이가 재상에 적합한 인물입니까?"

이에 이극(李克)은 문후(文侯)에게 다음과 같은 다섯 가지 사항을 진언한다. "평소에 지낼 때는 그의 가까운 사람을 살피고, 부귀할 때는 그와 왕래가 있는 사람을 살피고, 관직에 있을 때는 그가 천거한 사람을 살피고, 곤궁할 때는 그가 하지 않는 일을 살피고, 어려울 때는 그가 취하지 않는 것을 살피십시오."

사람은 어렵고 위험한 처지를 겪어봐야 그 인간의 진가를 알 수 있는 법이다. 인생은 난관과 역경으로 가득 차 있고, 세상의 인심이란 언제나 염량세태이다. 잘 나갈 때는 사람들이 구름같이 몰려들지만, 몰락할 때는 썰물처럼 빠져나가기 마련이다.

후한의 유수(劉秀) 광무제(光武帝)는 자신이 황제가 되기 전 죽음의 위기에서 목숨을 걸고 자신을 구해준 왕패(王覇)에게 '질풍지경초(疾風知勁草)'라 하였다. 이는 모진 바람이 불 때라야 강한 풀을 알 수 있다는 뜻으로 사람은 고난을 겪어야만 그 의지의 강함을 알 수 있다는 것을 비유하는 말이다.

이번 총선과 윤 씨 정부의 간 보기 인사파동으로 문재인 정부의 민주당이 촛불 민심의 염원이었던 개혁에 그토록 지리멸렬했던 이유가 백일하에 드러났다. 물론 이번 인사 파동의 해프닝은 일과성으로 끝이 나겠지만 국·힘이나 민주당 모두에게 깊은 상처와 숙제를 안기게 되었다.

그러나 나와 같이 범용한 일반 국민에게 윤 씨의 모자란 행동은 '신의 한 수'가 되기에 충분했다. 윤 씨와 직간접으로 내통했던 수박들의 정체가 드러났고 박영선, 양정철, 김종민뿐만 아니라 교육부총리에 유은혜, 기재부 장관에 홍남기를 시켜도 하등 이상할 이유가 없었다. 법무부에 조응

천, 행자부에 이상민, 노동부에 김영주, 국정원에 설훈, 용산 원로원에 이낙연 등도 입각 대상에 포함해 준다면 금상첨화이겠다. 윤 씨 또한 원래 문재인 정부의 검찰총장 출신이 아니었던가 말이다.

윤 정부와 문 정부의 대탕평인사는 건국 이래 최고의 협치와 화합의 상징이 아니겠는가? 초록은 동색이라. 주역에도 "같은 소리는 서로 응하고 같은 기운은 서로 구하며[同聲相應, 同氣相求], 삼라만상은 같은 종류끼리 모이고 만물은 무리를 지어 나누어진다.[方以類聚, 物以群分]"라고 하였다. 물밑에서 암약하고 막후에서 조정하던 '아(我)'와 '피아(彼我)'가 이제 확연하여진 셈이 아닌가 말이다.

윤 정부는 개각에 앞서 민주당 대표와의 회동을 우선해야 했다. 힘의 축의 균형이 완벽하게 무너진 지금 얄팍한 술수로 순간의 위기를 모면하려 할 것이 아니라 이제 세상의 변화를 받아들여 민주당 대표에게 자문을 구하고 협상을 요청하여야 한다. 그의 레임덕은 이미 시작된 것이다. 어떤 뾰족한 수를 내놔도 민심은 그에게 등을 돌릴 것이다. 그동안 9번이나 몽니를 부리며 거부권 행사를 하였지만, 앞으로 더 이상은 이 수가 통하지 않을 것이다. 성난 민심이 배를 전복시키려 할 것이기 때문이다.

양산거사는 총선에 앞서 '명문정당'이라는 간판을 내걸고 막바지에 부·울·경 선거에 직접 개입하였다. 그러나 보수 민심의 결집을 유발하는 역효과를 낳아 부·울·경은 역대급 참패를 하고 말았다. 조국 돌풍의 진원지였던 부산 역시 '1석'이라는 초라한 성적으로 찻잔 속 태풍에 그치고 말았다. 그럼에도 불구하고 민주당은 이번 총선에서 단독으로 과반을 확보하여 175석이라는 헌정사상 최대의 승리를 이뤄냈다. 조·혁·당을 포함하면 187석이라는 경이로운 성과를 낸 셈이다.

'명문정당'을 표방한 것이 진심이었다면, 양산거사는 총선승리의 기쁨을 조·혁·당 대표에 앞서 민주당 대표와 먼저 나누어야 정상이 아니었을까? 참모들을 통하여 얼마든지 순서를 조율할 수 있었음에도 불구하고 그가 조혁당 대표를 먼저 만난 것은 '명문정당'의 위장을 걷어내고 '조문정당'이라는 속내를 드러낸 것이며, 현재의 민주당과 분명히 각을 세우겠다는 의지를 드러낸 것이다. 일개 촌부의 눈에도 뻔히 비치는 수작을 정치권이 결코, 모를 리 없다. 향후 지형의 유불리를 저울질하는 각자의 복잡한 셈법이 서로 다를 뿐인 것이다.

양산거사의 의중은 조국에게 있다. 친문 세력을 결집하여 포스트 이재명의 대안으로 조국을 염두에 두고 있는 것이 분명하다. 아무렴 어쩌겠는가? 다른 입장에서 상대가 되어 대권 경쟁을 하겠다는 것을 비난할 일이 무엇이 있겠는가? 그러나 9급짜리 정치 초보가 국가 최고 권력을 잡고 기만적 행태로 '간 보기 인사'를 하는 것처럼 '명문정당'의 간판을 내걸고 '조문정당'의 영업을 하는 양두구육의 기만 정치는 국민에 대한 도리가 아니지 않은가?

동지적 연대를 하든 경쟁적 협력으로 상호 대립을 하든 더 이상 국민을 기만하지 말로 노선을 분명히 하기 바란다. 현직에 있을 때는 뭔가 '빅픽쳐'가 있을 것 같은 이미지 연출에 속아 국민이 과몰입하였으나 이제는 그의 연기에 속아 줄 국민이 그리 많지 않을 듯하다. 물론 아직도 우리는 '문재인 보유국'이라는 환상에서 깨어나지 못한 광신도들과 "우리 이니 하고 싶은 것 다 해" 하는 맹신도들이 없지 않은 것은 아니지만 말이다.

빈계무신(牝鷄無晨)

암탉은 새벽에 울지 않는다

"옛사람의 말에 '암탉은 새벽에 울지 않는다. 암탉이 새벽에 울면 집안이 망한다'라고 하였다.[古人有言曰: '牝鷄無晨. 牝鷄之晨, 惟家之索.']"

— 서경(書經)

이 말은 주나라 무왕이 은나라 주왕을 토벌할 때, 애첩 달기의 말만 듣고 폭정을 일삼은 주왕의 죄상을 열거하며 정벌군 앞에서 맹세한 내용이다.

'경국지색(傾國之色)'은 나라를 망하게 하는 아름다운 여자라는 의미이다. 중국 고대에 경국지색의 삼대 요녀가 있었다. 첫째는 하나라를 망하게 했던 걸왕의 애첩 '말희'이다. 둘째는 은나라를 망하게 했던 주왕의 애첩 '달기'이다. 셋째는 주나라를 망하게 했던 유왕의 애첩 '포사'이다.

'말희'는 술로 가득 채운 연못과 숲처럼 높이 쌓은 고기라는 뜻의 호화

스럽고 사치스러운 술 잔치라는 '주지육림(酒池肉林)'의 고사를 만들어 낸 인물이다.

'달기'는 음탕한 화술로 주왕을 애태우게 하는데 능하였다. 주왕은 달기의 욕망을 만족시켜 주기 위하여 백성들에게 세금을 가혹하게 거두고 재산을 강제로 빼앗는 공포정치인 '가렴주구(苛斂誅求)'의 고사를 만들어 내었다.

'포사'는 절세미인이지만 전혀 웃지 않아 유왕의 애간장을 녹였다. 천금을 들여 웃음을 산다는 지극히 어리석고 무모한 행동이라는 뜻의 '천금매소(千金買笑)'라는 고사를 만들어 내었다. 그녀는 '거짓 봉화 사건'으로 나라를 망하게 한 장본인이다.

여산에는 전쟁이나 위급한 상황에만 피워야 하는 봉화가 있었다. 어느 날 실수로 봉화가 피어오르자, 제후들이 병사들과 출정하며 허둥대었다. 이 모습을 본 포사가 큰 소리로 웃자, 유왕은 포사의 웃는 모습이좋아 자꾸 봉화를 올리게 하였다. 이 일이 반복되자 제후들도 더 이상 출병치 않게 된다. 진짜로 오랑캐 견융이 침략하자 다급해진 유왕이 봉화를 올렸지만, 또 거짓인 줄 알고 아무도 출정치 않아 결국 견융족에게 죽임을 당하게 된다.

경국지색의 삼대 요녀에 대한 공통점은 그녀들이 '미인'이었다는 데 있는 것이 아니다. 어찌 그 넓은 나라에 미녀가 그녀들뿐이었겠는가? '걸왕'과 '주왕'과 '유왕'이 왕의 재목이 못 되는 일개 범용한 필부에 지나지 않았다는 데 주목해야 한다

재벌 회장들을 똘마니로 대동하고 수정방 52도짜리 1,000ml를 밤마다 각 일병씩 마신다니, 이는 용산판 '주지육림'이다. 부자는 감세하고 서민은 증세하여 서민 경제를 파탄 내니, 이는 선진국형 졸부 나라의 '가렴주구'이다. "국회에서 이 새끼들이 승인 안 해주면 바이든(날리면)은 쪽팔려서 어떡하나"로 쥴리를 파안대소하게 하니 이는 미국발 '천금매소'이다.

조선 쥴리 여사의 미모는 말희와 달기와 포사의 발가락의 때만큼도 못 따라가지만, 그의 탁월한 신통력은 삼대 요녀를 합한 것보다 월등하다. 신출귀몰한 위장술과 주가를 마음대로 조작하는 신공과 고속도로의 방향을 엿가락처럼 휘게 하는 초능력은 봉화 사건을 비웃고도 남을 내공이다.

이에 반해 강화도령인지 파평도령인지 근본을 알 수 없는 놈팽이 하나가 용산에 자주 출몰한다니 그를 용산도령이라 칭하자. 그 인간은 걸왕과 주왕과 유왕을 합한 것보다 훨씬 더 용감 무식한 전형적인 동네 바보형이다. 그들 왕이야 출중한 미모의 여색에 홀려서 그렇다 치더라도 인조인간 '명쉬니'의 본모습을 알고 있는 천하의 모지리는 그걸 여색이랍시고 홀려서 그런 것이라고 한다면, 그건 경국지색이 아니라 참말로 '경악지색(驚愕之色)'이다.

기후 위기, 금융위기, 저출산 문제, 초고령사회, 외교 문제, 방사능 폐기, 안보 등 국가적 난제가 산적한데 용산 도령은 망국의 왕 노릇만을 자처하고 있으니, 그저 서민들은 시한폭탄에 안전핀이 풀린 듯한 공포감과 긴장감 속에 하루하루를 살아내야 한다.

어제 쥴리 여사가 검찰 소환 조사를 받았다고 한다. 이것들이 국민 알기를 흑싸리 껍데기쯤으로 아는 것인가? 이건 쥴리가 검찰의 소환 조사를 받은 것이 아니라, 검찰이 쥴리에게 소환 조사당한 것이다. 마침내 반복되는 '거짓 봉화 사건'으로 국민의 감각은 무뎌지기 시작했다. 머잖아 용산 도령은 멸망하고 그들의 시대는 반드시 비극으로 끝날 것이다.

3부

원시반종 낙천지명(原始反終 樂天知命)

시작을 근원으로 하여 그 마침을 돌아본다
하늘의 뜻을 즐거워하며 하늘이 내게 주신 명을 알다

原始反終 樂天知命
원시반종 낙천지명
-『주역(周易)』

자신의 생명의 근원을 살펴서 내가 누구인지를 깨닫는다면 하늘을 받아들일 수 있을
것이다. 하늘의 뜻을 즐거워하고 나의 운명을 받아들일 수 있는 삶이라면 안분지족한
삶이 될 것이다. 안분지족할 수 있다면 죽음은 두려운 일이 아니라 나의 삶의 일부일
뿐이다.

성서의 탄생

성서는 동서양의 경전 중에서 문자적으로 가장 오류가 많은 경전이다. 그 이유는 하느님께서 친히 써주시거나 말씀한 내용을 직접 받아적은 것이 아니라, 특정 지역에서 전해 내려오던 구전 신화를 후대의 인류가 문서화한 것이기 때문이다. 한 사람이 생각해서 쓴 것이 아니라, 여러 사람이 오랜 세월에 걸쳐서 기록한 것이기 때문이다. 신을 만난 목격자가 직접 쓴 것이 아니라, 구전되어 내려오던 설화나 사건 등을 후대에 필사했기 때문이다. 종이가 있던 시절에 문자로 전해진 것이 아니라, 개인이 암송하였던 것을 채록한 것이기 때문이다.

'신약 27권'은 예수의 이야기를 담고 있지만, 기록자는 예수나 그의 제자가 아니다. 신약 성서의 사복음서는 예수의 목격자들이 직접 쓴 것이 아니다. 예수도, 제자도 모두 세상을 떠나고 난 뒤에 목격자들의 말을 후대가 듣고 쓴 것이다.

성서에는 애석하게도 원본이 없다. 1454년 구텐베르크의 활자가 나오기 전까지 모든 문서는 필사본이었다. 신약은 처음부터 27권으로 시작된 것이 아니다. 초대 교회 당시는 종이가 없던 시절이었다. 이른바 파피루스라고 하는 양피지(羊皮紙)에 쓴 '쪽 복음'이나 '쪽 편지서'가 당시에 이미 수천 통이 존재하였다.

신약이 27권으로 정경화되기 시작한 것은 기원후 4세기 무렵에 콘스탄티누스 황제가 로마를 통일하고서 그들의 정치적 목적에 의해 기독교를 국교로 인정한 뒤, '쪽 복음' 가운데 일부만을 경전으로 채택하고 난 후부터이다. 계시록 같은 경우에는 10세기까지도 인정받지 못하였다.

성서가 기록된 목적은 '지금의 우리'를 위해서가 아니다. 당연히 '그 시대 사람'들을 위해서 쓰인 것이다. 당시의 사람들이 지금의 우리가 비행기를 타고 인터넷을 하며, 인공위성을 쏘는 세상에 살 것이라고 누가 예견이나 했겠는가? 만약 이 시대에 예수가 세상에 살았다면 지금의 우리에게 필요한 복음을 전하지, 이천 년 후 인류에게 필요한 복음을 전하겠는가? 그들이 어떤 모습으로, 어떻게 살 줄을, 어찌 알 수 있단 말인가? 성서는 행간의 의미를 파악해서 예수가 말하고자 하는 정신을 이해하고 따르는 것이 중요하지 문자적 의미가 중요한 것이 결코 아니다.

그러므로 지금 우리는 당시 사람들의 문화를 이해하고 참고할 필요는 있겠지만, 그 시대 사람들의 풍습과 규범을 적용받고 살 필요는 없는 것이다. 또한, 그 시대 구전 설화가 사실인지 아닌지를 밝히는 과학적 논증역시 특별한 의미가 없다. 성경이 진리이기 위해 반드시 문자적으로 진리여야 할 필요는 없기 때문이다. 그러나 중동지역의 신본주의적 '헤브라이즘'이나 그리스 로마의 인본주의적 '헬레니즘' 문화를 이해하지 못한 채

성서에 나오는 숱한 설화를 역사적 사실로 몽땅 믿어버리는 우매한 발상은 자신을 독단의 도그마에 가두는 매우 어리석은 짓이다. 그러므로 예수의 정신을 올바르게 이해하고자 하는 자는 축자영감설이니 하는 따위의 '문자주의'나 일점일획도 틀림이 없는 정확 무오한 말씀이라는 식의 '근본주의'에 자신의 영혼을 가두어서는 결코 안 될 일이다.

성서 안에서 모든 답을 찾으려는 인생처럼 어리석은 사람은 없다. 성서가 인생의 모든 해답이라고 주장하는 사람은 성서가 우리 손에 어떻게 들어왔는가에 대한 이해가 전혀 없는 사람이다. 성서는 신이 우리에게 직접 전해준 것이 아니라, 수많은 사람의 입을 통해 이루어진 구전 문학의 산물이므로 오류와 착오가 존재할 수밖에 없다. 그러므로 성서를 공부하는 목적은 어휘나 단어의 분석에 있는 것이 아니라, 역사에 대한 이해와 해석에 있다. 성서가 그 시대 사람에게 무슨 말을 했는지를 이해하는 것이 중요한 것처럼, 지금 우리 시대의 사람에게 어떤 말을 하고자 하는 것인지를 깨닫는 것은 그보다 훨씬 더 중요한 일이다.

이천 년 전 동양의 철학자 맹자는 경전의 편견에 대한 폐단에 대해서 이렇게 말하였다.

"서경(書經)을 맹신하는 것은 서경이 없는 것만 못하다.[盡信書不如無書.]"

아무리 권위 있는 책이라고 해도 무조건적이거나 무비판적으로 받아들이는 것은 올바른 학문의 길이 아니다. 반드시 다른 권위 있는 책이나 자료를 통해 객관적 사실을 검증한 뒤에 자기의 생각을 정리하여, 맹목적 사고에 갇히는 어리석음에서 벗어나야 한다.

다산이 『논어고금주(論語古今註)』에서 독서가의 자세에 대해 말한 바와 같이 "아버지라는 존재를 통해 아들을 평가"하는 어리석음을 범해서는 안 된다는 말이다. 아들의 존재는 아들의 사람됨 그 자체로서 평가받아야 마땅한 법이다. "어른들이 알려준 지름길로만 다니는 아이는 훗날 어른도 아이도 아닌 어느 쪽에도 속하지 못하는 사람"이 되고 마는 것이다.

137미터짜리 예수상을 만든다는 뉴스를 보았다. 무려 1조 원의 예산을 들여 기독교기념관을 짓는 것이 진정 한국 기독교인의 최대 염원이란 말인가? 세계 최고니, 최초니 하면서 등수와 서열을 중시하는 군사문화의 노예답게 이런 얼빠진 짓을 조장하는 한국교회연합은 예수를 앞세워 자신의 탐욕을 채우려는 현대판 바리새인들이다. 그들이 만들고자 하는 예수상은 구원의 상징이 아닌 맘몬주의의 우상이요, 탐욕의 바벨탑에 불과하다.

그들이 세우고자 하는 조감도에 그려진 예수상 역시 서양인이 만든 허상일 뿐, 실제와는 전혀 다른 모습이다. 갈릴리를 떠돌던 실제의 예수는 푸른 눈의 키가 큰 서양 사람이 아니라 아람어를 사용하는 작달막한 키에 가무잡잡한 피부를 가진 유대인이었다.

사이비 동상 세워 놓고 우상을 숭배하는 어처구니없는 짓, 제발 좀 그만두길 바란다. 이 탐욕에 가득 찬 '독사의 자식들아'.

심불반조 간경무익(心不反照 看經無益)

목사가 성경을 많이 읽었다고 해서 거룩해지는 것도 아니요, 불자가 불경을 많이 암송한다고 해서 부처가 되는 것도 아니다. 학자가 역사를 많이 배웠다고 해서 같은 일을 반복 당하지 않는 것도 아니다.

'고전(古典)'이나 '경전(經典)'은 타인의 행위를 지적하기 위한 '블랙박스'가 아니요, 자신의 행로를 바른길로 인도하는 '내비게이션'이다. 경전을 읽고도 마음으로 자신을 돌아볼 줄 모른다면 그것은 무익한 일이 되고 만다. 성경 속에서만 신(神)을 찾고 성경 밖에서는 신을 만날 수 없다면, 그 신앙은 관념적 유희에 불과할 뿐이다. 수학의 공식은 문제에 대입하여 문제를 수월하게 풀 수 있는 핵심 비결이다. 공식을 암기하고도 문제에 대입하여 해결할 줄 모른다면 수학 공식 백날 외워봐야 헛일이다.

인간의 본성은 절대 진화하지 않는다. 그러므로 현대에도 여전히 '고전'과 '경전'은 필요한 법이다. 프로메테우스가 전해준 '불'이 문명을 밝히는 이기가 되기도 하지만, 때로 잘못 사용하게 되면 한순간에 모든 것을 잃고 마는 재앙이 되기도 한다.

세상은 끝없이 밀어 올려야 하는 '시지푸스의 바위'가 아니며, 침대 길이에 다리를 맞춰야 하는 '프로크루스테스의 침대'도 아니다. 마음먹기에 따라 인생도 세상도 자신의 노력과 실천에 따라서 얼마든지 바꿀 수 있다. 꿈조차 꾸지 않고 희망마저 잃어버린 사람에게 내일이란 있을 수 없다.

올 한 해도 어제와 오늘이 다름없고 오늘과 내일의 다름을 달리 생각할 수 없는 나날의 연속이었지만, 소득 없이 반복되는 내 삶이 무익하고 희망 없는 노동이라고는 생각지 않는다. 비록 궁핍한 삶의 연속이었으나 그와 동시에 세상이 알지 못하는 오묘한 기쁨과 희열을 함께 누렸기 때문이다.

자신을 돌아보아야 한다. 돌아볼 줄 안다면 돌아올 수 있다. 돌아보고 '체념해야 할 것'과 '포기하지 말아야 할 것'을 분별할 수 있어야 한다. 체념해야 할 것들을 체념하지 못한다면 결국엔 더 큰 것을 잃게 될 것이다. 포기하지 말아야 할 것을 포기하고 만다면 삶의 가치를 지속할 수도, 삶의 당위를 유지할 수도 없게 될 것이다.

주역에 '불원복(不遠復)'이라 하였다. 복괘(復卦–䷗)는 양(陽)이 되돌아와서 회복되는 것이다. 양(陽)은 '군자(君子)의 도(道)'인 까닭에, 복(復)은 '선(善)'으로 되돌아온다는 뜻이다. 초효(初爻)는 굳센 양이 되돌아와서 괘의 처음에 있으니, 돌아오기를 가장 먼저 한 것이고 멀리 가지 않고 돌아오는 것이다. 잃어버린 뒤에야 돌아옴이 있으니, 잃어버리지 않았다면 어떻게 돌아오는 것이 있겠는가? 오직 잃어버렸음에 멀리 가지 않고 돌아오니, 후회하지 않고 크게 선하고 길하다.

주자는 도에 들어가는 차례를 말하기를 "나는 『주역(周易)』에서 덕(德)에 들어가는 문을 얻었으니, 이른바 "멀리 가지 않고 돌아온다[不遠復]"라는 것이 나의 '삼자부(三字符)'이다."라고 하였다. '불원복(不遠復)'이라는 세 글자를 자신을 수호하고 경계하는 부적으로 삼겠다는 의지의 표명인 셈이다.

조선의 사명대사 또한 자신의 법문에서 다음과 같이 말하였다.

> 그는 어떤 사람이며, 그대는 어떤 사람인가.
> 그는 앞선 사람이요, 그대는 뒤진 사람이다.
> 그대가 만약 '존심(存心)' 하여 멀지 않아 되돌아오면
> 그도 현인(賢人)이요, 그대도 현인(賢人)이리라.
> 彼何人也汝何人, 彼是先人汝後人.
> 汝若存心不遠復, 彼賢人亦汝賢人.

여기에서 '존심(存心)'이란 입지(立志)의 자세 즉, 뜻을 세우는 것을 의미한다. 맹자에서 기원하는 유가의 실천적 명제로서 욕망 등에 의해서 본심을 해치는 일 없이 항상 그 본연의 상태인 평상심을 유지하는 것을 말한다.

경전을 읽고 마음으로 자신을 돌아볼 줄 안다면 비록 잘못된 길을 갔다고 하더라도 멀리 가지 않고 회복될 것이다. 자존심은 언제나 타인의 결점을 지적하는 데 있는 것이 아니라 자신의 부끄러움을 아는 데에서부터 시작하는 법이다.

한국 기독교의 반지성주의

자공이 물었다.

"군자도 미워하는 것이 있습니까?[子貢曰: "君子亦有惡乎?"]"

공자께서 말씀하셨다.

"남의 허물을 떠들고 다니는 자를 미워하고, 아랫사람으로서 윗사람을 헐뜯는 자를 미워하고, 용감하지만 예의염치가 없는 사람을 미워하고, 자기주장은 고집스럽게 주장하면서도 다른 사람의 말은 듣지 않는 사람을 미워한다.[孔子曰: 惡稱人之惡者, 惡居下流訕上者, 惡勇而無禮者, 惡果敢而窒者.]"

공자께서 말씀하셨다.

"사(자공)야, 너도 미워하는 것이 있느냐?[曰: "賜也, 亦有惡乎?"]"

자공이 대답하였다.

"남의 생각을 표절하여 자신의 지혜로 삼는 것을 미워하고, 불손한 행동을 용기로 여기는 것을 미워하며, 남의 비밀을 들추어내는 짓을 정직하

다고 여기는 것을 미워합니다.[子貢曰: "惡徼以爲知者, 惡不孫以爲勇者, 惡訐以

爲直者.]"

　　　　　　　　　　　　　　　　　　　— 『論語』, 「陽貨」

목사가 풍년인 시대에 살고 있다. '머리 깎았다'고 다 중이 아닌 것처럼 '교회 다닌다'고 다 예수를 믿는 것도 아니다. 스님이라고 해서 다 성불한 것이 아닌 것처럼 목사라고 해서 다 예수를 닮은 것도 아니다. 입만 열면 하느님을 말하고 걸핏하면 성경을 들먹이지만, 정작 예수가 어떤 분인지 조차 모르는 무당 목사가 도처에서 선지자 노릇하는 위선의 시대를 살고 있다.

예수를 따른다는 것은 'personality'에 있는 것이 아니라 'value'에 있다. 술·담배 끊었다고 거듭나고 거룩해지는 것이 아니다. 오욕과 칠정에서 자유로울 수 있는 인생은 아무도 없다. 내 안의 위선과 가식을 직시해야 한다.

기독교 신앙의 핵심은 '오직 믿음', '절대 긍정'에 있는 것이 아니라 '자기 부정'에 있다. 자신의 일천한 경험을 보편화하여 그것이 마치 성경의 절대 기준인 양 호도하는 것은 흔히 말하는 성급한 일반화의 오류일 뿐이다. 자신의 사고와 안목의 지평을 넓혀서 역사와 자신을 객관화시키려는 노력이 선행되지 않는다면 왜곡된 신념은 고착되어 끊임없는 오류를 반복 재생산해 내고 말 것이다.

소위 목사랍시고 종교 지도자를 자처하는 인생들에게 권면하고 싶다. '신학'을 하기 전에 반드시 먼저 '인간학'에 통달하라. '신(神)'을 안다고 주장하기 전에 반드시 먼저 '인간(人間)의 본성'에 대한 철학적 균형 감각을 갖춰라. 성경은 이성을 '마비'시키는 것이 아니라 이성을 '회복'시키는 것이다. 성경에서 말하는 신의 계시를 이성의 영역으로 깨달을 수 없다 하더라도 결코 상식의 구조를 파괴해서는 안 된다. 신앙의 힘은 이성과 과학을 초월하는 것이지만, 생활 속의 신앙은 이성과 대화하고 과학과 소통해야만 한다.

'성경 문자주의'나 '근본주의'의 신앙은 이성을 무력화시키고 무지를 충동질하는 영적 홍위병 노릇에 지나지 않을뿐더러 여전히 '미토스'의 세계에서 벗어나지 못한 주술적 신앙에 불과하다.

나는 한국의 '교회주의 기독교'를 부정한다. '하느님'은 교회의 전유물이 아니다. 하느님을 마치 자신들만이 소유하고 있는 '알라딘의 요술 램프'쯤으로 착각하지 않기를 바란다. 성경은 신이 인간에게 직접 전해주신 '계시 자체'가 아니라 인간이 만들어 낸 문화적 산물일 뿐이다. 더구나 문하의 제자들이나 친견 목격자들에 의한 직접적인 기록물도 아니다. 종이가 없던 시절 원본 없이 구전된 것을 후대가 양피지에 필사하여 다양한 필사본으로 전승되었다가 예수 사후 3세기가 지난 후에 로마의 콘스탄티누스 황제 시절 정치적 목적에 의해 밀라노 칙령으로 27권만을 캐논으로 인정하여 비로소 정경이 탄생된 것이 역사적 고증이다.

기독교는 '성경'을 믿는 것이 아니라, 성경에서 증거하는 '그분'을 믿는 것이다. '유대교의 전통'이나 '바울의 기독론'을 절대 진리로 믿는 것이 아니라 '역사적 예수'의 기록을 통해 그분의 정신을 믿는 것이다.

성경이 진리이기 위해 반드시 문자적으로 진리여야 할 필요는 없는 것이다. 그러므로 행간에서 말하고자 하는 예수의 정신을 이해하고 그 진리를 오늘에 적용하고자 하는 것이 신앙의 본질이다. 지나치게 '성경 문자주의'에 집착한 나머지 오직 성경만이 절대 진리라 주장하며, 나머지 인류의 보편적 지혜를 부정하고 천시한다면 맹신과 광신이 되어 반드시 '전광훈(全狂訓)' 류나 '김삼환(金三患)' 류에 세뇌된 채 독단의 도그마에 빠지고 말 것이다. '문자주의'와 '근본주의'에 집착하는 반지성적 교조주의자들이 자신이 '성경 자폐'에 빠져 영적 장애인이 된 줄도 모르고 일요일만 되면 종교시설에 넘쳐나는 것이 작금의 대한민국 현실이다.

　'교권'을 절대시하던 중세 가톨릭에 대한 반동으로 일어난 프로테스탄트(개신교)가 어처구니없이 '교권' 대신 '성경'을 절대시하며, '성경'을 우상숭배 하는 오류에 빠지고 말았다. 신학자 파울 틸리히의 말에 의하면 "프로테스탄트가 프로테스탄트인 이유는 어떤 형태의 것이든 절대적 하느님 이외의 것을 절대적인 것으로 떠받드는 일이 있다면, 거기에 대해 끊임없이 프로테스트(protest) 하는 것이 바로 '프로테스탄트의 정신'이라고 하였다.

　믿음은 '무지의 세계'가 아니라 '궁극적 깨달음의 세계'이다. 성경을 아는 지식이 가장 고상한 것이 되기 위해서는 반드시 먼저 '인간학'에 대한 고뇌와 성찰이 선행되어야 비로소 가능해진다. 목사와 장로가 되었다는 것만으로는 더 이상 인격과 도덕성의 우위를 담보하지 못한다. 인격과 도덕성이 형편없는 종교인을 우리는 신물 나도록 경험했기 때문이다.

　신앙은 '배타(排他)'가 아니라 '이타(利他)'가 되어야 한다. 죽이는 것은

'율법'(문자)이고 살리는 것은 '영(Spirit)'이다. 예수의 교훈은 '공생(共生)'이나 '상생(相生)' 정도의 차원을 말하는 것이 아니다. 자신을 기꺼이 희생의 제물로 드리기까지의 '이타적(利他的) 삶'을 요구하는 것이다.

그대가 진정으로 예수를 만났다면 감히 함부로 신분을 주장하지 말라. 아울러 그대가 신학교를 나왔으되 예수의 정신에 무지한 무신론자라면 마땅히 목사의 신분은 버리고 종교학 전공자라고 자신의 정체성을 밝혀야 옳지 않겠는가. 십자가는 버리고 영광은 누리겠다는 얄팍한 장삿속으로 인간에 대한 기초적 예절도 갖추지 못한 자들이 남을 변화시키는 사람을 낚는 어부가 되겠다고 한다면 이것이야말로 예수를 농락하는 일이 아니겠는가?

논어의 예화에서 말한 '일곱 가지 미움받을 죄'에서 한 가지도 걸림 없이 자유로울 수 있다면 비로소 예수께서도 그대의 신분을 부끄러워하지 않으실 것이다.

십자가 없는 예수

기독 단체의 종교 활동에 열정이 특심한 사람 가운데 대화가 매우 힘든 두 가지 유형의 열심 당원들이 있다.

첫째는 이른바 '직통 신자'형이다.

이들은 대체로 신의 음성을 들었다거나 성령을 체험했다고 하는 부류들이다. 이들의 공통점은 '직관'과 '체험'을 매우 중시한다. 신이 죽을병에서 자신을 살려주었다거나 신의 은혜로 자신이 사고의 현장에서 기적을 체험했다고 하는 등의 유형이다. 자신은 예수를 믿고 난 후에 근심과 걱정이 없어지고 만사가 형통하게 되었으며, 영의 눈이 열려서 천국 생활을 체험하고 있다는 것이 주된 간증이다. 그러나 대개는 성령 체험이 아닌 악령 체험일 확률이 높으며, 성령 충만이 아닌 감정 충만일 가능성이 매우 높다. 이들의 특징은 '오직 예수', '절대 긍정'만을 강조한다. 인류의 집단지성을 통째로 거부하며 자신의 직관과 체험만이 진리라고 주장하는 독단의 도그마에 빠져든 대표적 유형이다.

아브라함이나 야곱 등에게 구전을 통한 직접 계시를 하던 시대는 이미 오래전에 끝났다. 아브라함이 BC 2166년생이요 야곱이 BC 1878년생이다. 동양의 역사로 보자면 문자가 없던 요순이나 단군과 같은 설화 시대의 전승일 뿐이다. 대체로 이단형 신자일수록 '직관'과 '체험'을 중시하기 마련이다. 만약 신께서 아직도 '직통 신자'가 필요하시다면 이천 년 전 이 땅에 예수를 보낸 것은 신의 시행착오였음을 증명해 내야 할 것이다.

둘째는 '문자주의 및 성경 무오류 신봉자'들이다.

한마디로 성경 맹신주의자들이다. 이들은 성경 안에서 인생의 모든 답을 찾으려고 하는 사람들이다. 책 한 권 읽고 인생을 통달해 버린 신념에 찬 자기기만의 인생들이다. 이런 사람들을 만나면 매우 불편하고 불쾌하다.

성서는 어휘나 단어의 분석에 의미가 있는 것이 아니라 그 시대의 역사 해석에 방점을 두어야 한다. 경전이 그 시대 사람에게 무슨 말을 했는지를 아는 것이 중요한 것처럼 우리 시대 사람들에게 전하고자 하는 메시지가 무엇인지를 알아내는 것은 그보다 훨씬 더 중요한 일이다. 그러므로 성서의 존재 이유는 오직 예수의 '정신'에 있는 것이다. 문자의 착오나 기록의 오류를 인정하지 못하고 성경 무오류에 집착할 이유가 전혀 없다.

만약 문자의 해석이나 단어의 분석에만 집착하여 역사성과 시대사적 의미를 간과한다면 이스라엘에 존재하였던 인간 예수는 만날 수 있을지언정 지금 이 땅에 오신 부활의 예수는 결단코 만날 수 없을 것이다.

그리스도교가 구현하고자 하는 '도(道)'의 본령을 한마디로 정의하고자 한다면 '경천애인(敬天愛人)'이다. 즉, 신을 공경하고 이웃을 사랑하라는 것이다. 인도철학에서 구현하고자 하는 '도(道)'의 본령은 '상구보리 하화중생(上求菩提 下化衆生)'이다. 즉, 위로는 깨달음을 얻기 위해 노력하는 것이요, 아래로는 중생을 교화하고 제도하는 것이다.

신에 대한 공경이나 도에 대한 깨달음은 궁극적 실제에 대한 각성이다. 이를 통해 자신을 발견하고 겸손히 자신의 자리로 돌아가는 행위가 바로 '이웃사랑'이요, '중생의 구제'로 발현되는 것이다. 어떤 형태의 신앙생활이거나 종교적 행위를 막론하고 위와 같은 경전의 본령을 구현해 내지 못한다면 이는 자기 위안 또는 자기만족에 불과한 종교적 허상일 뿐이다.

공자가 일생을 통해 구현하고자 했던 '도(道)'의 본령은 '하학인사 상달천리(下學人事 上達天理)'이다. 즉, 아래로는 사람의 일을 배우고 위로는 하늘의 이치에 통달하는 것이다. 인간학을 배우지 않고 신학에 통달할 수 있는 사람은 세상에 없다. 인간관계의 회복 없이 신과의 소통은 애초에 불가능한 일이다. 만약 있다고 한다면 그는 구전 계시가 가능한 석기시대의 '직통 신자'이거나 제정일치 시대의 '무당'임을 스스로 자임하는 것일 뿐이다. 그들의 간증이나 설교가 희귀한 볼거리는 될지언정 그들의 언어는 공허한 메아리요, 언제나 조롱과 비난의 대상이 될 뿐이다.

두서없이 글을 쓰고 보니 두 부류 외에 한국 교회의 압도적 다수를 차지하고 있는 다중의 교인을 생략하는 우를 범하고 말았다. 이 다중의 교인이 곧 '종교 이익집단' 또는 '기독 노조원'들이다. 이들의 공통점은 주술적 신앙이나 의존적 신앙에 사로잡힌 기복주의자들이다.

아직 '미토스'의 세계에서 '로고스'의 세계로 진입하지 못한 기적과 복에 환장한 영적 샤머니스트들이다. 이런 사람들의 공통점은 매우 비이성적 사고를 한다는 점이다. 상식적인 일조차 설득을 해야 하는 반사회적 인격장애의 유형들이다. 이런 유형의 단체나 개인은 진리가 아닌 영리를 추구하는 종교 이권단체로서 '종교 노조'나 '기독 조합원'에 해당하는 자들이다. 진리와 정의를 분별할 줄 모르는 종교적 금치산자들이다. 참으로 간과해서는 안 될 우리 시대의 슬픈 자화상이다.

불우 이웃

구세군의 자선냄비와 요령 소리가 정겨운 계절이다. 이 소리가 마치 세상을 향한 알람 시계처럼 파동이 되어 연말이 되었음을 깨닫게 하고, 한편으로는 여전히 우리 곁에 어려운 이웃이 있다는 것을 생각나게 한다. 과연 '불우한 이웃'이란 어떤 사람을 말하는 것일까? 행여 가정경제가 어려운 사회적 약자나 지체가 부자유한 장애인 또는 곤경에 처한 불행한 사람 정도로 인식하고 있지는 않을까?

'불우'의 한자어는 '不遇'이다. 문자적 의미로는 "만나지 못했다"라는 말이다. 만남이라는 뜻을 가진 '우(遇)' 자에는 다양한 형태의 만남을 내포하고 있다. 누군가를 우연히 만나는 '조우(遭遇)', 기이한 인연으로 만나는 '기우(奇遇)', 어떤 조건 아래의 상황으로 만나는 '경우(境遇)'가 있다. 또한 '우(遇)' 자는 '만나다'라는 뜻 외에도 '예우하다', '대접하다'라는 뜻이 있는데, 이는 누군가를 만났을 때 상대에 대한 예를 갖춘다는 의미이다. 훌륭한 인물을 예로써 대하는 것이 곧 '예우(禮遇)'이다.

그렇다면 '불우'는 도대체 누구를 만나지 못했다는 말인가? 부모나 스승, 친구나 애인을 말하는 것일까? 이 말의 속뜻에는 "천하를 다스릴 경륜이 있는 사람이 임금을 만나지 못했다"라는 의미가 숨어 있다. 불우라는 말의 어원은 '회재불우(懷才不遇)'의 준말로서 중국 서한 때 가의(賈誼)가 쓴 『신서(新書)』에서 유래하였다. 즉, 재주를 품고 있지만 자기를 알아주는 사람을 만나지 못했음을 이르는 말이다.

이 불우의 대표적 예가 바로 '기복염거(驥服鹽車)'이다. "천리마가 소금수레를 끈다"라는 의미로서 뛰어난 인재가 재능에 맞지 않게 보잘것없는 일을 하고 있음을 일컫는다. 천리마에게는 자신이 명마임을 알아볼 수 있는 사람 곧, '백락(伯樂)'을 만나지 못한 것이 '불우'한 상황에 놓이게 된 셈이다.

자고이래로 세상에는 언제나 불우한 이웃들로 넘쳐난다. 두보와 이백이 그랬으며, 신라의 최치원과 조선의 김시습 등이 그 대표적인 예다. 천재적 재능과 탁월한 경륜을 갖추고도 하늘의 때를 만나지 못한 사람들이었다. 특별히 최치원은 12세에 당나라에 유학하여 18세에 당나라 빈공과(賓貢科)에 장원 급제한 특출난 인물이었으나 6두품이라는 신분의 한계에 막혀 자신의 경륜을 펼쳐보지 못한 비운의 인물이다.

'불우한 사람'이 때를 기다리며 자신의 재능을 발휘할 기회가 필요한 사람이라면, '불쌍한 사람'이란 때를 만나고도 준비가 되지 않아 세상에 쓰임 받지 못하여 그 기회가 무용지물이 되고 만 사람이다. 또한, '불행한 사람'이란 천명에 순응하지 못하고 역행하는 역천자(逆天者)이다. "때를 놓친 봉황은 닭보다 못하다"라는 속담처럼 하늘의 때를 알지 못하여 천재일우의 기회를 날려버린 사람이다. 요즘, '빈곤 포르노'란 말이 세간에 화제가 되고 있다. 대한민국 절대권력을 거머쥔 자의 부인이 캄보디아에서 심장병 아동과 찍은 사진을 두고 하는 말이다. 불우한 이웃을 돕겠다는 선의의 발로라면 무엇이 문제이겠는가?

니체는 거지에게 베푸는 동정의 감정을 경계한다. '동정'은 동정하는 나에게도, 상대에게도 무익하다고 주장한다. 동정을 베푸는 자는 희열을 느낀다. 남의 고통에 견주어 자기 삶에 감사하게 된다. 나의 은총이 타인의 고통을 경감시킬 수 있다는 오만을 갖는다. 은총과 자비를 베풀면서 우월감과 승리감을 맛보기도 한다. 그러므로 동정은 세상의 고통을 가중시키며, 인간을 왜소하게 하는 유해한 충동이라는 것이다.

인간이 타인을 이해한다는 것은 결코 쉬운 일이 아니다. 불가능에 가깝다. 누구를 동정해서 돕는다는 것은 폭력이 될 가능성이 높다. 그러므로 니체는 마구잡이식 선행을 경계해야 한다고 말한다. 그것은 자신의 만족을 위한 배설 행위가 될 수 있다. 그러므로 도움을 주려거든 생면부지의 타인이 아닌 자신의 친구를 도와주라고 하는 것이다.

친구라는 것은 "동일한 고뇌와 동일한 희망을 지니고 있으므로 그의 고통을 내가 완전히 이해할 수 있는" 존재이다. 인간은 본성상 최상의 것을 자기에게 주려고 한다. 그렇게 구성된 존재가 지금의 나다. 내가 나를 돕는 방식, 그 방식으로 친구를 도와주라고 말하고 있는 것이다.

친구 아닌 자에게 예컨대 거지에게 무엇을 베푼다는 것은 위선이거나 자기기만일 수 있다. 나는 그를 모르고, 그의 고뇌를 모르며, 총체적으로 그를 모른다. 그런데 나는 그를 동정해서 무상으로 무엇을 베푼다면 그때 나는 우월감을 느끼지만, 거지는 모멸을 삼켜야 한다. 표현할 수 없는 모멸, 이것은 주는 자도 받는 자도 병들게 한다. 일종의 질환인 셈이다.

니체는 주장하기를 "동정을 베풀려거든 먼저 친구가 되어라. 당신이 베푸는 자가 되고 상대가 수혜자가 되는 동정의 관계는 질환이며 악행이다. 친구가 아닌 경우는 절대로 돕지 마라"고 하였다. 기울어진 관계에서의 동정은 폭력이다. 그러므로 돕기 전에 먼저 '친구'가 되어야 한다. 그것이 친구에게 적절한 것인지 좋은 것인지 헤아려 본 후, 내다 버리듯 주어야 한다. 필요 없어서 주는 것처럼, 그래서 그가 미안해하지 않고 즐겁고 당당하게 받도록 해야 한다.

대한민국 어느 권력자의 부인이 자신의 이미지를 세탁하고자 선행으로 이름난 유명 배우들을 표절하였다. 그러나 여기서 그녀가 간과한 사실은 오드리 헵번과 앤젤리나 졸리, 김혜자와 정우성 등은 오랜 세월 그들과 친구로서 우정을 맺고 있었다는 사실이다. 불쌍한 아동을 동정의 대상으로 묘사하고 그의 고통을 전시하며 상대의 불행을 볼모로 나의 선행을 홍보하겠다는 것은 놀부가 제비의 다리를 부러트려 박씨를 얻겠다는 것과 똑같은 발상이다. 이런 유치하고 위선적 발상으로는 유흥업소나 주가 조작의 이미지를 세탁하기에는 역부족이다.

동양적 불우 이웃 돕기가 자활의 길을 열어주고 기회를 제공하는 것이라면, 서양적 불우 이웃 돕기의 핵심은 그와 진정한 친구가 되는 것이다.

동곡이조(同曲異調)

'동곡이조'란 같은 악곡에 노래를 달리한다는 뜻으로, 같은 곡조의 다른 운율이라는 정도의 의미이다. 이는 근원적 동일성을 전제로 하되, 현상적 다양성의 결과를 수용한다는 의미이다. 같은 의미로 사용되는 다른 표현으로는 '동공이곡(同工異曲)'이라는 말도 있다. "같은 재주의 다른 곡조"라는 의미로서 재주나 솜씨는 같지만 표현된 내용이나 맛이 다르다는 의미이다.

당나라의 대문호 한유(韓愈)는 자신의 글 「진학해(進學解)」에서 양운(楊雲)과 사마상여(司馬相如)의 문장이 "시문을 짓는 기교는 같으나 그 곡조는 서로 다르다"는 "자운상여(子雲相如) 동공이곡 (同工異曲)"이라고 한 구절에서 유래하였다.

그러나 오늘날 일각에서는 '동공이곡(同工異曲)'이 처음의 의미와는 다르게 "겉만 다를 뿐 내용은 똑같다"라는 경멸의 뜻을 담아 쓰이기도 한다.

코로나 사태가 장기화되면서 우연히 온라인상의 줌을 통한 예배 모임을 알게 되어 참석하고 있다. 이곳 공동체의 구성원은 매우 오묘하고 다양하다. 사는 지역과 국가도 다를 뿐만 아니라 믿음의 형태나 종교적 신분조차도 천차만별이다. 마리아 동정녀 설을 부인하는 사람도 있고 아담과 이브를 설화로 인식하는 사람도 있으며 바울 복음에 의한 기독론을 전면 부정하는 사람이 있는가 하면, 경험과 직관을 중시하는 의존적이고 주술적인 신자도 있다. 게다가 스스로 직통 신자임을 자인하는 사람에 이르기까지 다양한 구성원이 존재한다.

얼핏 보면 한 가지 주제로 단합되거나 통일되기가 어려울 듯하여 단일대오를 형성하기가 불가능할 것 같지만 그런대로 큰 마찰 없이 잘 운영되는 것이 신통방통할 지경이다. 저마다 신앙의 수준이나 믿음의 형태가 다르기에 동일성이나 획일성을 강요치 않는다. 가장 큰 특징은 각인의 다양한 생각이나 신앙의 형태를 존중한다는 것이다. 종교의 계파성을 특별히 인정하지도 않지만, 굳이 따져 묻지도 않는다.

큰 틀에서 본다면 본인들 스스로가 창조주를 믿으며 신본주의적 세계관을 가지면 그만이다. 굳이 이단이네 삼단이네 하는 논쟁이 있을 수 없다. 가장 큰 특징은 신앙 안에서 무엇이 옳다고 하는 신학적 정의를 내리는 일이 없다는 것이다. 다양성을 인정한다고 해서 기독교의 특수성이 부정되는 것이 아니다. 자기만이 진리를 온전히 소유하고 있고 타인은 잘못된 길에 서 있다고 단정하지 않으려는 것이다. 어차피 인간의 지식으로 신을 온전히 이해할 수 있는 것은 애초에 불가능한 일이다. 모두가 군맹무상(群盲撫象) 하듯 일정 부분의 오류를 안고 있을 수밖에 없음을 포용하고 있을 뿐이다.

신앙은 때로 이성을 넘어서고 과학을 초월한다. 그러나 이성과 대화하지 않고 과학과 소통하지 않는 신앙은 위험천만의 수준을 넘어 독단의 도그마에 빠지기가 십상이다. 그런 의미에서 나는 '문자주의'나 '근본주의' 등을 경계한다. 그렇다고 내 생각을 굳이 타인에게 강요하지도 않는다. 건강한 종교적 삶을 위해서 사리를 분별하고 판단하는 각인의 종교적 신념은 결국 각자의 몫일 뿐이라고 생각하기 때문이다.

이러한 특수성을 가진 공동체임에도 불구하고 조직의 운영이 가능한 것은 "자신의 신념에 따라 사는 일보다 그것을 다른 사람에게 강요하지 않는 일이 훨씬 더 어렵다"라는 것을 모두가 잘 알고 있기 때문이다. 한동안은 적응하기가 매우 힘들고 불편하여 의도적으로 외면도 하였지만, 마땅히 내 영혼을 맡길 만한 곳도 없고 구성원이 대체로 현실 교회 부적응자들이라는 데에 다소 위안이 되어 아직까지 어정쩡한 관계를 유지하고 있다. 굳이 내 위치를 고백하자면 비주류 모임 중에 비주류로서 여전한 '독고다이'일 뿐이다

그럼에도 불구하고 모임에 의미를 두는 것은 사람마다 삶의 형태나 수행 방법은 달라도 궁극적으로 추구하는 종교적 목적은 크게 다르지 않을 것으로 생각하기 때문이다. 유학에서는 '주이불비 비이불주(周而不比 比而不周)'라 하였다. "군자는 두루 친목하되 편당 짓지 아니하고 소인은 편당 짓되 두루 친목하지 못한다"라고 하였으니 친교를 도모하되, 부화뇌동하지 않을 수 있다면 나의 삶 속에 종교와 현실이 크게 유리되지는 않을 것이다.

다양한 신앙생활의 경험을 통한 구도의 방편이 저마다 다를지라도 삶

과 죽음의 본질적 고민과 참다운 인생을 위한 영성의 승화를 위한 목적은 같다고 볼 수 있으므로 서로의 신앙관을 용납하되 본질에서는 벗어나지 않고자 한다. 말씀대로 순종하는 일에는 관심 없이 값싼 은혜에만 안주하려는 의존적이며 주술적인 신앙을 거부하여 교회를 나왔지만, '문자주의'와 '근본주의'를 경계한다고 해서 신학적인 논리로서 인간이 신의 존재를 증명하고 규정지으려는 행위에도 깊은 우려가 있다. 이성적 분석만 있고 삶에 적용이 없는 것은 관념적 신앙일 뿐만 아니라 일찍이 장자가 말한 "도적 중의 도적은 덕을 내세우는 도적이다.[賊莫大乎德有心]"라고 한 것과 같은 두려움이 내 안에 있기 때문이다.

나는 신(神)이 내 안에만 있고 상대에게는 없다거나, 상대에게만 있고 내게는 없다고 고집하지 않는다. 하느님은 나와 너, 우리 사이 어디쯤 계실 것이라 믿고 있다. 예수는커녕 자신이 어떤 인생인지조차도 모르는 채 맹목적 믿음만을 강요하는 거짓 목사와 교회를 더 이상 신뢰하지 않는다. 그러므로 내게는 전도의 대상이 따로 없다. 그저 모두가 선한 이웃이요, 동반자일 뿐이다. 내게 있는 일용할 양식으로 이웃과 더불어 화평하고자 하는 것이 내 신앙의 본질이다.

일체중생(一切衆生)이 개유불성(皆有佛性)이요
산천초목(山川草木)이 실개성불(悉皆成佛)이라

일체의 중생에게는 모두 부처의 성품이 있다. 산천초목이 모두 불성이 깃든 부처이다. 진리는 발견된 신비요, 공개된 비밀일 뿐이다.

남우충수(濫竽充數)

'남우충수'는 가짜 악사로 머릿수를 채우는 행위를 말한다. 능력이 없는 자가 능력이 있는 것처럼 가장하거나, 실력이 없는 자가 높은 자리를 차지하는 것을 비유하는 말로서『한비자(韓非子)』「내저설상(內儲說上)·칠술편(七術篇)」에 나오는 고사성어이다.

전국시대 제(齊)나라 선왕(宣王)은 관악기의 일종인 '우(竽: 생황)' 연주를 좋아했다. 독주보다는 합주를 좋아하여 매번 삼백 명의 악사에게 합주로 연주하게 하였다. 그러나 삼백 명의 악사 가운데 '남곽(南郭)'이라는 자는 생황을 전혀 불 줄 모르는 사람이었다. 그는 악사 중에 섞여 번번이 립싱크 연주로 흉내만 내면서 몇 해 동안 후한 대접을 받으며 지냈다. 그러다 제선왕(齊宣王)이 세상을 떠나고 그의 아들이 제위에 올랐는데, 그가 바로 민왕(湣王)이다.

민왕 역시 생황 연주를 좋아하였지만, 공교롭게도 그는 합주보다는 독주를 좋아하였다. 그는 매번 삼백 명의 악사들을 하나하나 불러 놓고 독주를 하게 하였다. 그러자 '남곽처사'는 하는 수 없이 생황을 버리고 도망을 치고 말았다.

나는 십수 년 전, 교회에서 성가대를 한 적이 있었다. '음치'·'몸치'·'박치'의 삼치를 완벽하게 장착한 나는 고음은 '솔' 이상 안 올라가고 저음은 '도' 아래로 내려가지 않는 전형적인 음치였다. 그런 나를 픽업한 성가대장은 자신의 일생 최대의 실수였고, 내게는 일생 최고의 수치가 되었다. 내가 고음이 안 된다고 하자 그럼 베이스를 맡으라고 하며 흔쾌히 권하였지만, 나는 고음만 불가였던 것이 아니라 저음 또한 불가였다.

절대 음감은커녕 자신의 음정조차 온전히 구사할 줄 몰랐던 나는 옆사람 소리의 크기에 따라 베이스든 테너든 심지어는 소프라노까지 취향에 맞는 대로 따라 부르다 '삑사리'를 내기 일쑤였다. 내가 '남곽처사'임을 미리 밝혔어도 억지로 머릿수를 채우고자 하였던 성가대의 남사스러운 추억은 여기서 더 이상 언급하지 않기로 한다.

나는 최근 한 달여 만에 두 번의 페북 징계를 당하였다. 성경 속 '예수의 언어'와 일국의 '통치자의 언어'를 번갈아 사용하였는데, 그것이 커뮤니티 규정 위반이라 하여 페북 정지를 당한 것이다. "울고 싶은 놈 뺨 때린다"고 이참에 페북을 정리할까 싶은 맘이 없지 않은 것도 아니었지만 그간 성원해준 독자들의 성원과 아직 다 만나보지 못했던 호기심 천국의 페친들이 맘에 걸려 아직은 때가 아니다 싶어 결국은 내 생각을 교정하기로 마음을 고쳐먹었다.

덕분에 '좋아요'가 반드시 동의를 의미하는 것이 아닌 줄은 알았지만,

'좋아요'를 품앗이처럼 하고 있었던 다수의 페친들과 '좋아요'를 품앗이 해주지 않아 폐절한 페친이 누구인지 알게 되었다. 아울러 자신의 소리를 전혀 내지 않는 '남곽처사'들이 수천에 이르고 있음도 깨닫게 되었다.

장온고(張蘊古)의 『대보잠(大寶箴)』에 "여덟 가지 산해진미가 눈앞에 펼쳐져 있어도 먹는 것은, 입에 맞는 것뿐이다.[羅八珍於前 所食不過適口.]"라고 하였다. 어부가 바다에 그물을 던진다고 하여 바다의 모든 고기를 다 잡을 수 있는 것은 아니다. 겨우 그물에 걸리는 고기만을 상대할 수 있을 뿐이라는 것을 새삼 깨닫는다.

어찌 '남곽처사'가 페북 세계에만 있겠는가. 윤석열 정부 또한 도처에 잠입해 있는 남곽처사들의 불순한 암약 행위로 정부의 조직이 난장판이 되어가고 있다. '외교 참사'에 이은 현무 미사일 '낙탄'에 대한 책임은 말할 것도 없고, 매일 곳곳에서 터져 나오는 남곽처사들의 립싱크 탄로로 말미암아 국가조직을 백척간두의 위기에 올려놓은 듯하다. 아마 윤석열 당사자 본인이야말로 가장 능력 없고 준비 안 된 '남곽처사'의 전형이 아닐까 싶다.

전국시대 말기 법가사상을 추구했던 한비자(韓非子)는 위의 고사와 함께 군주들에게 일곱 가지 '술(術)'을 설파하였다.

첫째, 여러 신하의 말을 참조하고 관찰하라.
둘째, 죄 있는 자는 반드시 처벌하라.
셋째, 공을 세운 자는 반드시 상을 주어 칭찬하라.
넷째, 신하가 한 말은 신중하게 듣고 실적을 따져라.

다섯째, 의심하는 신하들은 거짓으로 잘못된 일을 시켜볼 것.

여섯째, 아는 것을 감추고서 물어볼 것.

일곱째, 말을 거꾸로 하여 반대되는 일을 시켜볼 것.

한비 사상의 주체는 '법술 사상'이다. 그는 상앙(商鞅)의 '법(法)'과 신불해(申不害)의 '술(術)', 그리고 신도(愼到)의 '세(勢)' 이론을 흡수한 뒤 그 기반을 토대로 집대성하여 법가의 정치이론 체계를 완성하였다. 한비자의 고언을 받아드린 진시황은 '법술세(法術勢)' 사상을 통해서 중국 최초의 통일왕조 건설이라는 패업을 완성하였다. 유가의 예(禮)는 계층 간의 권리와 의무를 말한다고 볼 수 있지만, 법가의 법(法)은 사람들이 반드시 지켜야만 하는 강제성을 띠는 것으로 현대의 법치주의와도 맥락을 같이 한다.

스스로 "나는 하늘이 낸 사람"이라고 자부하는 윤석열이 한비자의 충언을 본받을 것이라고는 일말의 기대도 하지 않는다. 어쩌면 고리타분한 고전은 시대에 뒤떨어진 잔소리쯤으로 진부하게 여길지도 모른다. 그러나 모름지기 자신의 정체가 '남곽처사'임이 온 천하에 탄로가 나는 것은 그야말로 눈앞에 다가선 시간의 문제이다. 아마도 그의 말년이 왕실에서 굶어 죽었던 제환공(齊桓公)보다 훨씬 더 비참한 종말을 맞게 될 수도 있을 것이라는 점을 뒤늦게라도 고전을 통해서 역사의 이치를 배우기를 바랄 뿐이다.

도롱지기(屠龍之技)

"주평만(朱泙漫)은 용 잡는 법을 지리익(支離益)에게 배웠다. 천금이나 되는 가산을 써가며 삼 년 만에야 그 재주를 이루었지만, 그것을 써먹을 곳이 없었다.[朱泙漫學屠龍於支離益, 單千金之家, 三年技成而無所用其巧.]"

— 『장자(莊子)』,「열어구(列禦寇)」

'도롱지기'란 용을 잡는 기술을 말한다. 대단한 기술인 것처럼 보이지만 사실은 전혀 쓸모가 없는 기술을 비유하는 말이다. 천하에 남이 알지 못하는 비상한 재주가 있다고 한들 세상에 용이 없다면 한갓 쓸데없는 재주가 되고 마는 법이다. 세상에는 '신학(神學)'에 정통한 목사들이 매우 많다. 그중에는 자신만이 신의 뜻을 안다고 자처하는 '직통 신자'도 무수히 많다. 그러나 비록 그들이 날마다 신과 접신하여 '직통 계시'를 받았다 할지라도 '인간학(人間學)'에 무지하여, 인간의 본성에 대한 철학적 고뇌가 없다면 그것은 한낱 '도롱지기'에 불과하다.

천하가 알지 못하는 특출난 능력, 이른바 '신의 음성을 분별할 줄 아는 특별한 지혜'를 자신만이 홀로 가졌다 할지라도 '필드에 대한 존경심' 즉 삶의 현장에서 체험으로 얻어지는 실천적 사랑에 대한 존경심이 없다면 그것은 한낱 조롱에 갇힌 앵무새의 방언과 같은 공허한 메아리에 불과할 뿐이다.

바울의 교리를 주문처럼 외우면서도 불교의 '금강경'이나 '화엄경' 한 줄 읽어본 경험이 없거나 유가의 '논어'나 '주역' 한 줄 읽어본 경험이 없다면, 그는 어떤 종교도 전혀 이해하지 못하는 사람이다. 이스라엘의 역사와 율법에 관통하면서 '조선'과 '이 땅의 역사'에 무지하다면, 그 사람이 만난 예수는 박제된 이스라엘의 예수일 뿐이다. 죽은 예수를 만나기 위해 이천 년 전의 이스라엘로 돌아갈 것이 아니라, 오늘 이 땅 우리의 삶 속에 임재하시는 살아있는 예수를 만나야 한다.

에리히 프롬이 말하기를 "누구도 자신의 인격을 향상시키기 위하여 신을 찾지 않는다"라고 하였다. 한국의 기복주의적 기독교인들에게 딱 들어맞는 말이다. 예수가 원하는 제자는 '살아서 복 받고 죽어서 천국 가는' 그런 주술적이고 의존적인 신자를 원한 것이 아니었다. 오히려 자신을 위한 세속적 '복'을 구하는 교회가 아니라 '세상의 고난'에 적극적으로 참여하는 교회가 되기를 주문하였다. 그래서 "누구든지 나를 따르려는 자는 자신의 십자가를 지고 나를 따르라" 하지 않았던가?

신앙은 신을 경외하는 외적 표현이나 경건으로 무장된 외식 행위를 의미하는 것이 아니다. '신(神)'과 화평하고 '인간(人間)'과의 소통이 온전히 회복될 때만이 비로소 신앙생활의 참된 의미가 있다. '경천(敬天)'은 하되

'애인(愛人)'의 증거가 없다면 신(神)은 반드시 이런 사람을 부인하고 말 것이며, '애인(愛人)'을 하였으되 '경천(敬天)'에 소홀하였다고 하여, 신(神) 이 반드시 그를 버리지도 않을 것이다.

그러므로 참된 믿음이란 '만사형통'의 주술적이고 이기적인 욕망에 있 는 것이 아니라, 창기와 세리의 친구였던 '가난한 예수'의 이타적 삶을 닮 고자 하는 데 있는 것이다.

공자께서도 말씀하였다. "만약 주공과 같은 훌륭한 재주를 가졌다고 할지라도 가령 교만하고 인색하다면 그 나머지는 볼 것이 없다.[子曰: 如有 周公之才之美, 使驕且吝, 其餘不足觀也已.]"

인본주의를 배제한 신본주의는 언제나 실천이 없는 관념유희에 지나 지 않는다.

교회의 타락

간판은 '사랑' 제일

나는 목사라는 직업을 매우 경원시한다. 신앙은 삶이고 생활이어야지 종교가 직업이고 신분이며, 생계의 수단이 되어서는 매우 곤란하다는 생각을 하고 있다. 생계형 목사이거나 신분적 목사이기보다는 '신학 전공자'로 사는 사람이 훨씬 진솔하고 인간적으로 느껴진다. 나는 예수의 정신을 믿고 따르는 그리스도인이지만 교회라는 조직과 직업적 종교인에게는 별다른 믿음과 기대를 하지 않는다. 구원의 세계는 '교회 생활'에 있는 것이 아니라, 각자 믿음의 '생활화'에 있다고 생각하기 때문이다.

교회 생활 잘하는 것과 신앙생활 잘하는 것은 반드시 등가성이 성립하지 않는다. 교회에서 열심을 내는 것과 신앙생활 잘하는 것과는 별개의 문제이다. 자신이 교회에서 많은 시간을 보내고 교회 조직 안에서 여타의 봉사를 많이 한다고 해서 자신이 신앙생활에 열심인 사람이라고 착각해서는 안 된다. 그저 교회라는 조직의 이너서클에 만족하며, 교회 생활에 열심을 내었을 뿐이다.

성경에서 믿어지는 예수라면 성경 밖에서도 믿어져야 하고 교회에서 믿어지는 예수라면 세상 속에서도 믿어져야 한다. 교회에서 하는 기도가 응답이 된다면 삶의 현장에서 하는 기도도 마땅히 응답되어야만 한다. 기도의 능력은 목사의 주술적 방언이나 교회의 조직적 힘에서 나오는 것이 아니라, 각자 믿음의 신실성에 있는 것이다.

교회 생활의 열심과 신앙생활의 열심은 본질적으로 결이 다르다. 오늘날 교인은 '사랑해야 할 원수'와 '독사의 새끼'를 구분하지 못한다. 사랑해야 할 원수는 구원의 대상이지만, 독사의 새끼는 심판의 대상일 뿐이다. 사랑해야 할 원수는 세상에 존재하지만, 독사의 새끼는 교회 안에 서식한다.

얼마 전 전광훈이 교주로 있는 '사랑제일교회'가 알박기에 성공했다는 기사를 읽었다. 감정가 82억에 불과한 교회를 재개발조합과의 협상을 거부하고 일방적으로 '알박기'에 들어가 공사를 지연시키며 무려 500억 원을 요구하였다. 이에 법원이 150억 원으로 합의를 제시하였지만, 사랑제일교회는 끝내 버티기로 일관하여 마침내 500억 요구를 관철시켰다고 한다.

사랑의 속성은 '희생'과 '헌신'이다. 희생과 헌신의 몫은 언제나 '자신'이어야지, 그 몫을 '타인'에게 전가한다면 그것은 이미 사랑이 아니다. 자신의 이기적 욕망을 위해 이웃과 사회에게 희생과 헌신을 요구하는 행위는 '깡패'와 '거지' 둘 중 하나이다. 구걸했다면 거지요, 강요했다면 깡패이다. 그렇다면 교회 이름도 그에 걸맞게 '구걸제일교회' 또는 '폭력제일교회' 또는 '알박기제일교회' 등으로 바꾸어야 하지 않을까? 이들의 진면목은 이념을 상업주의화하고 종교를 교조주의화해서 무지한 중생들을 현혹시키는 사회악에 불과하다.

이들의 이념과 주장은 사회 구성원의 다양성에 관한 문제가 아니라 마땅히 제거해야 할 '사회악'이요 '종교적 병폐'일 뿐이다. 현상적 다양성의 문제는 언제나 근원적 동일성이 전제될 때만이 가능한 이야기다. 고름은 결코 살이 되지 않는다.

이번 용산 참사에 대해 전광훈은 '북한군'이 개입되었다고 거짓 선동을 하였다. 이런 망발을 일삼는 사태에 대해 침묵 방관하는 동종 업계의 목사들은 더 이상 진리를 수호하는 종교인이 아니다. 자신의 체면과 이미지 관리에만 열중하는 역겨운 삯꾼일 뿐이다.

사탄은 뿔이 달린 괴물이 아니라 광명한 천사의 모습을 하고 있다. 적(敵)그리스도는 교회 밖에서 교회를 핍박하는 세력이 아니라 교회 안에서 예수의 정신을 타락시키는 양복 입은 무당들이다. 그들은 신의 이름으로 신을 부정하며, 예수의 이름으로 예수를 욕되게 하는 자들이다. 오직 자신의 욕망과 이권을 지키기 위해 타락한 권력과 야합하여 예배를 빌미로 예수를 팔고 자신의 뱃속을 채우는 장사꾼들이다.

부패한 권력의 하수인을 자처하다 기어이 '팽' 당하고 말 이 미련한 집단의 발악이 참으로 경이롭다. 어떻게 이렇게 무지하고 무식한 자가 목사가 될 수 있었는지, 대한민국 기독 단체는 도대체 어떻게 이런 자를 파면하지 않는지 참으로 불가사의할 뿐이다. 한국 교회와 종교단체는 스스로 자정 능력을 상실하고 말았음을 인정하고 있다. 성경의 예언대로 머잖아 짠맛을 잃은 소금과 같이 길에 버려져 사람들의 발에 짓밟히고 말 것이다.

인생은 자기 창조의 과정이다

20세기 중국의 대문호 '임어당(林語堂)'은 생전에 이런 말을 했다. "중국을 이해하려면 세 가지를 알아야 한다. '한자'와 '만리장성' 그리고 '체면(體面, 티미엔)'이다. 그렇다면 체면이란 무엇인가?

사람을 아는 방법에는 세 가지가 있다.
첫째는 '내가 아는 나'
둘째는 '남이 아는 나'
셋째는 '남과 나 사이에 형성된 가상의 나'

곧, 인생은 누구나 남이 나를 이런 사람쯤으로 생각할 것이라고 설정해 놓은 '가상의 나'가 존재하는데, 이것이 바로 '체면'이라는 것이다. 그렇다면 어느 것이 진정한 나일까? 세 가지 중 어느 것도 온전한 답이 될 수는 없다. 사람은 누구도 스스로 궁리해서 자신의 존재를 온전히 알 수 없다. 인간은 발광체가 아니라 반사체이기 때문이다. 인간은 누구도 자신 스스로 빛을 발할 수 없다. 그것은 신만이 가능한 일이다.

인간이 스스로 노력해서 자신을 알 수 있는 유일한 방법은 상대적 '관계'에 의해서만이 가능하다. 곧 자식이 있음으로써 자신이 아버지임이 증명이 되고 아내가 있음으로써 남편이라는 신분적 존재가 가능해지며, 제자가 있을 때만이 자신을 스승이라고 규정하는 것이 가능하다는 실체적 진실을 이해할 수 있을 뿐이다.

우리는 모두 반사체이므로 상대가 있어야만 내 존재를 규정하는 것이 가능하다. 인간이 본성적으로 자신의 존재를 알 수 있는 유일한 방법은 자신의 지혜로 선과 악을 분별하는 능력이 생겼을 때야 비로소 가능하다. '선악을 아는 지식'이 있을 때만이 독립적으로 나는 어떤 사람이라고 규정할 수 있다. 그러나 선악을 규정하는 일은 신의 영역이다. 오직 신만이 할 수 있는 일이다.

아담이 선악과를 따먹은 것은 선악을 알고자 하는 단순한 호기심 때문이 아니었다. 아담의 죄는 선악과를 맛본 호기심에 있는 것이 아니라 인간에게 주어진 경계를 넘어선 죄, 즉 신과 동등해지고자 했던 '교만' 때문이었다. 그 부작용으로 인간은 자기중심적 판단을 하게 되었다. 선과 악의 기준이 '신(神)'이 아닌 '나(我)'가 되어버린 것이다. 내 판단에 옳으면 선이요, 내 판단에 그르면 악이라는 오류에 빠지게 된 것이다.

"너 자신을 알라"고 했던 말은 소크라테스가 처음 한 말이 아니다. 그가 세 가지 죄목으로 법정에 섰을 때 그는 델포이 신전에 쓰여 있던 경구 "너 자신을 알라"는 말을 인용하며 놀랍게도 신을 증인으로 세웠다. 신접한 자로부터 "소크라테스는 아테네에서 가장 지혜로운 자"라는 대답이 돌아왔지만, 그는 "나는 나의 무지를 아는 지혜가 있을 뿐"이라고 말했다. "너 자신을 알라"라는 말은 역설적으로 "너 자신의 무지를 알라"는 말이며, 자신의 무지로 인해서 자신의 존재를 알 수 없으니, 자신이 누구인지를 알기 위해서는 '신에게 물어야 한다'라는 의미이다.

그러나 애석하게도 인간이 신을 만나기 위해서는 반드시 죽어야만 한다. 신 앞에 섰을 때만이 나약하고 초라한 한 인간의 실체를 직면하게 될 것이다. '교만'과 '탐욕' 덩어리에 불과했던 참담한 자신의 실체를 마주하게 될 때, 비로소 본질적 죄인인 자신의 참모습을 깨닫고 절망과 분노에 탄식하게 될 것이다.

아직 살아있는 한 그래도 희망은 있다. 인생은 완성된 존재로 태어나는 것이 아니라 실수와 좌절을 통해 조금씩 성장해 가며 끊임없이 완성을 지향해 가는 자기 창조의 과정이기 때문이다. 그러므로 "인생은 자신이 누구인가를 찾아가는 여정이 아니라 끊임없이 자신을 창조해 가는 과정의 연속이다.

선(善)과 불선(不善)

'선(善)'한 자라고 반드시 '복(福)'을 받는 것도 아니고 '악(惡)'한 자라고 반드시 '화(禍)'를 당하는 것도 아니다. 군자는 이것을 잘 알고 있다. 그러나 군자는 차라리 화를 당할지언정 결코 악한 일을 하지 않는다.

성실하고 정직한 자는 궁하고, 아첨을 잘하는 자는 통한다. 군자는 이 것을 잘 알고 있다. 그러나 군자는 차라리 궁할지언정 결코 아첨을 즐겨 하지 않는다. 다만 도리가 마땅히 그러하다는 것을 알 뿐만 아니라 또한 그의 마음에도 자신이 용납하지 못하는 바가 있기 때문이다.[善者不必福, 惡者不必禍. 君子稔知之也, 寧禍而不肯爲惡. 忠直者窮, 諛佞者通. 君子稔知之也, 寧 窮而不肯爲佞. 非但知理有當然, 亦其心有所不容已耳.]

…中略…
군자가 '선(善)'을 행하는 것은 도리로서 마땅한 것이기 때문에 행하는 것이지, '복(福)'을 구하려는 것도 아니며, '록(祿)'을 구하려는 것도 아니다.

군자가 '불선(不善)'을 행하지 않는 것은 도리로서 마땅히 해서는 안 되기 때문에 행하지 않는 것이지, '화(禍)'를 두려워해서도 아니며, '죄(罪)'를 멀리하기 위해서도 아니다.[君子之爲善也, 以爲理所當爲, 非要福, 非干祿. 其不爲不善也, 以爲理所不當爲, 非懼禍, 非遠罪.]

요즘 내가 읽고 있는 책, 여곤(呂坤)의 『신음어(呻吟語)』에 나오는 말이다. 책 서문에 말하기를 "'신음'이란 병이 든 환자가 아파하며 앓는 소리를 말한다. 병 중의 고통은 환자만이 알고 타인은 모른다. 그 아픔은 병이 들었을 때만 느끼고 병이 나으면 곧 잊어버린다. 사람이 병이 들어 앓을 때의 고통을 잊지 않는다면 모든 일에 조심하여 다시는 괴로움에 시달리는 시련을 겪는 일이 없을 것이다"라고 하였다. 병이 낫고 난 뒤에도 아플 때의 고통을 잊지 않을 수 있다면 '신음어'란 더 이상 환자의 고통 소리가 아닌 세상을 깨우치는 '경세어(警世語)'인 것이다.

수일 전 종합검진의 결과가 나왔다. 우울증이 심한 상태이니 정신과 진료를 받아야 한단다. '검찰 공화국'이 들어서고 무속이 권력자의 정신세계를 지배하여 '검폭(檢暴)'이 횡행하는 난세에 멀쩡한 정신으로 살아간다는 것이 얼마나 어려운 일이겠는가. 국가 공권력이 국민의 안위를 보호하지 아니하고 권력자의 심기와 조직의 정치적 이익만을 수호하는 '검란(檢亂)'의 시대에 어찌 고통 속에 신음하는 소리조차 없을 수 있으며, 권력이 무속의 지배를 받아 무속이 국가의 명운을 좌우하는 이 어처구니없는 세상 돌아가는 꼬락서니를 보고서 어찌 우울하지 않을 수 있단 말인가.

저자의 신음하는 소리에 매우 공감하는 바가 있으며 또한, 나의 우울한 심사와 크게 다르지 않기에 여기에 옮겨 놓는다.

다윗과 바울

성경 속 인물 가운데 하느님의 뜻을 가장 크게 왜곡시킨 사람은 누구일까? 누가 내게 이런 질문을 한다면, 나는 서슴없이 "구약에서는 다윗이요, 신약에서는 바울"이라고 말하겠다.

성경에서 다윗은 언제나 신의 뜻을 묻고 신의 뜻대로 순종하고 산 순결한 신앙인으로 묘사하고 있지만, 그것은 주술적이고 의존적인 성경 편집자들이 만들어 놓은 아전인수식 종교적 허상에 불과하다. 그는 '야훼'를 하느님이라고 하는 본래의 신과는 전혀 다른 자신들만을 수호하는 '민족신'으로 격하시킨 인물이다. 다윗과 그 왕조가 조성한 신 '야훼'는 민족의 수호신이요, 전투의 신이요, 질투의 신이며, 잔인하고 편애하는 그들만의 신일 뿐이다.

다윗 왕조는 인류의 보편적인 사랑과 자기희생의 신이었던 '야훼'를 정의가 없는 편애하는 우상으로 왜곡시키고 말았다. 당시 고대 근동지역의 왕들은 저마다 자신을 지켜 줄 수호신을 섬기고 있었다. 강자들은 자신들의 탐욕을 채우기 위한 수단으로서 저마다 자신들의 수호신을 우상으로 삼은 것이다. 이는 강자들이 신을 자의적으로 해석하는 관념론에 지나지 않는다.

다윗 왕조의 죄악은 인류의 보편적 사랑의 신 '야훼'를 자신들의 탐욕을 충족시키기 위한 수단인 '민족의 수호신'으로 격하시킨 데 있다. 오직 다윗의 후손과 이스라엘만을 섬기는 종으로 전락시키고 말았다. 이들에게 정의란 찾아볼 수 없다. "원수의 목전에서 내게 상을 베푸시는 야훼"란 오직 선민의식으로 무장된 자신들만의 기득권 논리일 뿐이다.

'야훼'는 특정한 민족과 개인만을 편애하여 그들의 탐욕을 위해 '심지 않는 곳에서 거두는' 그런 기적을 남발하는 신이 아니라 '있을 것을 있게 하시는 불가사의한 영'이시며, 누구에게나 '구하고, 찾고, 두드리면' 이에 응답하는 신이다. 보편적인 사랑과 자기희생으로 온 세상에 편만(遍滿)이 역사하는 인류 전체의 신인 것이다.

그러나 바울은 보편적 인류애보다는 다윗 왕조의 편협한 민족주의의 전통을 따랐다. 다윗 왕조가 섬기는 일개 민족 신으로서의 야훼를 유일신으로 주장하였으며, 예수의 죽음 이후에도 다시 메시아가 나타나 로마를 멸망하고 이스라엘을 구원할 것으로 믿었다. 자신은 이방인을 메시아 왕국으로 인도하는 첨병으로서, 스스로 사도의 역할을 자처하기까지 하였다.

바울의 오판은 이뿐만이 아니었다. 바울은 "인간은 나면서부터 모두 죄인이다"라는 소위 '원죄설'을 주장하였다. 인간은 누구나 아담으로부터 원죄를 유전 받았다는 것이다. 사랑의 하느님께서 인간사회에서도 이미 오래전에 폐지된 '연좌제'를 성경의 기록대로 무려 육천 년씩이나 적용하여 인간에게 죄를 묻는다면, '야훼'는 더 이상 '사랑의 하느님'이 아니라 '저주의 신'이 되고 마는 것이다. 만약 아담의 죄가 온 인류에게 유전되어 연좌된다면, 우리 아버지의 죄는 나에게 연좌되고 나의 죄는 나의 자식에게 연좌된다는 말인가? 그렇다면 인간의 탄생은 '축복'이 아니라 '저주'가 되는 셈이다.

바울은 세상을 '장망성(將亡城)'에 비유하며, 종말론을 주장하였다. 예수의 재림이 자신의 당대에 곧바로 이루어질 것으로 예견한 것이다. 예수의 재림과 함께 이스라엘은 로마의 압제로부터 해방되고 로마는 멸망할 것이라 주장하였지만 백 년, 천 년, 무려 이천 년이 지난 지금까지도 예수는 재림하지 않았다. 로마 역시 예수가 재림해서 멸망한 것이 아니었으며, 이스라엘 또한 예수의 재림으로 인해 해방된 것이 아니었다.

바울은 예수의 직접적인 제자가 아니었다. 다메섹 도상에서 부활한 예수를 제일 처음 만났다고 하는 것은 어디까지나 자신만의 주장일 뿐이다. 다른 제자들 누구도 그의 주장을 뒷받침해 줄 증거가 없다. 바울신학의 오류는 예수의 '죽음'과 '부활'만을 강조하고 예수의 '삶'과 '가르침'을 등한시한 데 있다. 그는 예수에게 친히 가르침을 받은 바가 단 한 번도 없었기 때문이다. 그는 또 '행위'가 아니라 '믿음'으로 구원받을 수 있다고 주장하였다. 물론 이방인의 전도를 위하여, 유대인의 전통적 율법을 꺼리는 그들을 배려하고자 '율법의 행위'보다 '믿음'이 더 중요한 것이라고 강조한 것으로 생각할 수도 있겠지만, 그의 교리는 완전하지 못했다. 오직 예수를 믿어야만 구원을 얻는다면, 예수 이전의 인류는 아브라함도, 이삭도, 야곱도 모두 지옥행일 수밖에 없다는 논리적 모순에 빠지고 만다.

또한 "종은 주인에게 충성하라"라고 함으로써 노예제도를 인정하였고, "아내는 교회에서 잠잠하고 남편에게 순종하라"라고 함으로써 남녀 불평 등을 조장하였다. 또한, "권위에 복종하라"라고 함으로써 유대인들이 로마에 바치는 세금을 합법화하였고, 역설적이게도 로마의 제국주의에 동조하였을 뿐만 아니라 오늘날 보수주의적 교인들이 권력에 야합하는 빌미를 제공하였다. 바울은 다윗 왕조가 조작한 야훼를 믿었으며, 예수가 부활하여 통치하는 메시아 왕국의 재건을 꿈꾸었다. 그러나 그런 바울신학의 오류는 이천 년 기독교 역사가 이미 충분히 증명하였다.

종교 역시 인간이 만든 사유의 세계 가운데 하나일 뿐이다. 그러나 종교는 반드시 인간의 행위를 변화시킬 수 있는 높은 수준의 윤리와 도덕적 삶을 토대로 해야 하며, 인류의 보편적 삶에 의해 검증할 수 있는 신뢰가 있어야 한다. 개인과 특정인에게만 적용되는 종교적 주장은 관념론에 불과하며, 선민의식으로 포장된 반지성주의일 뿐이다.

종교는 '확신'에 찬 신념의 세계가 아니라 '신뢰'로서의 믿음이다. 믿음이 '신뢰'일 수는 있어도 '확신'일 수는 없다. 한국 교회의 치명적 죄악은 비판과 검증의 노력 없이 맹목적이고 자기중심적인 '확신의 죄'에서 비롯된 것이다.

나는 사십여 년을 보수주의 교회에서 세뇌당하고 살았다. 무지에서 비롯된 맹목과 맹신의 결과였다. 정통 기독교 국가에서 주장하는 신학 서적이나 종교학 서적, 몇 권만 읽어 보았어도 대한민국 보수 기독교가 얼마나 엉터리인지 쉽게 깨달을 수 있었을 것이다. 보고 싶은 대로 보고, 믿고 싶은 대로 믿었던 결과에 대한 보상은 인생을 송두리째 사기당한 것 같은 참담한 상처와 배신감뿐이었다.

처음부터 믿기로 작정하고 비판적 사고 없이 맹목적으로 받아들였을 때 아무런 문제가 없는 무오류의 완벽한 경전이었다. 그러나 고문서를 공부하듯 합리적 이성과 균형을 견지하며 시대적 배경과 역사를 접목하여 읽고 나니 참으로 심대한 왜곡과 오류를 발견하게 되었다.

신앙이라는 편견에 가득 찬 세뇌의 결과가 이렇게 다를 수 있게 해석될 수 있다니 그저 놀라울 따름이다.

축복(祝福)과 저주(咀呪)

설날을 맞이하여 어떤 페친께서 내게 질문을 해왔다. '축복(祝福)'과 '저주(咀呪)'라는 단어에 사용되는 '축(祝)' 자와 '주(呪)' 자에는 모두 '형(兄)'이라는 부수가 공통으로 들어가는데, 이것은 어떤 의미로 작용하느냐는 것이었다.

'축(祝)' 자는 '빌다'나 '기원하다'라는 뜻을 가진 글자이다. 축(祝) 자는 보일 '시(示)' 자와 맏 '형(兄)' 자가 결합한 모습이다. 먼저 보일 '시(示)' 자는 제물(祭物)을 차려 놓은 제단의 모양을 본뜬 글자로 신에게 제사를 지내면 길흉이 나타난다는 의미에서 '보이다'라는 뜻을 갖게 되었다. 그러므로 '시(示)' 자가 부수로 쓰일 때는 대부분 '신'이나 '귀신', '제사', '길흉'과 관계된 의미를 전달하게 된다.

대체로 이런 글자들은 빌 '축(祝)', 복 '복(福)', 제사 '제(祭)', 귀신 '신(神)', 제사 '사(祀)', 토지신 '사(社)', 빌 '기(祈)', 빌 '도(禱)', 사당 '사(祠)', 상

서로울 '상(祥)', 재앙 '화(禍)' 등이 있다.

그리고 맏 '형(兄)' 자는 '무릎을 꿇고 축문(祝文)을 읽는 제주의 모습'을 그린 것이다. 이렇게 축문을 읽는 모습에 보일 '시(示)' 자가 결합하여 만들어진 빌 '축(祝)' 자는, 제단 앞에서 축문을 읽는 사람을 표현한 것이다. 지금도 제사를 지낼 때 가장 먼저 축문을 읽어 신에게 고함으로서 제사의 시작을 알리는 것처럼 '축(祝)' 자는 신에게 기원한다는 의미에서 '빌다'나 '기원하다'라는 뜻을 갖게 되었다.

볼 '견(見)' 자는 '사람의 눈'을 강조하여 본다는 의미를 나타낸 문자이다. 그래서 어진 사람 '인(儿)' 자에 눈 '목(目)' 자를 결합한 것이다. 이와 마찬가지로 "맏 '형(兄)' 자는 '사람의 입'을 강조하여 말하다"라는 발언권의 의미를 나타낸 문자이다. 그래서 어진 사람 '인(儿)' 자에 입 '구(口)' 자를 결합한 것이다.

갑골문에 나온 '형(兄)' 자를 보면 하늘을 향해 입을 크게 벌리고 있는 사람이 그려져 있는데, 이것은 축문(祝文)을 읽는 제주의 모습을 표현한 것이다. '형(兄)' 자는 본래 제사를 주관하는 사람을 일컫던 말이었다. 제사를 준비하고 축문을 읽는 것은 모두 연장자의 몫이었기 때문에 '형(兄)' 자는 후에 '형'이나 '맏이'라는 뜻을 갖게 되었다. 일설에는 발언권이 가장 센 사람이 형이고 형은 장자로서 제사를 주관하며 축복하는 권세가 있었기 때문이라고 주장하는 학설도 있다.

어쨌거나 '축복(祝福)'과 '저주(詛呪)'를 나타내는 말 가운데, 빌 '축(祝)' 과 빌 '주(呪)'에 공통으로 들어가는 부수인 맏 '형(兄)' 자는 무릎을 꿇고 축문(祝文)을 읽는 제주의 모습을 그린 것이다. 그런데 '축(祝)'과 '주(呪)'는 모두 비는 행위를 나타내지만, 축복이나 축하 등의 긍정적 의미에는 '축(祝)' 자를 쓰고, 주술이나 저주 등 부정적 의미에는 주로 '주(呪)' 자를 사용하였던 용례가 보인다.

위학일익 위도일손(爲學日益 爲道日損)

배움의 길은 날로 쌓아가는 것이며, 도(道)의 길은 날로 덜어내는 것이
다. 덜어내고 또 덜어내면 '무위'의 경지에 이른다. 무위는 하지 못함이 없
는 함이다. 천하를 다스림은 '무위(無爲)'로써 하는 것이지 '유위(有爲)'로써
는 부족하다.[爲學日益, 爲道日損. 損之又損, 以至於無爲, 無爲而無不爲.]

— 노자 『도덕경(道德經)』 중에서

공부는 날마다 더해가야 하고 마음은 날마다 비워내야 한다. 배움은 채
우는 것이요, 도는 비우는 것이다. 생명은 언제나 '채움'과 '비움'으로써
성장하고 소통한다. 인생은 진실로 이 순환의 가치와 의미를 중히 여겨야
한다. 배운다는 것은 새로운 지식을 날로 더하는 것이요, 도를 따른다는
것은 내 속의 욕망을 날마다 덜어내는 것이다. 덜고 또 덜어내서 하는 일
이 없게 되는 경지에 이르면, 마침내 하는 일이 없게 되어도 하지 않음이
없게 된다는 말씀이다.

아리스토텔레스는 목적론적 인생관을 주장하며 인생의 궁극적 목적을 '행복'에 두었다. 그 후 행복을 정의하는 여러 갈래의 학설이 생겨났다. 키니코스학파는 '무소유의 행복'을 주장하였으며, 스토아학파는 "행복이란 외부의 소유가 아니라 내면적 자유에 의해 생겨난다"라고 주장하였다. 그리고 에피쿠로스학파는 행복에 이르는 길을 "성취를 증가시키기보다는 욕망을 줄이는 데 있다"라고 정의하였다.

동양의 맹자 또한 "마음을 수양함에 있어서는 욕망을 줄이는 것보다 좋은 것은 없다.[養心莫善於寡欲]"라고 하였다.

어떤 것이 되었든 인생의 참다운 행복이란 원하는 것을 소유하는 것이 아니라, 자신에게 있는 것의 가치를 깨닫는 데 있는 것이다. 그렇다면 우리 일상에서의 진정한 행복이란 자기 뜻대로 되지 않는 것을 고민하지 않는 것이다.

날마다 학문을 하여 유익함을 더하는 일도 쉬운 일은 아니겠지만, 날마다 자신의 욕망을 덜어낸다는 것 역시 욕망 덩어리인 인간에게는 어쩌면 불가능에 가까운 계명일 수 있다. 그럼에도 불구하고 우리는 날마다 우리 안의 욕망을 덜어내야만 한다. 매일 먹기만 하고 배설하지 않는다면 그 인생이 어찌 되겠는가? 육체가 음식물을 흡수하고 남은 찌꺼기를 날마다 배설하듯 우리의 영혼도 분수에 넘치는 욕망의 찌꺼기를 날마다 배설해 낼 때 몸과 영혼이 모두 건강해질 수 있는 법이다.

노자의 위대한 깨달음에 경의를 표한다.

이름과 기름

"아름다운 이름이 보배로운 기름보다 낫고 죽는 날이 출생하는 날보다 나
으며 초상집에 가는 것이 잔칫집에 가는 것보다 낫다.「전 7:1-2」[美名愈於
寶膏, 死日愈於生日, 往憂喪之家, 愈於往宴樂之家.]"

히브리인들에게 '이름'이란 단순히 개인을 식별하는 호칭이 아니라 그
사람의 인격과 성품을 대변하며 자신의 정체성을 드러내는 상징적 언어
이다. 또한 '기름'이란 축복과 번영을 의미하며 신분과 지위를 가늠하는
존귀와 풍요의 상징이다.

'아름다운 이름'이 '보배로운 기름'보다 낫다고 하는 말은 덕을 쌓고 선
을 실천하여 아름다운 이름을 남기는 것이 보배로운 기름이나 값비싼 향
유로 상징되는 풍요롭고 안락한 삶보다 더 낫다고 하는 말이다. 지구라는
별에 와서 한세상 살다 가는 것은 누구에게나 똑같은 일이지만, 어떤 이름
을 남기고 떠날 것인가 하는 고민은 매우 근원적이고 본질적인 문제이다.

'죽는 날'이 '출생하는 날'보다 낫다고 하는 말은, 인간은 영적인 존재이기 때문에 육신이 사망한다고 하여 모든 것이 끝나는 것이 아니라, 육체의 소멸 이후에도 영의 세계는 여전히 존재하므로 사후의 세계가 이생의 세계보다 훨씬 더 중요하다는 의미이다. 이생에서의 삶을 통해 사후의 세계가 결정되므로 이생의 삶은 사후의 세계를 준비하는 한 번뿐인 과정에 지나지 않는다는 것이다.

'초상집'에 가는 것이 '잔칫집'에 가는 것보다 낫다고 하는 말은 '초상집'은 애통하는 과부의 집으로서 이는 곧 주님의 교회를 비유하는 것이며, '잔칫집'은 연락하는 부자의 집 곧 바리새인들의 모임인 세상교회를 상징한다.

사람은 태어나면 반드시 죽어야 하는 존재이다. 잔칫집을 가게 되면 연회 주관자의 출세와 영달 그리고 세상 권세에 대한 비교의식을 갖게 되지만, 초상집을 가게 되면 고인의 죽음을 통해 인생의 참된 의미와 목적을 깨달을 수 있는 기회가 주어진다. 그러므로 초상집에 가는 것이 잔칫집에 가는 것보다 낫다고 하는 것이다.

중고등학교 시절 문자 중독에 빠져 의미 파악도 제대로 하지 못한 채 동서양 고전을 닥치는 대로 읽었던 적이 있다. 그중 하나가 단테의 '신곡(神曲)'이었는데 초로가 되어 다시 읽으니, 감회가 매우 새롭다. 같은 책이라도 읽는 나이에 따라 받아들여지는 감동과 깨달음의 크기는 현저히 다르다는 것을 새삼 느낀다. '베르길리우스'와 '베아트리체' 그리고 '베르나르도'의 안내를 받아 지옥과 연옥 그리고 천국을 순례하는 내내 머릿속에 떠올랐던 구절이 위의 「전도서」 7장 1~2절의 말씀이었다.

"인간의 손으로 만든 것 중 최고의 작품이 신곡"이라 했던 괴테의 주장이나 "지구 위를 걸었던 사람 중에 가장 위대한 사람은 단테이다"라고 했던 미켈란젤로의 말에 일말의 수긍이 간다.

육신의 안락을 위하여 평생토록 수고하고 고난을 받았음에도 결국에는 아무것도 가져갈 것이 없는 것이 인간의 삶이다.

오직 나 자신의 이름이 후세에 어떤 의미로 기록될 것이냐 하는 문제만이 내게 남겨지게 될 뿐이다. 이제라도 지혜자의 책망을 겸손히 받아야 할 것이다.

좌탈입망(坐脫立亡)

불가에서는 죽음을 맞이할 때 단정히 앉은 채로 왕생하는 일을 '좌탈(坐脫)'이라 하고, 선 채로 입적하는 일을 '입망(立亡)'이라 한다. 법력이 출중한 고승이나 불심이 입신의 경지에 이른 선승들이라야 가능할 이야기다.

불가에서는 죽음을 단순히 인간의 육체가 사망한 것으로 이해하지 아니하고 육을 입은 생명의 존재가 미혹과 집착을 끊어내고 일체의 속박으로부터 해탈하여 최고의 경지인 열반에 이른 것으로 여긴다. 이는 죽음을 '당하는 일'로 받아들이는 것이 아니라 고행과 수도를 통한 깨달음의 결과물인 '달성의 일'로 여기는 것이다. 그래서 어느 현철한 노승은 불교의 죽음을 일러 "가장 고상한 방법의 고차원적 자살"이라고 설명하기도 하였다.

인간이 자신의 지혜로 구원하지 못할 것이 세 가지가 있다. 내 영혼이 '어디서 왔는지'를 알지 못하며, '어디로 갈 것인지'를 알지 못하고, '언제

갈지'를 알지 못하는 것이다. 만약에 인간이 자신의 죽는 날을 미리 알 수 있다면, 그것은 자신에게 다행한 일이 될 것인가? 아니면 불행한 일이 될 것인가? 죽음을 준비하고 받아들여서 집착을 포기하고 욕망을 내려놓으며 사는 겸손한 인생도 있겠지만, 불굴의 의지로 불가능에 도전하는 기적과 같은 일은 아마도 세상에 없게 되고 말 것이다.

만약 인간이 자신의 수명을 결정할 수 있는 권한이 있다면 세상은 과연 어찌 될 것인가? 신이 인간에게 자신이 태어날 날을 스스로 결정하지 못하도록 한 것처럼 죽는 날 또한 인간에게 선택할 수 있는 권한을 부여하지 않았다. 생과 사의 영역은 오직 신만이 결정할 수 있는 고유 권한이어야 한다는 것을 굳이 부정하고 싶지는 않다.

그럼에도 불구하고 고령화 시대에 '장수'가 꼭 복인가에 대한 의문은 여전하다. 질병이나 여타의 이유 등으로 정신적인 혼수상태에서 생물학적 연명만을 한다거나 육신의 기력과 정신이 노쇠하여 여생이 자신에게 고통이 되고 타인에게도 무거운 짐이 되는 경우, 이때의 수명 연장을 과연 장수의 복이라 할 수 있을까? 탈속한 신선의 세계와 같은 좌탈입망의 경지는 신화 속 전설 같은 이야기일 뿐이고 나와 같은 범용한 인생은 그저 국가가 일정한 연령이 되면 '안락사'든 '존엄사'든 선택지를 줬으면 좋겠다는 생각이다.

『춘추좌전(春秋左傳)』에 '결초보은(結草報恩)'이라는 고사가 있다. 풀을 묶어 은혜를 갚는다는 말인데, 죽어서도 잊지 않고 은혜를 갚는다는 뜻이다. 진(晉)나라의 위무자(魏武子)는 병이 들자 아들 위과(魏顆)에게 자기가 죽으면 자기 후처(위과의 서모)를 개가시켜 순사(殉死)를 면하게 하라고 유언하였다. 그러나 병세가 악화되어 정신이 혼미해진 위무자는 후처를 순장하라고 유언을 번복하였다. 위무자가 죽은 뒤 위과는 아버지의 첫 번째 유언에 따라 서모를 개가시켜 순사를 면하게 하고서 말했다.

"병이 위독하면 정신이 혼란스럽다. 나는 정신이 맑을 때 내린 명을 따를 것이다."

훗날 진(秦)나라가 진(晉)나라를 침공하여 싸울 때 위과는 어떤 노인이 풀을 묶어 상대의 장수 두회(杜回)를 막는 것을 보았다. 두회는 고꾸라져 잡히고 말았다. 그날 밤 꿈에 노인이 말했다.

"나는 당신이 개가시킨 여자의 아버지요. 당신이 정신 맑을 때의 아버지 명에 따랐기 때문에 내가 보답을 한 것이오."

위과의 '효자종치명 부종난명(孝子從治命, 不從亂命.)'에서 '결초보은'의 고사가 유래하였지만, 한편으로 효자는 '치명(治命)' 즉, 맑은 정신으로 하는 유언을 따르는 것이지, '난명(亂命)' 곧, 혼미한 정신으로 하는 골자 없는 유언을 따르지 않는다는 법도가 생겨난 것이다.

사후 세계에 대한 막연함 때문에 죽음이 두려운 것만은 아니다. 자신의 인생을 스스로 정리하지 못하고 가게 되어 남겨진 인연들에게 무질서와 혼란을 안겨주게 되는 것이 두렵고 죄송한 것이다. 일정 연령이 되어 삶을 마감하고자 하는 사람들에게 맑은 정신으로 자신의 인생을 정리할 수 있도록 돕는 것은 인간의 마지막 권리에 대한 국가의 의무요, 인권에 대한 예의라는 생각이 든다.

숨 가쁘게 살아온 지난날을 돌아보니 조급한 경쟁심 때문에 빨리 빨리

만을 외치며 '슬로 라이프'에 대한 각성을 하지 못했던 정신적 무지와 성찰에 대한 빈곤이 매우 안타깝고 후회스럽다. 치열한 생존 경쟁의 사회에서 별다른 경쟁력도 없이 그저 조직의 이단아로 변방의 아웃사이더가 되어 떠돌던 인생도 이제는 집착을 내려놓고 하나하나 정리를 해야 할 때가 아닌가 싶다. 죽음의 시간을 분별할 재간도 달성할 공력도 갖추지 못하였는데, 어느 순간 부지불식간에 당하는 것이 운명이라면 차라리 지금부터라도 어느 때고 순전하게 죽음을 받아들일 준비를 부지런히 하는 것이 후회를 덜 남기는 인생이 될 것이다.

무언가를 이루어야겠다는 욕망을 벗어버리고, 타인의 시선과 사회의 기준에 맞추는 삶이 아닌 그저 나 자신을 위한 삶을 살아내고 싶다. '반드시 해야 한다'라고 여겼던 일조차 과감히 비워내고 그저 마음이 시키는 대로 나 자신이 하고 싶은 일들을 좇으며 하지 못한 일에 대한 후회가 없도록 느리지만, 천천히 기웃기웃 구경이나 하면서 한세상 소풍을 '경이'와 '신비'로 채우고 싶다.

차수이립(叉手而立)

지혜로운 그대는 나를 버리고

어리석은 나는 그대를 버렸네.

그대가 어리석은 것도 아니고 내가 지혜로운 것도 아니니

이제부터 서로의 소식이 끊어지겠구나.

智者君拋我, 愚者我拋君.

非愚亦非智, 從此斷相聞.

— 한산자(寒山子)

남을 어리석다고 평가하는 것은 상대를 버리는 것과 다름이 없다. 스스로 자신을 어리석은 사람처럼 행동하는 것 또한 상대에 대한 기대를 포기하는 것과 같다. 자신의 지적 수행을 기준으로 타자를 '지(智)'와 '우(愚)'로 나누는 것 또한 권위주의적 태도와 다르지 않다. 서로가 외면하고 버리는 곳에 진정한 교류와 깨달음이 일어날 수 없다. 한산의 통찰이 참으로 놀랍다.

당나라 정관(貞觀)의 치세에 '국청삼은(國淸三隱)'이라는 전설의 세 인물이 있었다. 절강성 천태산(天台山) 국청사(國淸寺)에 살았던 도인들로 벼슬을 버리고 은둔한 '한산(寒山)'과 그의 도반 '습득(拾得)'이 그리고 은사인 '풍간선사(豊干禪師)' 3인을 말한다.

'풍간'은 아미타불, '한산'은 문수보살, '습득'은 보현보살의 화현(化現)이라 여길 정도로 여러 기이한 행적을 보였는데, 오히려 당시 사람들은 그들의 기이한 언행을 이해하지 못하고 멸시하며 천대하였다.

'한산(寒山)'은 국청사에서 좀 떨어진 한암(寒巖)이라는 굴속에 살아서 '한산자(寒山子)'라 했다. 해진 옷에 커다란 나막신을 신고 다녔으며, 배가 고프면 국청사에 들러 대중들이 먹다 남긴 밥이나 나물 따위를 습득에게서 얻어먹었다.

'습득(拾得)'은 풍간이 산속을 거닐다가 길가의 보자기에 싸여 울고 있는 갓난아이를 주어와 길렀기에 습득이라 불렀다. 어느 날 주지 스님이 "너를 습득이라고 부르는 것은, 풍간 스님이 너를 주워와서 길렀기 때문이다. 너의 본래 성은 무엇이며 어디서 살았느냐?"라고 묻자 습득은 들고 있던 빗자루를 놓고 두 손을 맞잡고 한참을 우뚝 서 있었다. 이를 본 주지 스님은 넋을 잃고 볼 뿐 아무 말도 하지 않았다.

이를 선문(禪門)에서는 '차수이립(叉手而立)'이라 했으며 이후에 선문의 화두가 되었다. 습득이는 차수이립 함으로 말없이 가만히 서서 자신이 깨달은 본래의 성품을 보여주었으며, 주지 스님은 습득이가 보여준 깨달음을 말없이 이심전심으로 알아본 것이다.

눈물이 나면 기차를 타고 선암사로 가라

선암사 해우소로 가서 실컷 울어라

… 중략 …

눈물이 나면 걸어서라도 선암사로 가라

선암사 해우소 앞

등 굽은 소나무에 기대어 통곡하라

—「선암사」, 정호승

유홍준 교수가 선암사 제1의 보물이라고 칭하였던 지방문화재 214호로 지정된 선암사의 '뒷간'. 한국에서 가장 아름다운 해우소로 유명해진 이곳에서 고뇌에 찬 명상을 하였다. "몸속의 오물만 배출시키지 말고 마음속 온갖 번뇌와 망상도 배출시키시오"라는 말씀과 함께 마침내 '하심(下心)'을 결행하였다. 어찌 욕망이 작정한다고 비워지겠는가마는 반드시 결단의 용기는 필요할 것이라는 생각에서였다.

선암사 등 굽은 소나무 앞에서 나는 주워온 사람 '습득(拾得)이'처럼 한동안 아무 말도 하지 못한 채 그저 '차수이립(叉手而立)'한 채, 숨을 죽이고 서 있을 뿐이었다. 지난 기억을 비워버리고 습득이가 깨달은 성품대로 살고자 다짐했건만 '습득이'의 수행도, '한산자'의 지혜도 닮을 수 없었던 나 자신의 한계 앞에서 마침내 내면의 심층에 깊게 고여있던 뜨거운 눈물이 마그마처럼 솟아올랐다.

떠나버린 것들에 대한 미련을 떨쳐내고자 하는 결기의 순간이었다. 이제 새롭게 다시 써 내려갈 내일의 역사에는 불멸의 노래가 쉬지 아니하리라.

송광사(松廣寺)

높은 산꼭대기 한 간 초옥에
노승이 반 간, 구름이 반 간을 차지하고 산다.
간밤에 구름은 비바람 따라 떠나가니
필경 노승의 한담 자적과는 같지 않네
千峰頂上一間屋, 老僧半間雲半間.
昨夜雲隨風雨去, 到頭不似老僧閑.

— 지지선사(志芝禪師)

　노승이 홀로 사는 산꼭대기 초옥에 찾아오는 사람은 없지만 때때로 흰 구름이 오고 간다. 지난밤 폭풍우에 구름은 바람 따라 떠나가고 노승은 여전히 한가로움 속에 홀로 자적(自適)한다. 쾌속의 풍우(風雨) 따라 속절 없이 떠나버린 구름에 대비하여 노승의 한담 자적하는 느림의 미학이 풍경처럼 그려진다.

'선(禪)'은 인간의 심성을 순화하고 정신세계를 소조(塑造)하는 공정이다. '시'와 '예술'의 존재 이유 또한 전적으로 선과 일치한다.

> 십 년을 경영하여 초려(草廬) 한 간 지어내니
> 반 간(半間)은 청풍이요, 반 간은 명월이라
> 강산은 들일 데 없으니 둘러두고 보리라.
>
> ——「면앙정(俛仰亭)」, 송순(宋純)

초가 한 간에 반 간은 청풍, 반 간은 명월을 들인다 했으니 세간살이는 하나도 없다. 청풍도, 명월도 내 집 안에 두고 강산도 내 것인 양 집 뒤에 둘러놓고 보겠다 한다. 청풍도, 명월도, 강산도 모두 다 나를 위해 존재하는 것들이다. 곧 이들을 '자아화'한 것이다. 자연의 질서를 인간의 내면에 규범화하며 서정적 자아의 이상세계를 시(詩) 속에서 구현하고자 하는 시인의 청풍명월 속 풍류와 선의(禪意)의 흥취가 나를 선경(仙境)으로 이끈다.

> 말 없는 청산이요, 태(態) 없는 유수로다.
> 값없는 청풍이요 임자 없는 명월이라.
> 이 중에 병 없는 이 몸이 분별없이 늙으리라
>
> ——「우계(牛溪)」, 성혼(成渾)

푸른 산은 아무런 말이 없고, 흐르는 물은 어떤 모양의 흔적조차 없다. 맑은 바람은 소비자가 지불해야 할 값이 없으며, 밝은 달은 소유권을 주장할 수 있는 특정한 주인이 없는 만인의 것이라 한다. 화자는 현실적 유(有)의 세계에 살지만 모든 만인에게 차별 없이 베풀어지는 자연의 무한(無限)하며 무상(無償)한 가치를 역설적으로 노래하고 있다. 광대무변한 자연에 순응하며 시인의 바람과 같이 나의 몸도 자연 속에서 병 없이 늙어 가고자 하는 소망을 담는다.

순천의 송광사는 양산의 통도사, 합천의 해인사와 함께 우리나라 '삼보 사찰(三寶寺刹)'이다.

삼보사찰이란 불(佛)·법(法)·승(僧)의 삼보를 의미하는데, 부처의 진 신사리를 봉안한 통도사를 불보사찰(佛寶寺刹), 팔만대장경을 봉안한 해인 사를 법보사찰(法寶寺刹), 큰 스님을 많이 배출한 송광사를 승보사찰(僧寶 寺刹)이라 한다.

유서 깊은 송광사에서 선현들의 풍류 3수(首)를 음미하며 '청풍'과 '명 월'과 '산수'에 취해 돌아간다.

사청사우(乍晴乍雨)

비 오고, 비 오다 다시 개이네

하늘의 이치도 이러하거늘 하물며 세상의 인정이랴.

칭찬하다 어느새 도리어 나를 비방하고

명예를 마다한다더니 오히려 명예를 구하네.

乍晴還雨雨還晴, 天道猶然況世情.

譽我便應還毀我, 逃名却自爲求名.

꽃이 피고 지는 것을 어찌 봄이 주관하리오

구름이 가고 오는 것을 산은 간여치 않는다오.

세상 사람들아 모쪼록 기억하시오

기쁨을 얻고자 하나 평생 즐거운 곳은 어디에도 없다오.

花開花謝春何管, 雲去雲來山不爭.

寄語世人須記憶, 取歡無處得平生.

— 매월당 김시습(梅月堂 金時習)

'사청사우'는 잠깐 개었다 내리는 비로 변덕스러운 날씨를 가리킨다. 이를 통해 세상사의 변덕스러운 인심을 비판하고자 하였던 김시습이 지은 한시이다.

시인은 세상일을 가늠하기가 종잡을 수 없는 변덕쟁이 날씨보다 어렵다고 말한다. 한때 자신을 칭찬하던 사람들이 돌아서면 오히려 더 모질게 비난하며, 입으로는 혁명가처럼 말하면서 세상을 비판하던 사람들이 자신의 실제적 삶에서는 명예와 욕망을 위해 속물처럼 행동한다. 이런 일을 겪을 때마다 세상에 대한 괴리감을 느끼지만, 대개 이런 인과관계는 인간사의 기대와 바람에서 기인하기 마련이다.

이에 비하여 대자연의 섭리는 언제나 무심한 듯 영원하며 불변한다. 꽃이 늦게 피거나 혹은 일찍 시든다고 하여 언제 봄이 안달을 하더란 말인가? 구름이 오고 가는 것에 대해 언제 산이 못마땅해하며 간섭을 한 적이 있더란 말인가? 사람들은 언제나 기쁘고 좋은 일만 있기를 바라지만, 그런 곳은 세상 어디에도 없다. 인간 세상 어디에 영원한 기쁨이나 영원한 사랑 같은 것이 존재하는 곳이 있더란 말인가?

매월당이 절치부심 가운데 깨달았던 천고의 진리를 가슴속에 새기며 세속에 물든 욕망의 찌꺼기를 비워내고자 오늘도 나는 심산유곡의 산사를 향하였다. 먹구름에 폭우가 쏟아지다 갑자기 비가 그치고 다시 해가 비추다가 또다시 소나기가 퍼붓기를 반복하는 참으로 변덕스러운 '사청사우'의 날씨였지만, 변덕쟁이 날씨의 고집을 꺾고 기어이 설악산의 '백담사'와 '화암사' 그리고 금강산이 시작되는 초입의 '건봉사'를 찾았다.

잘 알려진 바대로 백담사는 '한용운'이 거처하며 「님의 침묵」, 「불교유신론」 등을 집필하여 만해 사상의 산실이 된 사찰이다. 건봉사는 부처님의 치아 사리가 보존돼있는 곳으로 유명하지만, 임진왜란 당시 '사명대사'의 승병 봉기처이기도 하다. 우거진 숲과 기암괴석에 둘러싸인 화암사는 주변에 암벽을 타고 흘러내리는 '화암폭포'와 '수바위' 그리고 '울산바위'의 비경을 조망할 수 있는 최적의 명승지이다.

사찰의 지붕 아래 둥근 원안의 세 점이 있는 모습을 '원이삼점(圓伊三點)'이라 한다. 원이삼점에는 다양한 설이 있지만 대체로 불(佛), 법(法), 승(僧)의 삼보(三寶)를 상징하여 삼보륜(三寶輪)이라 한다. 혹은 제행무상(諸行無常), 제법무아(諸法無我), 열반적정(涅槃寂靜)의 삼법인(三法印)을 상징한다고도 하며, 법신(法身), 보신(報身), 화신(化身)의 삼신불로 삼위일체를 상징한다고도 한다. 대체로 조계종임을 나타내는 문장(紋章)이다.

만해 기념관에서는 오래도록 가슴에 남을 격절탄상할 만한 고승의 글씨를 보았다. 주자의 시를 만해가 직접 쓴 작품이다.

"구름 비낀 창문 아래 잠들었다가 고요한 밤 홀로 깨어 괴로워하네. 어찌하면 배게 밑 샘물 얻어서, 인간 세상에 뿌려줄 비를 만들꼬.[借此雲窓眠, 靜夜心獨苦. 安得枕下泉, 去作人間雨.]"

벽천녹명(碧天鹿鳴)

시경(詩經) 소아(小雅) 편에 '녹명(鹿鳴)'이라는 시가 있다. '녹명(鹿鳴)'이란 '사슴의 울음'을 의미하는 말로서 먹이를 발견한 사슴이 다른 사슴을 부르기 위해 내는 울음소리이다. 사슴은 동물 중에 유일하게 먹이를 발견하면 혼자서 자신의 배를 채우지 않고 배고픈 동료와 함께 먹기 위하여 소리 높여 운다고 한다.

'유유녹명 식야지평(呦呦鹿鳴 食野之苹)'으로 시작하는 시의 첫 구절 '유유(呦呦)'는 중국식 발음으로 'yōuyōu'하는 사슴의 울음소리를 나타내는 의성어이다. 사슴이 들판에서 맛있는 풀을 찾게 되면 '유유'하는 울음소리로 친구들을 불러서 함께 먹는다는 의미이다. 궁중에서 사용하는 악기 '녹명(鹿鳴)'은 임금이 가장 귀한 손님을 대접할 때 쓰는 악기라는 특별한 의미가 있다. 그 악기를 연주할 때는 '녹명'의 의미를 담아서 "서로 나누고 도와서 함께 잘 살자"라는 의미를 전하는 것이다. 여기에서 유래했다고 한다.

녹명의 유학적 교훈은 사슴 무리가 들판에서 평화롭게 풀을 뜯는 풍경을 임금이 어진 신하들과 함께 어울리는 태평성대의 대동 사회에 비유한 것이다. 녹명에는 홀로 이기적으로 사는 것이 아니라 함께 더불어 살고자 하는 마음이 담겨있기 때문이다.

세상에는 수없이 많은 소리로 넘쳐난다. 새도 울고 닭도 울며, 심지어 하늘도 울고 바람도 운다. 좋아서 울고, 슬퍼서 울고, 이별에 울고, 감격에 운다. 시인 조지훈은 '울음은 지극한 마음이 터지는 구극(究極)의 언어'라고 하였다.

'계명(鷄鳴)'은 닭의 울음이다.
'계명축시(鷄鳴丑時)'에서 나온 말로서 하루의 시작인 새벽을 알리는 소리이다.

'봉명(鳳鳴)'은 봉황의 울음이다.
'봉명조양(鳳鳴朝陽)'에서 나온 말로서 봉황이 아침 햇살에 운다는 것은 영웅의 탄생이나 새로운 역사의 시작을 알리는 의미이다.

'학명(鶴鳴)'은 학의 울음이다.
'학명구고(鶴鳴九皐)'에서 나온 말로서 은거하고 있는 군자의 덕이 멀리까지 알려진다는 뜻으로 어진 사람의 명성이 임금에게 알려지는 것을 비유한 말이다.

'녹명(鹿鳴)'은 사슴의 울음이다.
'유유녹명(呦呦鹿鳴)'은 앞에서 밝힌 바와 같이 세상에서 가장 아름다운 울음소리이다.

『이기적 유전자』라는 책을 써서 세계적인 스테디셀러 작가로 유명해진 '리처드 도킨스'는 이렇게 말했다. "'남을 먼저 배려하고 보호하면 그 남이 결국엔 내가 된다' 서로를 지켜주고 협력하는 것이야말로 내 몸속의 이기적 유전자를 지키고 발전시키는 가장 좋은 방법이다" 약육강식으로 이긴 유전자가 살아남는 것이 아니라 상부상조의 협력을 통한 '선한 종'이 더 우수한 형태로 살아남는다는 것이 도킨스의 이론이다.

도킨스의 이론은 곧 '자리이타(自利利他)'이다. 이는 자신을 이롭게 한다는 '자리(自利)'와 남을 이롭게 한다는 '이타(利他)'를 합한 말로서 자기도 이롭고 남도 이롭게 한다는 뜻이다. 자리이타야말로 존재의 기준, 인류 진화의 근본적 방향이 되어야 할 것이다. 도킨스의 이론처럼 인류는 그렇게 진화할 것으로 믿는다.

내가 만난 사람 중에 가장 아름다운 호를 가진 분의 아호가 바로 '녹명'이다. 그의 아름다운 울음 '녹명'이 이웃과 동료에게만 그치는 것이 아니라, 푸른 하늘 가득하게 울려 퍼지기를 바라는 마음에서 '벽천녹명(碧天鹿鳴)'이라는 문장을 새겼다.
모처럼 의기가 투합하고 의지가 상통하는 '말벗'을 만났다.

"그와 나눈 하룻밤의 대화는 십 년의 독서보다 나았다.[與君一夕話 勝讀十年書.]"

사랑하면 알게 된다

정조 때의 문인 저암(著菴) 유한준(兪漢雋)은 석농(石農) 김광국(金光國)의
화첩 「석농화원(石農畵苑)」의 발문에 다음과 같은 명언을 남겼다.

> "그림은 그것을 알아보는 사람, 아끼는 사람, 보는 사람, 소장하는 사람
> 이 있다.[畵有知之者, 有愛之者, 有看之者, 有畜之者.]"
>
> … 中略 …
>
> "알게 되면 참으로 아끼게 되고, 아끼면 참으로 볼 수 있게 되며, 볼 줄
> 알게 되면 소장하게 되는데, 이것은 그저 쌓아두는 것과는 다르다.[知則爲
> 眞愛, 愛則爲眞看, 看則畜之而非徒畜也.]"

이 유려한 말씀을 유홍준 교수는 「나의 문화유산 답사기」에 매우 세련
되게 인용하였다.

"사랑하면 알게 되고, 알게 되면 보이나니, 그때 보이는 것은 전과 같지
않으리라."

누군가를 사랑하거나 무엇을 좋아하게 되면 그 대상의 가치를 알게 되고, 그 대상의 참된 가치를 알게 되면 비로소 그 대상의 진면목이 보이게 된다. 그러므로 그때 보는 것은 이전에 보는 것과는 전혀 차원이 다른 것이다.

이 멋진 말을 내가 다시 한역하였다.

愛則知知則見 此見者復異於前見 – 애즉지지즉견 차견자부이어전견

조금 더 줄여서 글자 수를 맞춰보니,

愛則知知則見 此見異於前見 – 애즉지지즉견 차견이어전견

오묘한 말속에 참으로 심오한 매력이 있다.

'서예'에는 신동이란 말이 없다. 소년 문장가는 있어도 소년 명필은 없다. 오랜 시간 익히면 그만큼 글씨는 숙련되기 마련이다. 이 말은 바꿔 말하면 재능보다는 공력이 우선한다는 말이다. 누구나 공력을 들이면 글씨의 격은 일정 수준에 도달하게 된다. 그러므로 붓글씨는 '숙(熟)'의 예술이다. 점과 선과 획에 의한 조형미는 글씨를 써본 사람만이 자형에 대한 심미안을 가질 수 있다. 먹의 '농담'과 '명암', 선의 '완급'과 '강약', 자형의 '비수'와 '허실' 등등.

기운생동 하는 문자향(文字香)의 예술적 조형미에 대한 감식안은 결코 공력 없이 저절로 얻어지는 것이 아니다. 글씨가 하루아침에 이루어지는 것이 아니듯 감상의 안목도 한순간에 얻어지는 것이 아니다.

조선 후기 학인들 사이에는 이른바 '삼망(三亡)'이라는 문단의 세평이 있었다. 곧 "서망추사(書亡秋史)요, 문망연암(文亡燕巖)이요, 시망김립(詩亡 金笠)"이라 하였다. 이 말은 글씨는 추사가 망쳤고 문장은 연암이 망쳤으며, 시는 김삿갓이 망쳤다는 이야기다.

추사의 글씨는 자신만의 독특한 서체로 일가를 이루었으나 왕희지나 종요의 글씨처럼 학습자가 전범으로 삼아 배울 수 있는 글씨가 아니며, 문학은 도(道)를 실어 나르는 도구라고 생각했던 당시의 사조에 비추어 연암의 문장은 문체반정의 정책에 어긋나는 패사소품체의 글이라 하여 배척을 당했다. 또한, 김삿갓의 세속적인 풍류와 해학의 시는 시의 격조를 떨어트린다는 이유로 주류 문단에서 무시당하였다. 이는 형식과 격식을 중시하였던 성리학적 사고를 기반으로 하는 유교 사회에서 자유로운 사고와 독창적 발상이 얼마나 인정받기 어려운가를 반증하는 사례들이다.

굳이 붓으로 표현하는 문자 예술을 말하고자 함이 아니다. 세상 모든 것이 그러하듯 "아는 만큼 보이고, 보이는 만큼 아는 법"이라는 것을 말하고자 함이다. 인생도, 사랑도, 학문도, 예술도, 세상도 모두가 자기 수준에 아는 만큼 보이고 자기 기준에 보이는 만큼 알 뿐이다.

국자는 국 맛을 모른다

"어리석은 자는 일생 동안 지혜로운 이를 섬긴다 할지라도 결코 진리를 깨닫지 못한다. 이는 마치 국자가 국 맛을 모르는 것과 같다.[愚人盡形壽, 承事明知人. 亦不知眞法, 如杓斟酌食.]"

— 『법구경(法句經)』, 「우암품(愚闇品)」

지구의 나이는 45억 년이고, 우주의 나이는 대략 140억 년이다. '우주(宇宙)'라 할 때 '우(宇)'는 위, 아래와 사방[上下四方曰: 宇] 즉 공간(Space)의 개념을 말하는 것이고, '주(宙)'는 예로부터 지금까지[往古來今曰: 宙] 즉 시간(Time)의 개념을 의미한다. 그러므로 우주는 시공간 복합체의 개념이다. 현대 과학이 밝혀낸 우주의 나이를 구약 성서에서는 고작 6천 년이라 주장한다.

6천 년인 줄 알았던 우주의 나이가 140억 년이나 된다는 것, 종별 창조가 아니라 종의 점진적 분화가 있었다는 것, 우주는 지금도 팽창하고 있으며 지구가 우주의 중심이 아니라는 것, 남자와 여자의 갈비뼈가 동수(同數)라는 것 등은 이제 더 이상 논란의 여지없이 과학이 증명해 낸 사실이다.

구약의 야훼와 등장인물들이 느헤미야가 만든 고대 근동지역 설화의 각색이었다면, 신약 복음서의 예수는 거의 대개가 로마교회에 의해 만들어진 종교 소설이다. 이스라엘의 예수는 착취와 수탈로 비참한 삶을 살던 갈릴리 동포의 고통에 대한 분노로 로마의 패권에 저항하다 십자가에서 죽은 민족주의자였다. 이것을 종교적 신으로 만든 것이, 바울이 창안한 기독론이다. 이 또한 성경에 관련된 메소포타미아 문명사와 로마사에 대한 문헌학과 서지학 그리고 고고학 등의 역사와 기록이 밝혀낸 사실이다.

예수를 믿는 이유가 '구원받고 천국 가기 위해서'라면 그런 인생은 이 땅에서의 희망이 없다. 예수를 믿음으로써 자신은 천국 가는 '안심 보험'에 들어놓았다고 생각하는 인생이라면 그 사람은 결코 세상을 변화시킬 수 없다. '내세'가 삶의 이유인 인생이 어찌 세상을 변화시킬 수 있단 말인가? 대한민국 교회는 기복주의적이고 내세 지향적 신앙으로 개인의 영혼 구원에만 치중함으로써 세상에 대한 책임과 공동체적 의무를 소홀히 하였다. 그 결과 사회적 모순과 구조악에는 전혀 무관심한 이기적 욕망의 공동체가 되고 말았다.

대체로 이런 종교인들은 예수 믿고 복 받아 잘 사는 것이 신앙의 목적이 된 사람들이다. 부를 이루어 성공하는 것이 축복의 증거라고 생각하기 때문에 세속적 욕망에 사로잡혀서 권력 지향적이고 이기적 인생이 될 수밖에 없다. 이런 종교인은 세속적 성공과 믿음의 등가가 비례하는 것으로 믿는 기복주의자들이다. 순복음의 조용기는 "예수 믿은 지 삼 년이 됐어도 복을 못 받은 사람들은 그 믿음을 의심해 봐야 한다"라고 설교하였다. '양복 입은 무당'이라는 말이 거저 나온 것이 아니다.

예수의 십자가 공로로 대속적 구원을 약속받았다고 굳게 믿으며 '영혼 구원'이라는 편협한 이원론적 이데올로기에 사로잡힌 종교인들은 예수를 기복의 수단으로만 삼을 뿐, 예수의 삶과 희생에는 아무런 의미를 찾지 못한다. 예수의 정신은 내세의 보장에 있는 것이 아니라 이 땅에서의 거듭남에 있다. '영혼의 구원'보다는 '생명의 회복'이 우선되어야 한다. 한국 교회가 부패한 가장 큰 이유는 영혼의 거듭남이라는 생명의 회복 없이 영혼 구원이라는 보장성 보험에만 혈안이 되어있기 때문이다.

예수는 "인간을 구원하기 위해 죽은 것"이 아니라 "인간이 어떻게 살아야 하는가?" 하는 방법을 가르치기 위해 죽음으로서 모범을 보인 것이다. 천국과 지옥이라는 가설이 존재할 리도 만무하겠지만 설령 있다고 한들 푸른 눈에 금발 머리를 한 '로마산 예수'를 백날 믿어봐야 부적의 효과는 난망이다. 이탈리아산 '안심 보험'은 파산된 지 오래되어 이미 전 세계적 웃음거리가 되었음에도 여전히 번지수를 잘못 짚고 신통력 있는 부적을 찾아 헤매는 것이 대한민국 교회의 현실이다.

국자가 천 년의 세월 동안 국물에 담겨있어도 국 맛을 모르듯, 어리석은 인간은 천 년을 살아도 참다운 진리의 뜻을 모른다. 국자가 닳도록 국을 푼들 국자가 어찌 국 맛을 알겠는가? 평생 예수를 믿는다면서 예수의 삶과 정신을 외면한 채, 현세의 축복과 내세의 구원이라는 보장성 보험에만 눈이 먼 사람들은 일생 동안 열심히 교회를 다닌다 하여도 부지런히 교회의 마당만 밟았을 뿐이다. 이 땅에서의 삶의 변화와 생명의 회복이 없다면 종교 동호회로서의 친목을 위한 소속 신분과 연대에만 관심을 쏟는 외식주의자에 불과하다.

일식과 월식에 대한 메커니즘의 이해가 부족했던 시대에 기후의 변화를 신의 징벌로 이해했던 것처럼, 21세기에 나이 사십이 되어서도 여전히 산타를 믿는다면 그 인생은 매우 불행한 사람이다. 금맥 없는 광산에서 평생 곡괭이질을 한다면, 금은 구경도 못 한 채 곡괭이질 하는 기술만 발달해서 금이 아닌 곡괭이질을 자랑하게 되고 만다.

사랑은 사랑한다고 말할 때까지 사랑이 아니다. 어떤 형태로든 구체화되어야 한다. 마음에 간직하고 있는 것은 욕망이지 사랑이 아니다. 사랑은 구체적 실천이 있을 때 비로소 사랑이라는 단어에 의미와 가치가 있게 되는 것이다. 한 사람의 삶의 평가는 그의 실천적 삶의 행위에 있는 것이지, 지적인 동의와 행위 없는 믿음으로 평가받을 수 있는 것이 아니다.

진리는 굶주린 사람의 몫이다. "이미 다 알고 있다"라거나 "내가 틀릴리가 없다"라는 확신에 찬 고집이나 아집에 빠진 사람은 결코 이해할 수 없는 세계이다. 책 한 권 읽고 세상의 모든 이치를 다 안다고 하는 사람처럼 어리석고 위험한 인생은 없다. 진리란 자신의 사고를 절대시하지 않는 사람의 몫이다. 언제라도 자신의 믿음과 신념에 오류가 있을 수 있음을 인정하고 겸허히 살아가는 사람에게만 발견되는 가치이다.

무식한 도깨비가 부적을 모르듯 국자는 국 맛을 모르는 법이다.

비정한 아버지와 그의 후예들

어느 이방 나라에 돈 많고 능력 있는 아버지가 있었다. 그에게는 열 명의 자식이 있었는데, 자식들에게 언제나 한결같이 순종하고 효도할 것만을 강요하였다. 그러나 자식들은 하나 같이 아버지에게 불순종하며 효를 행하지 않았다. 오직 막내아들만이 그 아버지를 공경하며 효의 도리를 다하였다. 이에 자식을 낳은 것을 크게 후회하여 화가 난 아버지는 어느 날 막내아들만을 남겨 두고 자식들을 큰 호숫가로 데리고 가서 호숫가 한가운데서 배를 수장하여 몰살시켜 버렸다. 과연 이 잔인한 아버지에게 사랑이 있다고 할 수 있겠는가?

이 비정한 아버지의 이름은 이스라엘의 '야훼'이다.

홍수를 일으켜 온 인류를 몰살시킨 신은 과연 어떤 신인가? 내 맘에 안들면 모조리 죽여 버리는 괴물이 아니더란 말인가? 에덴에서도 야훼는 이미 치명적인 실패를 경험하였다. 노아의 홍수에서 다시 또 같은 종류의 실패를 한 것이다. '목적이 이끄는 삶'을 추구하는 야훼에게 과정 따위는 중요치 않았다. 결국 야훼는 자신이 창조한 생산품에서 발생한 하자에 대한 AS를 책임지기보다는 인류 전체를 수장시키는 편리한 길을 택하고 말았다. 야훼가 아담과 하와를 창조하고 세상을 창조하였다면, 천국에서 또 다시 실패하지 않을 거란 보장이 어디에 있단 말인가?

'젖과 꿀이 흐르는 땅'으로 인도하겠다고 한다면, 마땅히 '신대륙'이거나 '미개척지'로 인도해야 하지 않겠는가? 그러나 그가 인도하는 땅엔 언제나 이미 원주민이 살고 있었다. 원주민이 섬기는 이방의 신이 '우상'이므로 그들을 전부 도륙 내고 하나도 남김없이 진멸하여 너희들의 땅으로 차지하고 자자손손 번영하며 살라고 한다면, 이는 침략자의 원주민 약탈에 대한 궁색한 변명이요, 정복자를 미화하는 비도덕적이고, 반윤리적인 점령군의 논리에 불과하다.

이런 아버지를 믿는 종족들은 언제나 제국주의 침략을 정당화시키고 선민인 자신들이 식민을 통치하는 것은, 인류에 대한 사랑이며 박애 정신이라고 주장하는 패권주의 논리와 흡사하다. 유럽인이 아메리카 인디언을 학살하고 미국을 세운 것과 영·미를 비롯한 제국주의 열강을 등에 업은 이스라엘이 팔레스타인 원주민을 몰아내려는 것은 아직도 시온주의의 망령에서 깨어나지 못한 지독한 자기기만과 독선일 뿐이다.

이스라엘의 폭력을 보면서 잘못된 종교의 허상이 인류사에 끼치는 폐단이 얼마나 심각한 것인지 생각해 보게 된다. 더 웃기는 것은, 자기가 창조한 세상을 AS 해주기는커녕 자기 결정에 후회하는 불완전한 모습을 보인 신과 자기의 조상을 부정하고 '환부역조(換父易祖)'까지 해가며 기어이 자신은 아브라함의 후손이라고 우기는 철없는 조선족들이다. 역사 속 인물도 아닌 문학적 상상력을 기반으로 한 근동지역 신화와 수메르 문명의 설화에 불과한 구약의 전설적 인물들을 여전히 자기의 조상으로 굳게 믿고 있으니 말이다.

이제 예수교는 신학적 허세에서 벗어나 무조건 믿고 복종하는 '믿음'의 종교가 아니라 스스로 구도를 통해 참 진리를 각성하는 '깨달음'의 종교로 돌아가야 한다.

부처님 오신 날 – 스승의 날

부처의 유언은 이러하였다. '자등명 법등명(自燈明 法燈明), 자귀의 법귀의 (自歸依 法歸依)' 스스로 등불 삼아 자신에 의지하고, 진리를 등불 삼아 진리에 의지하라.

부처는 깨달음의 사표(師表)이며, 불교는 자각(自覺)의 종교이다. 스스로 깨달음을 찾아서 자기 스스로 세상을 밝히는 지혜의 등불이 되어야 한다. 모든 생명의 본성은 '순선무악(純善無惡)'이다. 하늘이 부여한 본래의 성품을 회복하는 것, 그것이 깨달음이요, 불성(佛性)이며, 양심(良心)이고, 진실한 마음이다. 이 깨달음이 바로 자신이 가지고 있는 밝은 등불이다. 진리의 등불은 남에게서 붙여오는 것이 아니고, 누구에게서 빌려오는 것도 아니다.

중종 때의 어문학자 최세진은 『훈몽자회(訓蒙字會)』에서 불교의 중을 '스승'이라고 하였다. 스승은 '사승(師僧)'에서 나온 말이다. 이 말은 고려

시대부터 쓰였던 말로, 중을 존경하여 높여 부를 때 '사승(師僧)'이라 했던 것이 변해서 스승이 된 것이다.

국립국어원의 『표준국어대사전』에서는 스승을 "자기를 가르쳐서 인도하는 사람"으로 사부와 같은 의미라 하였다. 이를 통해 본다면 '스승'이란 상대를 존경하고 높여 부르는 호칭으로서, 단순히 지식을 가르치는 선생님이란 뜻을 넘어 삶의 지혜에 이르기까지 인생의 전반을 가르치는 정신적인 선생님을 의미하는 것이다.

한유(韓愈)는 그의 저서 『사설(師說)』에서 스승을 정의하기를 "'전도(傳道)', '수업(授業)', '해혹(解惑)', 이 세 가지를 갖추어야 한다.[師者所以傳道授業解惑也.]"라고 하였다.

여기서 '전도(傳道)'란 인간의 도리를 전수하는 것이며, '수업(授業)'이란 지식이나 기능을 가르쳐 주는 것이며, '해혹(解惑)'이란 전도(傳道)와 수업(授業)의 과정에서 발생하는 의혹을 해소해 주는 일이다. 그러므로 교육의 궁극적 목적이란 모범적 학생을 만들어 내는 데 있는 것이 아니라 또 다른 스승을 만들어 내는 데 있는 것이다.

요즘 흔히들 말하기를 선생은 있어도 스승이 없는 세상이라 한다. 뿐만 아니라 학교 현장에도 배우고 깨달으려는 학생보다는 지식 소비자만이 존재할 뿐이다. 이미 학교는 스승과 제자의 관계라기보다는 강의 노동자와 지식 소비자 사이에 지식과 정보를 유통하는 거대한 지식 산업의 시장이 된듯하다. 스승이라는 단어의 의미를 되새기다 보니 내면에서 분출되는 고민이 끝이 없다. 내가 삶의 지혜를 바르게 가르치고 있는가, 내게 남을 가르칠 만한 지혜가 있는가, 지혜는 고사하고 제대로 된 지식을 가르치고 있는가, 가르칠 만한 지식이 있기는 하는가.

'경사이우(經師易遇)요, 인사난조(人師難遭)라' 하였다. 사마광이 「자치통감(資治通鑑)」에서 한 말이다. 이는 경전을 가르치는 스승은 만나기 쉽지만, 인생을 가르치는 스승은 만나기 어렵다는 말이다. '경사(經師)' 노릇하기도 쉬운 일은 아니지만 '인사(人師)'가 되는 것은 세속적 욕망을 내려놓는 삶이 아니라면 불가능에 가까운 일이다.

공자는 자기의 제자 안회(顔回)를 일러 '학위인사(學爲人師)요, 행위세범(行爲世範)'이라 하였다. 곧 "학문으로는 남의 스승이 될 만하고, 행실은 세상의 모범이 될 만하다"라는 의미이다. 이 말에서 '사범(師範)'이라는 말이 탄생하였으며, 이 말은 또 현재 북경대학교의 교훈이기도 하다.

나를 만든 스승이 어찌 한두 분뿐이겠는가 만은 내 생의 전반에 걸쳐 가장 큰 스승으로 기억되는 분이 두 분 계신다. 한 분은 초등학교 일학년 때 담임이셨던 '조복심' 선생님이다. 나는 그분에게서 한글을 배우고 구구단을 배웠다. 그분은 내게 세상을 살아갈 지혜의 불을 전해준 프로메테우스와 같은 존재이다. 세상을 살기에 충분한 지식을 그분에게서 배웠다. 또 한 분은 내게 가치와 신념의 세계를 가르쳐 주신 분이다. "나는 역사의 신을 믿는다. 긴 역사를 볼 때 진리와 정의와 선은 반드시 승리한다. 현실에 살지 말고 역사에 살아라"라는 말씀으로 나태한 청춘을 각성시킨 김준엽 선생님이다.

오늘 뜻밖에 제자로부터 여러 통의 메일을 받았다. 여기에 옮기기 차마 부끄럽지만, 그중 어느 학생의 글을 소개하자면 대학에 들어와 나를 만난 것이, 자신의 인생에 가장 큰 기쁨이었다는 고백이었다. 거기에 더하여 자신의 전공이 행정학인데, 한문학으로 전과를 하고 싶다는 고민을 진지하게 털어놓았다. 고맙기보다 대단히 난감하였다. '아, 내가 사기를 단단히 쳤구나' 선생의 입장에서가 아니라, 부모의 입장이 되어 그에게 현실을 각인시켜 주며, 간곡한 만류의 사연을 보냈다.

차마 부끄러운 속내를 다 내보일 수 없지만, 나 스스로 종일 자신을 돌아보며 성찰하는 하루가 되었다. 메일의 끝마무리에 평소 추사가 즐겨 쓰던 말로 학생의 의지를 위로하며 격려하였다.

尋花不惜命 - 심화불석명
愛雪常忍凍 - 애설상인동

'꽃(진리)'을 찾아서 목숨을 아끼지 말고, '눈(가치의 세계)'을 사랑하거든 얼어 죽을 각오를 해라.

4부

행운유수 초무정질(行雲流水 初無定質)

가는 구름과 흐르는 물은 본시 고향이 없다

行雲流水 初無定質
행운유수 초무정질
- 소동파(蘇東坡)

방황하던 청춘이 어느덧 세월을 낚는 초로의 나그네 인생이 되었다. 나는 세월을 낚는
지구별 이방인이다.

하늘은 어디서나 푸르다

행운이나, 행복은 파랑새처럼 까닭 없이 내 집 마당으로 찾아오지 않는다. 행운도, 행복한 일도 원하는 이들이 스스로 만들어야 주어지는 것이다.

행복이란 원하는 것을 소유하는 것이 아니라 이미 가지고 있는 것을 깨닫는 것이며, 자기 뜻대로 되지 않는 일을 고민하지 않는 것이다.

동물 중에서 인간만이 울면서 태어난다고 한다. 죽을 때는 웃을 수 있는 길을 찾아야 진정 행복한 삶일 것이다. 인생은 어디에서 출발했느냐가 중요한 것이 아니라 어느 곳에서 끝마쳤느냐가 더욱 중요한 법이다.

살면서 쉬운 날은 하루도 없었지만 무화과나무와 같은 모진 생명력으로 자신을 축복하며 험한 세상 광풍 노도의 바다에서 거센 바람을 타고 만 리의 물결을 헤쳐 나가리라.

벨기에의 노벨상 수상 작가 모리스 마테를링크의 동화극 '파랑새'에서 주인공 틸틸과 미틸(일어판 찌르찌르와 미찌르) 두 남매는 파랑새를 찾아다 닌 끝에 집에 있는 새장 속의 산비둘기가 바로 '파랑새'임을 깨닫게 된다.

송나라 시인 대익(戴益)의 '탐춘(探春)'에도 종일 봄을 찾아다니다 집에 돌아와 보니 "봄이 벌써 가지 끝에 이르렀더라.[春在枝頭已十分.]"라는 시 인의 고백이 나온다.

동정군의 위세가 여전함에도 성급한 나는 봄을 찾아 남해로 떠났다. 바 다는 푸르고 하늘은 높았지만 봄은 찾아볼 기미조차 없이 여전히 추웠다. 굳이 깨달은 것이 하나 있다면 '하늘은 어디서나 푸르다'라는 것이다. 그 것을 깨닫기 위해 세계의 구석구석을 찾아다닐 필요는 없었다. 괴테의 말 처럼 굳이 이탈리아를 찾아가지 않아도 하늘은 어디서나 푸르렀다.

멀리 가서 보고 온 꽃은 바로 내 집 앞에 피어 있는 그 꽃이다. 내 집 앞 에 핀 꽃이 가장 아름답다는 말일 것인데, 나는 봄의 꽃보다는 도리어 겨 울 소나무의 절개가 생각났다.

바람에 휘엿노라 구분 솔 웃지 마라
춘풍에 피온 곳지 매양에 고와시랴
풍표표(風飄飄) 설분분(雪紛紛)할 제 네야 날을 부르리라

바람에 휘었다고 굽은 솔 보고 웃지 마라
봄바람에 핀 꽃이 마냥 고왔으랴
바람 불고 눈보라 칠 때 네가 나를 부러워하리라.

이제는

초대받은 손님이 아니라

역사의 주인으로 살아가리라

모든 살아있는 생명을 축복하리라

'무왕불복(無往不復)'하는 천운(天運)의 순환에 감사하리라.

'봉황이 아침 햇살에 울다.'

왕과 나

달마대사가 동쪽으로 간 까닭은 불법을 전파하기 위함이요, 석가여래가
이 세상에 태어난 의미는 '개(開)·시(示)·오(悟)·입(入)'하기 위함이다.
내가 이 엄동설한에 추위를 무릅쓰고 경복궁 동쪽 영월 땅을 찾아간 까닭
은 절대고독과 마주한 한 사내의 슬픈 뒷모습에서 잃어버린 나를 찾고자
함이다.

한때 천하를 가졌던 사내, 예견된 자신의 운명 앞에 수많은 불면의 밤
을 지새우며 그가 느꼈을 절대고독과 삶에 대한 비애는 어떤 것이었을까?
굳이 역사의 현장을 탐방하고 싶었던 까닭은 책에서 배웠던 역사를 고증
해 보고자 함이 아니라 역사가 주는 교훈을 내 삶으로 체득해 보고 싶었
던 충동 때문이었다.

왕의 유배지에서, 머릿속을 오염시켰던 세속의 묵은 찌꺼기와 뱃속에
가득했던 욕망의 기름덩이가 청령포의 맑은 물과 바람결에 잠시나마 말

갛게 씻기어지는 듯하였다. 다른 곳은 모두가 익히 잘 아는 곳이라 덧붙이는 글이 사족이 되겠지만, '창절사(彰節祠)'가 있는 '창절서원(彰節書院)'만큼은 잠시 언급하고자 한다. 이곳은 단종 복위를 위해 절의를 다한 사육신과 충신 '박심문(朴審問)', '엄흥도(嚴興道)', '김시습(金時習)', '남효온(南孝溫)' 등 십현신(十賢臣)을 배향하는 곳이다.

이 가운데 '청재(淸齋) 박심문(朴審問)' 선생께서는 나의 파조(派祖)가 되는 20대 선조이시다. 대부분이 잘 모를 것이나 나의 선조인 청재공(淸齋公)께서는 육진 개척 때 김종서(金宗瑞)를 따라 큰 공을 세웠으며, 단종을 보살펴달라는 문종의 고명을 받은 고명대신 중 한 사람으로서, 사육신과 함께 단종 복위 운동을 도모하다 명나라에 사신으로 다녀오던 중 의주에 이르러 육신(六臣)의 처형 소식을 듣고 음독 순절하였다.

당시는 이 사실이 비밀에 부쳐졌지만, 훗날 그의 행적이 조정에 알려져 정조 때에는 "정충(貞忠)과 고절(苦節)이 사육신에 못지않다" 이른바 '정충 고절 불하육신(貞忠苦節 不下六臣)'이라고 하는 증직 교지를 내렸으며, 순조 때에는 이조판서에 추증되었고 사육신과 그를 합하여 '사칠신(死七臣)'이라 일컬어졌다. 고종 때에 이르러서는 '충정공(忠貞公)'이라는 시호를 내렸다.

영월 '창절사(彰節祠)'에 배향된 뒤로 이후 공주 숙모전, 진안 이산묘, 대전 숭절사, 진주 충정사, 해남 죽음사(竹陰祠), 장흥 세덕사, 영주 영모정 등 전국 14개의 사당에서 '충정공 박심문' 선생을 기리고 있다.

머지않아 이러한 역사적 사실이 교과서에도 등재되는 날이 있기를 고대한다. 신영복 선생의 말씀과 같이 우리는 '과거'를 읽기보다는 '현재'를 읽어야 하며, '역사를' 배우기보다는 '역사에서' 배워야 한다.

아들의 최선

아들이 마침내 대학을 졸업한다. 미국에 건너간 지 오 년 만의 일이다. 그에게도 나에게도 모두 기적 같은 일이 벌어진 것이다.

이십 년쯤 전, 녀석이 초등학교 이학년 때의 일이다. 하루는 깜빡하고 집에 두고 온 서류가 있어 점심시간에 집에 갔다 오다 주차장에서 녀석을 마주쳤다. 먼발치에서 단박에 날 알아보고 "아빠"하며 반갑게 뛰어오더니 황급히 가방을 열어 시험지를 꺼내 들었다.

'이 녀석이 백 점을 맞은 것이로구나' 나는 속으로 이렇게 생각하고 시험지를 받아 보았으나 암만 훑어봐도 점수는 분명 '28점'이었다. 아니 설마 이게, 행여 누가 볼세라 주변을 살피며 녀석에게 물었다.
"야, 너 안 창피하니?"
너무나 당황하는 내게 녀석은 천연덕스럽게 말했다.
"왜 창피해, 이거 내가 최선을 다한 거야. 그리고 이거, 내가 아는 문제는 다 맞았어."

뜨악!

한참을 말없이 바라보다 나는 하늘을 향해 녀석을 번쩍 들어 올리며, "그래 잘했다 잘했어"하고 함께 깔깔 웃었다. 그날 나는 녀석의 알림장에 이렇게 썼다. "28점에도 부끄러워하지 않으며, 나는 최선을 다했다고 당당하게 말할 수 있는 네가 부럽다. 그런데 만일 과자 한 봉지에 25개의 과자가 들었는데, 7개만 먹고 나머지 18개는 먹을 수 없다면 그건 좀 억울하지 않겠니? 아빠는 당당한 너의 모습을 사랑하지만, 그래도 네가 억울한 인생은 되지 않기를 바란다. 그리고 오늘의 기억을 훗날 네가 백 점을 맞게 되는 날까지 꼭 잊지 않았으면 좋겠다."

그로부터 이 년이 지난 어느 날, 아들의 인생에 첫 번째 기적이 일어났다. 마침내 녀석이 백 점을 맞은 것이다. 한껏 교만한 몸짓과 시크한 표정으로 내게 시험지를 들이밀었다.

"아빠 이거 오늘 시험 본 거야, 너무 놀라지 마셔, 백 점, 해보니 별거 아니네."

그날 나는 녀석의 알림장에 이렇게 썼다. "백 점을 받은 것이 훌륭한 일은 아니지만, 매우 기특하다. 그러나 언젠가 네가 28점을 받고도 부끄러워하지 않았듯이 백 점을 받았다고 해서 자만해서도 안 된다. 자신이 최선을 다했다면 언제나 결과에 당당하기를 바란다. 이제 25개의 과자를 다 먹게 되었으니 참 대견하다."

그러나 그날 이후로 우리 아드님께서는 고등학교를 졸업할 때까지 단한 번도 백 점을 맞은 일이 없었다. 그리고 잘난 그 아비 또한 아들에게 공부하란 소리를 단 한 번도 해본 적이 없었다.

우여곡절 끝에 어렵사리 미국으로 건너가 마침내 대학을 졸업하였다. 비록 랭귀지 스쿨을 이 년이나 다녔지만, 대학은 오히려 삼 년 만에 조기 졸업을 하게 되었다. 신입생 때는 영어가 서툴러 F를 두 개씩이나 받더니 3~4학년이 되어서는 다행히 전 과목을 모두 'A +'로 마쳤다.

그러나 아들의 성적이 나는 조금도 기쁘지 않았다. 오히려 가슴이 저리도록 마음이 아프기까지 하다. 아들은 고등학교 졸업 후 단 한 번도 알바를 쉬어본 적이 없었다. 심지어 군대 제대한 뒤에도 딱 하루 쉬고 이튿날부터 바로 알바를 다녔다. 유학하는 동안에도 학비의 절반 이상과 생활비를 모두 제힘으로 해결해야만 했다.

다행히 어려서 익힌 태권도(공인 5단) 덕분에 한인이 운영하는 태권도 도장에 사범으로 취직하여 합법적으로 일할 수 있었다. 최근에야 영주권을 취득하게 되었지만, 영주권 스폰에 발목이 잡혀 풀타임으로 근무해야하는 까다로운 조건 때문에 몸이 아픈 날에도 쉴 수 없었다. 심지어 의료보험이 적용되지 않는 신분이라 비싼 병원비를 감당할 수 없어 허벅지의 근육 통증을 치료하지 못하고 일 년 넘게 참고 견디면서 일을 해야만 했다.

무엇보다 내가 가장 크게 상심한 것은 아들이 유학 생활을 하는 동안 알바를 하느라 한 번도 학교 행사에 참석하지 못하였고 단 한 명의 친구조차 사귀지 못하였다는 사실이었다. 너무나 서럽고 불행한 처지를 만들어준 아빠의 무력함에 마음이 무너지고 말았다. 그래도 자신이 선택한 길이기에 후회나 원망이 전혀 없다는 아들의 말에 너무나 송구하고 민망하지만, 한편으론 매우 듬직하고 기특하다. 이런 어려운 여건 속에서도 걱정할 부모를 생각해 내색 한번 내지 않고 전화할 때마다 "환경이 외로우니

기도가 저절로 되고 신앙심만 깊어진다"라며 너스레를 떨던 아들이 몹시 대견하다.

아들의 내일과 미래가 진심으로 기대된다. 이 녀석도 어느덧 손님이 되어 내 곁을 떠날 때가 된듯하다. 아니 어쩌면 벌써 저만치 떠난 것인지도 모르겠다.

아들의 인생을 축복한다.

인생은 계주다

우리 집 '수출 2호'가 드디어 귀환하였다. 저나 나나 감개무량이다. 학생 때는 알바 하느라 비행기 표값이 없어 한국에 들어올 수가 없었고, 졸업 후엔 영주권이 없어 오지 못하다가 이젠 영주권도 취득하고 로펌에 취업도 하여 자리를 잡고 나니, 마침내 십 년 만에 자신이 살던 둥지를 찾아온 것이다.

나는 우리 집 미돈(迷豚)이 민족주의나 국가주의라는 작은 그물에 갇혀 아빠처럼 우물 안 개구리로 살지 않기를 간절히 원했다. 아들을 굳이 미국으로 보낸 것은 학위나 전공 때문만이 아니라 유럽과 미국 등의 각국 친구를 글로벌하고 다양하게 사귀어서 전방위적 세상을 겪으며 살아가게 되기를 바라는 마음 때문이었다.

나는 아들에게 두 가지 로망이 있었다. 하나는 아들과 함께 목욕탕엘 가는 것이었다. 젊은 날 탕에서 아들이 아버지의 등을 밀어주는 것이, 그렇게 부러울 수가 없었다. 아들은 고사리 같은 손으로 다섯 살 때부터 근 십 년 가까운 세월 동안 성실하게 그 임무를 완수하였다. 또 하나는 아들 과 함께 농구나 탁구 등의 운동을 하고 둘이 마주 앉아 맥주를 마시는 것 이었다. 돌아가신 아버지와 나는 단 한 번도 대작을 해본 일이 없었기 때 문에 이 로망은 더욱 간절하였다.

이번 3주간의 한국 방문 동안에 아들은 밤마다 나의 막걸리 친구가 되 어 주었다. 자기의 말로는 미국에서 삼 년 치 마실 양을 이번에 아빠랑 몽 땅 다 마셨다고 엄살을 떨어댄다. 이로써 아들은 나에게 완벽하게 자신의 효를 다한 셈이다. 이젠 손님이 되어 떠나가도 더 이상 슬퍼하거나 억울 해하지 않으리라.

나는 아들이 '훌륭한 사람'이 되기보다는 '행복한 인생'이 되기를 원한 다. 지중해에서 수영하고, 알프스에서 스키 타며, 이집트에서 낙타를 타고 사막을 횡단하고, 캐나다에서 요트를 타고 참치를 잡으며 적극적으로 세 상을 경험하는 인생이 되기를 바란다. 민족주의나 인종주의라는 편협한 그물에 갇혀 이데올로기의 노예가 되지 말고 세계를 자기의 무대로 삼아 너른 세상에서 행복하게 살기를 바랄 뿐이다.

수년 전 아들이 대학 졸업을 앞두고 내게 편지를 보내왔다. 이제는 나 의 애장품 가운데 보물 1호가 되었다. 공개할까 말까, 몇 번을 망설이다 마침내 용기를 내어 그날의 기록 일부를 세상에 보인다. 오늘 아들이 다 시 미국으로 떠나게 되어 아쉬운 마음을 달래고자, 옛 선인들께서 행인이 길을 떠나려 할 때 다시 또 편지를 꺼내 읽듯 나 또한 과거의 추억을 소환 하여 '행인임발우개봉(行人臨發又開封)' 하듯 곰국을 우린다. 삼 년 전의 재탕이다.

"나의 유년기는 30대 청년 아빠의 눈물이었습니다.
나의 소년기는 40대 중년 아빠의 희생이었습니다.
나의 청년기는 50대 장년 아빠의 헌신이었습니다.
나의 29년 인생은 당신의 청춘과 젊음을 제물로 바친 기도의 응답이었습니다."

… 중략 …

아빠를 존경합니다.
나는 내 인생에서 아빠의 아들로 태어난 것을 가장 큰 축복으로 생각합니다."

… 이하 생략 …

나는 나의 불행을 감당하지 못하고 가난을 물려준 아버지를 저주하며 세상을 원망하였는데, 아들은 자신의 불행에 적극적으로 대처하며 가난을 물려준 아빠를 이해하고 세상을 긍정하였다. 아들의 고백을 차마 감당할 수 없어 하늘 보기가 부끄러웠다. 이제라도 더 이상 아빠의 이름이 부끄러워서는 안 되겠다. 힘써 사랑할 수 있도록 용기를 내자.

설령 이 편지가 레토릭에 의한 립서비스에 불과하다 할지라도 나는 그저 신주 모시듯 소중히 나의 보물 1호로 간직하고 싶다. 내 인생이 완전한 실패가 아님을 보증해 주는 거의 유일한 증거이기 때문이다.

삼 년 전 아들이 마침내 대학을 졸업하였다. 졸업생 가운데 한국인은 오직 아들뿐이었다. 초등학교 때 28점을 받고도 부끄러운 기색이라고는 조금도 없이 외양간을 뛰쳐나온 송아지처럼 천방지축 날뛰던 그 철부지가 마침내 '숨마 쿰라우데'라는 최고의 성적으로 당당히 대학을 졸업하였다. 기적 같은 일이다.

내가 있는 학교에도 외국 유학생이 매우 많다. 유학생 자식을 두었음에도 나는 그들의 어려움을 제대로 이해하지 못하였다. 오히려 나의 강의를 잘 알아듣지 못하는 외국 학생들에게 한국어 공부를 더욱 열심히 할 것만을 주문하였다. 배려심 없는 못난 선생이었다.

미국에 가서 보니 타국에서 외국어로 공부한다는 것이 얼마나 어려운 일인지를 절실히 깨달았다. 한글 한 자 없는 세상, 사방이 온통 영어뿐인 사면초가의 상태에서 아이가 받았을 심적 부담과 스트레스를 생각해 보니 내심 부끄럽기 짝이 없다.

낯선 이국땅, 한인 유학생이 거의 없다시피 한 학교에서 누구의 도움도 없이 자기와의 외로운 싸움 끝에 얻어낸 값진 결과이기에 아들이 매우 대견스럽다.

"아들아! 인생은 계주다. 결코 혼자가 아니다."

둥지를 떠난 새처럼 뒤돌아보지 아니하고 대처에 정착하기를 기원한다,

가족이라는 이름의 동거

십여 년 전쯤, 4인 가족이 단란하게 살던 때가 있었다. 그 시절 우리는 매일 밤 10시에 이른바 '가정예배'라는 걸 드렸다. 당시 나와 딸내미는 매우 불편한 관계였는데, 굳이 비유하자면 견원지간의 앙숙 사이였다. 예배 시간이 때로 은혜가 됐던 적이 없는 것은 아니었지만, 대개는 예배를 마치고 나면 반드시 딸의 반격이 있었다.

"아빠는 설교를 빙자해 자기 하고 싶은 말만 한다", "설교 시간이 너무 길다", "찬송을 너무 같은 거만 반복한다"라는 등등 어느 날인가 화해를 종용해 보고자 어렵사리 힘들게 한마디 하였다.

"우리가 평생토록 변함없이 한집에서 같이 살 것 같지만, 이렇게 함께 예배드리는 일도 그다지 오래가지는 않을 것이다."

실제 그 말이 있은 뒤로 우리는 채 일 년이 안 되어 각자 뿔뿔이 흩어지고 말았다. 딸내미는 계획에 없던 미국 유학을 떠나게 되었으며, 아들은 예상보다 빠르게 군에 입대하게 되었다. 누구도 예측하지 못한 일이 벌어진 것이다. 그 후로 우리는 한 번도 같은 집에서 함께 살지 못하였으며, '가정예배'는 그저 서로의 마음속에 영원한 추억으로 남고 말았다.

온순하고 순종적인 아들에 비해 딸내미는 자기주장이 분명하고 논리적인 데다 비판의식이 매우 강하였다. 그런 성향 때문에 나와 자주 충돌이 일어나 예배 시간이면 항상 긴장이 고조되었다. 어느 날인가 예배를 마친 후 도저히 대화가 안되겠다 싶어 한밤중에 분노를 참지 못하고 짤막하게 글을 써서 딸내미 방 앞에 두었다. 글의 내용은 이렇다.

"사직서, 아빠로서의 소임을 다하지 못해 죄송합니다. 오늘 자로 귀하의 아빠를 사임하고자 합니다. 부디 교회의 집사님 정도로만 대우해 주기를 바랍니다."

다음 날 아침, 안방 앞에 딸내미가 놓은 봉투를 발견하였다. 다소 흥분이 되어 행여 반성 좀 하였으려나 하는 마음으로 설레며 글을 읽었다. 그러나 그 글을 보고서 나는 기겁을 하고 말았다.

"사직서를 반려합니다. 내가 대학을 졸업할 때까지 아빠는 자신의 임무에 최선을 다해주시길 바랍니다. 물가 인상분을 고려하여 딸의 품위 유지비를 두 배로 인상할 것을 요청합니다."

이런 딸내미를 이기려고 했던 내가 어리석었음을 뒤늦게서야 깨달았다. 딸내미는 자기의 주장이나 신념이 매우 강한 유아독존의 스타일이다. 자신의 뜻을 세우고 나면 어떤 경우에도 고집을 꺾지 않는다. 무슨 일이든 본인 만족이 우선 된 뒤라야 타인에 대한 공감과 배려가 생겨난다. 반드시 '자리(自利)'가 선행된 뒤라야 '이타(利他)'를 조금 생각해 보는 매우 이기적이고 자기중심적 인생이다.

　아들은 딸과는 성향이 전혀 다른 품종이다. 딸이 '목표지향적'이라면 아들은 '관계지향적' 인간이다. 어떤 상황에서도 자신이 먼저 주장하는 법이 없다. 이미 결론이 난 사항에 대해서도 상대가 입장을 번복하면 언제든 순순히 받아들인다. 최근에 아들이 내게 이런 말을 했다.
　"아빠 제발 누나한테 덤비지 좀 마, 아빠하고 나는 절대로 누나를 못 이겨, 그냥 복종해."

　정녕 이것이 나의 살길이란 말인가? 마침내 나의 시대는 이렇게 저물고 말았단 말인가? 얼떨결에 자식 둘을 모두 미국에 수출 보내고 나니, 반드시 알아야만 할 '가문의 역사'와 '정훈(庭訓)'을 전해주지 못했던 나의 안일함이 너무도 크게 후회가 된다. 이미 낯선 이방인이 되어버린 자식들에게 더 이상의 간섭이나 충고가 무의미해진 지금 나는 그저 시대에 뒤떨어진 퇴물이 되고 만 것이다.

어떤 주례사

"두 사람은 오늘부터 '지는 법'을 배우시오."

생명이 있는 모든 피조물은 이기기를 좋아한다. 자연의 세계에는 언제나 '이긴 자'만이 생존이 가능하다. 그러므로 모든 생물은 본능적으로 '이기는 법'을 터득한다. 인간 역시 본능적으로 남을 이기고자 하는 속성이 있어서, 누가 굳이 가르쳐 주지 않아도 스스로 이기고자 한다. 그런데도 우리는 태어나면서부터 치열한 경쟁 속에 내던져져 끊임없이 이기는 법을 배우며 교육받고 살아왔다. 학교와 사회는 더욱 적극적으로 이기는 법을 전수하고 개발하여 마치 이기는 것만이 성공인 것처럼, 우리의 이성을 호도하고 세뇌시켜 왔다.

한 번도 온전히 지는 법을 배우지 못했기에 그 결과 우리는 타인을 위한 희생은 언감생심이요, 양보도 배려도 할 줄 모르는 인생이 되어, 오직 자기 욕심만을 채우는 이기적 인생으로 살아가게 되었다. 죄송하게도 우리 딸은 '호승지벽'[好勝之癖-이기기를 좋아하는 버릇]이 매우 충만한 사람이다. 행여 그것으로 세상을 살아갈 경쟁력을 충분히 갖추었다고 생각한다면 그것은 매우 큰 오산이다. 이기기를 좋아하는 자, 반드시 적을 만나는 법이다.

好勝者必遇敵 – 호승자필우적

옛 성현들이 말하기를 "평생토록 길을 양보하여도 몸을 굽힌 것이 백걸음도 안 될 것이며, 평생토록 밭두둑을 양보하여도 잃은 것이 한 마지기도 안 될 것이다"라고 하였다.

終身讓路不枉百步 – 종신양로불왕백보
終身讓畔不失一段 – 종신양반부실일단

누가 너를 이기고자 한다면, 너는 그에게 먼저 선택하게 하고, 그가 우(右)하거든 너는 좌(左)하며, 그가 좌(左)하거든 너는 우(右)하기를 바란다. 노자는 말하기를 "배움의 길은 날로 쌓아가는 것이요, 도(道)의 길은 날로 덜어내는 것이다"라고 하였다.

爲學日益 – 위학일익
爲道日損 – 위도일손

'배움'은 채우는 것이요, '도(道)'는 비우는 것이다. 그러므로 공부는 날마다 더해가야 하고, 마음은 날마다 비워내야 한다. 생명은 언제나 '채움'과 '비움'으로써 성장하고 소통하는 법이다. 인생은 진실로 이 순환의 가치와 의미를 매우 중히 여겨야 한다.

지구상의 인구를 약 70억이라고 가정할 때, 세상에는 35억의 이성이 존재한다. 한 남자가 한 여자를 선택하여 결혼에 골인한다는 것은 숱한 난관과 경쟁을 통한 승리의 결과물인 것으로 생각할 수 있지만, 실은 이 땅 위의 다른 '35억의 여자'를 포기하였다는 전제의 역설이다. 이 땅 위에 35억의 이성을 더 이상 여자로 보지 않겠다는 이 위대한 희생의 결단을 전제로 '한 여자의 남자'가 가능해진 것이다. 누구도 이 선택에 일말의 후회와 미련이 없어야 한다.

이제 두 사람은 서로 '지고 살아야'만 한다. '지고 산다'라는 의미는 결코 실패나 좌절을 말함이 아니요, 또한 가진 자가 베푸는 양보와 배려 차원의 겸손을 말함도 아니다. '지고 산다'라는 것의 참된 의미는 내가 상대의 '십자가를 지고' 살겠다는 '희생'과 '순교'를 의미하는 것이다.

두 사람은 진정으로 서로의 십자가를 질 준비가 되어있는가? 성경에서 말하기를 "사람이 마음으로 자기의 길을 계획할지라도 그의 걸음을 인도하시는 자는 여호와시니라"라고 하였다.

謀事在人 – 모사재인
成事在天 – 성사재천

진실로 역사를 주관하시는 분의 위대한 섭리를 깨닫는다면 그저 겸손히 '지고 사는' 수고를 행복으로 여기며, 기쁘게 살아갈 일이다.

장인(丈人) 이야기

장인을 '빙군(聘君)' 또는 '빙장(聘丈)'이라고 지칭하는데, 원래 '빙군'이란 의미는 조정에서 옥과 비단으로 초빙한 선비를 일컫는 말이다. 대체로 주자(朱子)가 자신의 장인을 '유빙군(劉聘君)'이라 칭한 데서 연유한다. 내게도 거기에 필적할 만한 빙군이 있어 일화를 소개하고자 한다.

나의 장인의 춘추는 수년 전 이미 '망백(望百)'이 되었으며, 지난해 봄에는 회혼례(回婚禮)를 맞이하기도 하였다. 장인은 내가 매우 존경하는 신념의 인물이다. 6 · 25 참전용사로서 '화랑무공훈장'을 받기도 하였는데, 헌병이라는 특수병과 출신으로서는 매우 이례적인 일이라 한다.

장인께서는 한국전 당시 헌병으로 복무하였다. 현역 복무 시, 어느 날 외지 근무를 마치고 운전병과 함께 부대로 복귀하던 중에 세 명의 괴한 중 한 사람이 부대 막사를 향하여 수류탄을 던지려는 것을 우연히 목격하게 되었다 한다. 찰나의 망설임도 없이 전광석화처럼 순식간에 기습하여 수류탄을 산 아래쪽으로 걷어차서 부대의 인명 피해가 없게 하고 육박전 끝에 세 명 모두를 생포하였는데, 그들의 신원은 적의 척후병으로 다음 날 전개될 대규모 기습공격을 위한 사전 정탐 요원이었다고 한다.

훗날 국가보훈처에서 장인을 '6·25 참전 국가유공자'로 지정하였으나 장인은 끝내 수락을 거절하였다. 동족끼리 싸운 것은 부끄러운 일이지 결코 명예가 될 수 없다는 신념에서였다. 교사, 의사, 공무원으로 성장한 자식들 또한 자신에게 주어질 수 있는 특혜를 포기하는 것임에도 불구하고 누구 한 사람 불만 없이 여전히 모두 아버지의 결정을 존중하고 있다.

5·16 군사쿠데타가 일어났을 당시에는 민주당의 '조직부장'을 맡고 있었는데, 5·16 반대 성명의 초안을 장인께서 직접 작성하였다. 성명서를 붙이던 동지 두 명이(선전부장과 총무부장) 붙잡혀 군사혁명 재판에 회부되어 사형에 처해졌고, 장인은 헌병재판소 소장 집에서 삼 년을 은신하다 사면되었다고 한다. 이때의 충격과 동지를 잃은 죄책감으로 평생 음주 가무를 하지 않았으며, 동지의 피 값으로 결코 공직에 나가지 않겠다는 자신과의 약속을 지금까지 실천하고 살아오신 분이다.

전두환 시절 삼청교육대 대상으로 지목당하여 민정당 입당을 회유당하기도 하였지만, 홀로 경찰서장 집을 월담하여 정면승부로 담판 지었다는 일화와 한밤중 보안사 요원들이 창호지를 바른 방문에 총을 겨누며 협박과 감시를 하였다는 이야기는 전설처럼 전해온다. 김영삼 정부 시절에는 고성군수와 강릉시장 등에 천거되기도 하였지만 일언지하로 고사하고 평생을 야인으로 은거하였다.

당신께서는 소학교 시절부터 일본 유학을 마치고 돌아온 이후는 물론 평생토록 자신이 응시했던 시험에서 단 한 차례의 예외도 없이 전부 수석을 하셨다. 물론 이런 것까지 모두 다 훌륭하다고 할 수는 없겠으나 당신의 일생을 흔들림 없는 신념으로 살아오신 것만은 분명한 사실이다.

그런 장인께서 한동안 기억을 잃으셨다가 구십이 넘어선 요즘에 와서 다시 기억력이 회복되셨다. 어린 시절 읽었던 책의 내용과 일화들을 어제 일처럼 읊어내시는데, 나는 그저 모골이 송연할 정도로 아연실색할 뿐이다.

어제 해 저문 소양강 황혼이 질 무렵에 구십이 넘은 장인과 탁배기 한 사발 나누고 돌아왔다.

장인의 사랑

올해 94세인 장인께서 서울에(장인은 강원도에 사신다) 사는 딸에게 전화를 하셨다.

"어머니 모시고 백화점에 가서 제일 좋은 옷 한 벌 사드려라, 돈은 내가 준비했다."

아내의 말을 전해 듣고 소심한 나는 그저 봉투에 돈 백만 원쯤 담겼으리라고 생각했다. 그러나 장인께서 준비하신 금액은 언제나 나의 예상을 뒤엎는다. 단위가 달랐던 것이다. 지난 일요일 장모님께서는 우리나라에서 제일 좋다는 백화점에서 천만 원이 넘는 밍크코트를 사 입으셨다. 올해 84세의 연세로 보기 드물게 키가 크신(172cm) 장모님께서 밍크코트를 입은 모습은 그야말로 압권이었다. 장인께서 영상 통화를 통해 딸들에게 한 말씀하셨다.

"고맙다. 내 마음에 합당한 것을 사줘서 나의 목적을 이룬 것 같다. 이제 여한이 없으니 내 마음이 크게 기쁘다."

지난해 장모님께서 관절 수술을 하실 때도 자식들의 도움을 일체 거절하시며, "엄마는 내가 책임진다"라고 하시고는 흔쾌히 이천만 원을 내어놓으셨다. 자식이 일곱이나 있지만, 시골에서 농사짓는 장인어른의 통장에 돈이 얼마나 있는지는 아무도 모르고 또 아무도 알려고 하지 않는다. 행여 시골 촌로(村老)의 통장에 무슨 돈이 있을까를 염려할 뿐이다. 당신을 위해서는 평생 십 원짜리 한 푼 써보신 적이 없는 분이 신기하게도 아내와 자식을 위한 일에는 언제든 흔쾌히 상상을 초월하는 금액을 먼지 내어놓으시고 일을 진행하게 하신다.

사랑은 '마음'이 다가 아니라는 것을 깨달았다. 사랑의 조건은 '책임'이었다. 장인어른께서는 자신의 식솔들을 평생토록 책임지고 계신 것이다. 그저 눈물이 핑 돌았다.

나는 나의 말과 사랑에 평생을 책임지며 살고 있는가?
나는 나의 말과 사랑에 평생을 책임지며 살아갈 각오가 되었는가?

너무나 부끄러운 마음으로 가을 하늘을 올려본다.
뭉게구름이 못난 나의 얼굴을 가려 주는 듯하다.

원형이정(元亨利貞)

박 서방, 부디 '원형이정'의 이치를 망각하지 말고 사시게, 어제 93세 된 장인께서 내게 당부하신 말씀이다.

'원형이정(元亨利貞)'이란 주역(周易)에서 말하는 천도(天道)의 네 가지 덕으로서, 사물의 근본이 되는 원리를 말한다.

"元者(원자)는 萬物之始(만물지시)요"
'원(元)'은 만물이 시작되는 봄[春]을 의미하니, '인(仁)'의 덕성을 말함이고

"亨者(형자)는 萬物之長(만물지장)이요"
'형(亨)'은 만물이 성장하는 여름[夏]을 의미하니, '예(禮)'의 덕성을 말함이며

"利者(이자)는 萬物之遂(만물지수)요"

'리(利)'는 만물이 이루어지는 가을[秋]을 의미하니, '의(義)'의 덕성을 말함이고

"貞者(정자)는 萬物之成(만물지성)이라"

'정(貞)'은 만물이 완성되는 겨울(冬)을 의미하니, '지(智)'의 덕성을 말함이다.

이는 곧 '인의예지(仁義禮智)'의 덕을 갖추고 살라는 매우 곡진한 말씀이시다. 참으로 범접하기 어려운 나의 노스승이시다.

원행이중(遠行以衆)

아우구스티누스가 말하였다. "세계는 한 권의 책이다. 여행하지 않는 자는 단지 그 책의 한 페이지만을 읽을 뿐이다."

인생은 여행이다. 각계와 각층의 많은 사람을 만나 다양한 교제를 통해 인생의 거울을 삼아야 한다. 어느 길로 가야 하는지 더 이상 알 수 없을 때가 비로소 진정한 여행의 시작인 것이다. 진정한 여행의 참된 발견은 언제나 새로운 풍경을 찾아내는 것이 아니라, 마침내 새로운 시각을 갖게 되는 것이다.

고독을 피하고자 산행을 떠났으나 내 안에 가득한 욕망의 소리를 듣는다. 언덕에 오르고 나면 뗏목을 버려야 할 것이지만 나는 여전히 무거운 뗏목을 끌고 있음을 깨달았다. 나의 욕망이 잉태하였던 '괴로움'과 그 '괴로움의 원인'과 '괴로움의 소멸'과 '소멸에 이르는 길'을 발견하고자 길을 나선 것이었는데, 어디에도 그 길은 존재하지 않았다.

학창시절 학교 '짱'이었던 친구와 단둘이 북한산 산행을 하였다. 그는 이제 마음씨 좋은 평범한 동네 아저씨가 되었지만, 폭발적 에너지만큼은 여전하여 이 추운 날씨에도 불구하고 반팔과 반바지 차림으로 등반하였다. 친구 덕에 혼자서는 꿈도 꾸지 못했을 코스를 감행하였다. 대남문을 지나 문수봉, 승가봉, 사모봉, 비봉, 향로봉에 이르기까지 여섯 개의 봉우리를 섭렵하고 나니 초짜 산적은 그야말로 초죽음의 몰골이 되고 말았다.

'멀리 가려면 함께 가라[원행이중(遠行以衆)]'는 말처럼 "빨리 가려면 혼자 가고 멀리 가려면 친구와 함께 가라"는 인디언의 속담이 꼭 들어맞았다. 혼자서라면 언감생심 엄두조차 못 낼 일이었다.

산의 정상에 오르고 나니 "일체중생(一切衆生)이 개유불성(皆有佛性)이요, 산천초목(山川草木)이 실개성불(悉皆成佛)이라" 하는 탄성이 절로 나왔다. "모든 중생에게는 부처의 성품이 있으니 산천초목이 모두 부처와 같다"라고 하는 말이 참으로 깊은 심중에서 우러나왔다. 호연한 기상과 더불어 부처와 같은 자비의 마음이 솟구쳤다. 이 맛에 산에 오르는 것이란 말인가? 그러나 정상이 아무리 좋아도 영원히 머물 수는 없다. 다시 내려와야 한다. 영원히 머물 수 있는 곳은 세상 어디에도 없다.

비록 세속을 떠날 때는 '무심(無心)'하였으나 절애의 고봉(孤峰)에서 내 안의 '유심(有心)'과 마주하였다. '비워버리리라', '털어내리라' 끊임없이 다짐하건만, 다시 세상으로 내려간다면 나는 일체의 유혹과 잡념을 버리고 선가의 도인과 같이 내 안에 '유심(唯心)'을 품을 수 있으려나 적이 의문스러운 몽상에 한참을 서성거렸다. 하산길에 들린 주막집에서 나는 마치 걱정이라도 된 듯 게걸스럽게 탁배기 한 사발을 비워냈다. 별이 총총

한 밤하늘을 쳐다보노라니 옛 시인의 노랫소리가 가슴에 절절하게 울림으로 다가왔다.

"흰 구름은 학을 따라 춤을 추고, 밝은 달은 사람을 좇으며 돌아가누나."

　白雲隨鶴舞 – 백운수학무

　明月逐人歸 – 명월축인귀

길동무와 문학 산책

한 페친의 소개로 얼떨결에 길동무 문화재단에서 주관하는 문학 산책에 동반하게 되었다. 덕수궁 돌담길에서 출발하여 정동교회를 지나 고종의 아관파천의 비애가 서린 길을 걸었다. 광화문 길을 건너서 옛 서울고등학교 자리를 지나고 홍난파 고택과 권율 장군의 생가터와 앨버트 테일러의 딜쿠샤와 율곡의 서울 재택 지를 경유하여 독립문에 이르는 여정을 답사하였다.

　시인과 소설가가 주류를 이루는 문학인 모임인지라 문학사적 의미를 조명하며 문학적 소재와 배경에 중점을 두고 탐방이 이루어졌지만, 나는 고전이 전공인지라 문자학과 고증학적인 부분에 더욱 관심이 갈 수밖에 없었다. 중고등학교를 모두 종로에서 다닌 덕분에 이 지역은 거의 나의 '나와바리(なわばり)'나 다름없었다. 예전에는 "덕수궁 돌담길을 연인과 걸으면 헤어진다"라는 속설이 있었다. 그 이유는 돌담길 초입에 과거에 대법원과 가정법원이 있었는데, 이혼하는 부부들이 법원을 드나들면서 이

길을 지나는 사람들이 많다 보니 거기서 연유하지 않았을까 싶다.

광화문연가의 낭만 일번지가 시작되는 그 유명한 정동교회에는 초대 담임목사의 흉상이 있는데 흉상 아래를 자세히 살펴보니 '탁사(濯斯) 최병헌'이라고 쓰여 있었다. 전공자의 호기심이 발동하여 '탁사'의 의미를 잠시 묵상하였다. "탁배기를 한잔 사겠다"라는 의미는 절대 아닐 것이고 아마도 굴원(屈原)의 어부사(漁父詞)에서 따온 듯하다. "창랑의 물이 맑으면 내 갓끈을 씻고, 창랑의 물이 흐리면 내 발을 씻으리라" 세속에 물들지 않고 자연에 순응하는 초연한 삶을 비유한 '탁영탁족(濯纓濯足)'의 정신을 간직하고자 '탁사'를 자신의 아호로 차용하였을 것이다.

홍파동에 있는 홍난파의 생가를 지나면 바로 옆에 구세군 영천교회가 있다. 교회 한쪽에 매우 남루한 암각 비문이 하나 있었다. 비문에 새겨진 글씨의 내용은 이러하다.

性同鱗羽 愛止山壑 - 성동인우 애지산학

원래 이곳은 율곡 선생의 서울 집터가 있던 자리였으며, 위의 여덟 글자가 새겨진 큰 암각 바위가 있었다. 1959년 6월 22일에 율곡의 사당인 문성사(文成祠)와 홍파강당(紅把講堂)을 지었고, 문성사에 선생의 신주를 봉안했다. 덕수 이씨 종친의 불찰로 소유권이 은행으로 넘어가면서 문성사와 홍파강당은 철거됐고, 암각은 훼손돼 사라졌으며 지금의 교회 마당 벽 한편에 원래의 글자를 탁본한 비석 하나만을 볼품없이 붙여 두었다.

글의 뜻은 "하늘이 내린 성품은 물속에 사는 비늘이 있는 물고기나 하늘을 나는 깃털을 가진 새나 같은 것이며, 사랑은 가장 낮은 골짜기(壑)부터 가장 높은 산(山)까지 미쳐야 한다"라는 의미를 담고 있다. 이는 시경과 중용에서 말하는 "연비여천 어약우연(鳶飛戾天 魚躍于淵)" 즉, "솔개는 하늘 위를 날고 물고기는 연못에서 뛴다"라는 고전을 바탕으로 한 사상이다.

사직터널 위쪽 행촌동에는 아름드리 은행나무가 있는데, 이 나무는 도원수(都元帥) 권율 장군(權慄將軍)의 옛집에 있었던 460년이 넘은 고목이다. 권율 장군은 종로구 필운동 현재 배화여고 자리에서 살다가 사위인 백사 이항복(李恒福)에게 집을 내어주고, 이곳으로 이주하여 담장 안에 심어 놓은 것이라 한다. 그 바로 옆에 미국인 앨버트 테일러 부부가 살던 '딜쿠샤(Dilkusha)'가 있다. 1923년에 지어진 건물이며 딜쿠샤는 인도 힌두어로 '꿈의 궁전' '기쁜 마음의 궁전'이라는 의미란다.

독립문에 있는 서대문형무소에서는 독립지사들께 마음속으로나마 참회의 108배를 올렸다. 독립지사들의 단체 사진 배경인 태극기에 쓰인 "불원복(不遠復)"이라는 글자를 보는 순간 울컥 솟아오르는 눈물을 참을 수 없었다. '불원복'이란 주역 '복괘(復卦)' 초구(初九) 효사에 나오는 말로서 "멀지 않아서 되돌아오니 후회하는 일이 없을 것이요, 길함의 으뜸이니라"라는 의미인데, 머지않아 광복이 될 것이라는 지사들의 염원을 나타내는 말이다.

서대문형무소의 주소가 현저동 101번지인데, 현저동은 무슨 뜻이었을까를 생각해 보니 고개 '현(峴)' 자와 밑 '저(底)' 자를 써서 '고개 밑'이라고 불렀을 것이라는 추론을 해 보았다. 아마 무악재 고개 밑에 있으니 그

럴법하다는 생각이다.

돌아오는 길에 때마침 소낙비가 내렸다. 수치스러운 오욕과 야만의 역사를 회상하며 소낙비를 흠씬 맞고 무작정 걸었다. 인왕산과 북한산을 몽땅 가린 개발독재의 상징인 흉물스러운 콘크리트 더미를 보면서 이놈의 나라에 오만 정이 떨어지고 말았다. 피가 끓던 청춘의 시절 종로와 광화문통을 주름잡으며 내 인생에 무엇인가를 할 것만 같았는데, 속절없이 세월은 흐르고 초로의 문턱에 서고 보니 계획 없이 산다는 것이 얼마나 무모하고 허망한 일인 줄 절절히 깨달았다.

지하철에서 내려 곧바로 집으로 돌아가지 못하고 음습한 방앗간에 들러 홀로 탁배기를 한 사발 마셨다. 기어이 참았던 눈물을 흘리고야 말았다.

나의 문주반생기(文酒半生記)

언제부터인가 우리 사회는 남의 집을 방문하지 않는 것이 불문율처럼 굳어버렸다. 비단 코로나 때문만이 아니라 아파트 생활이 일반화되면서부터 생겨난 관습이 아닌가 싶다. 손님이 오지도 가지도 않는 주거생활이 오늘 우리의 현주소이다.

아랍 속담에 "손님이 오지 않는 집은 천사도 오지 않는다"라는 말이 있다. 구약의 창세기에는 "아브라함이 손님을 접대하기를 즐겨 하여 부지중에 천사를 영접하는 복을 받았다"라는 일화가 전해진다.

멀리 갈 것도 없이 우리 조상들의 일상생활 중에서 가장 중요하게 여겼던 일이 '봉제사(奉祭祀)'와 '접빈객(接賓客)'이었다. 행세깨나 하는 집은 어디에나 사랑채가 있었으며, 그곳의 용도는 언제든 나그네가 무상으로 묵어가는 게스트하우스와 같은 성격의 공간이었다. 주인은 이들을 접대하는 것을 아주 당연한 일상지사의 한 부분으로 여겼다.

공융(孔融)이라는 사람은 공자의 20세손으로 자(字)는 문거(文擧)인데, 어려서부터 성품이 자유분방하였고 재주가 남달랐다 한다. 십상시(十常 侍)의 전횡을 비판한 청류파 선비로 유명하며, 건안칠자(建安七子)의 한 사 람으로 그의 주변에는 늘 손님이 가득 차고 술잔에는 술이 비지 않았다고 한다. 평소 손님 접대와 풍류를 즐기던 공융이 관직을 그만둔 후 평생소 원이라며 남긴 유명한 말이 있다.

"자리에는 늘 손님이 가득하고, 술통에는 술이 비지 않으니, 내가 무엇 을 근심하랴.[座上客常滿, 樽中酒不空, 吾無憂矣.]"

'청구영언(靑丘永言)'에는 공문거(孔文擧)를 패러디한 신흠(申欽)의 시가 수록되어 있다.

준중(樽中)에 술이 잇고 좌상(座上)에 손이 가득 대아(大兒) 공문거(孔文擧)를 고쳐 어더 볼꺼이고 어즈버 세간여자(世間餘子)를 닐러 므슴 하리오

오랜만에 친구가 내 집을 방문했다. 이 친구와는 초등학교와 중학교를 함께 다닌 동창이다. 친구는 아프리카의 '캐냐 대사'와 중동의 '레바논 대 사' 등을 지냈으며, 육 년의 임기를 마치고 올봄에 영구 귀국하였다. 이 친 구는 전형적인 순종형 모범생이다. 나와는 기질이나 성향이 전혀 달라서 도무지 어울릴 것 같지 않지만 워낙에 뛰어난 그의 품성에 내가 항상 교 화되고 만다.

그는 언제든 언어나 행실이 모범에서 어긋나는 법이 없다. 사는 집마저

도 초등학교 때 지었던 서울의 집에서 지금까지 단 한 번도 이사를 하지 않았다. 증·개축조차도 하지 않은 채 여전히 70년대식 낡은 건물을 그대로 유지하며 때때로 고장 나는 보일러나 손봐가며 그렇게 살아왔다. 최근 춘부장께서 작고하시자 올해 들어 평생에 처음으로 아파트로 이사하여 마침내 경기도민이 되었다.

그 흔한 위장전입, 부동산 투기, 주식투자 한 건이 없었다. 대사 임명 시 박근혜 정부와 문재인 정부의 양대에 걸친 청와대 인사 검증에서 탈탈 털이 먼지 하나 안 나왔던 유일한 괸료였다. 뿐만 아니라 선후배 동료 모두에게 두루 신망이 두터운 21세기의 살아있는 청백리이다.

중요한 것은 그가 나의 절친이자 외우(畏友)라는 것이다.
그런 그가 경기도민 전입 신고차 끌려오듯 내 처소를 방문케 되어 양주동 박사의 '문주반생기'와 같은 젊은 날의 치기 어린 기억을 더듬으며 낭만 가득한 추억여행을 하였다. 아직도 가야 할 길이 구만 리 같은데, 벌써 은퇴할 시점이 되어 추억을 논하며 옛일을 회상하노라니 그야말로 "인생이 아침이슬 같다.[人生如朝露.]"

어찌하겠는가? 우리는 너나없이 지구라는 별에 소풍 나온 나그네들이요, 이방인들인 것을, 그저 한세상 기웃기웃 구경이나 하면서 세상의 경이와 신비를 만끽하다 때가 되어 다시 별나라로 돌아가면 그만인 것을!

술통엔 술이 가득하고 이웃엔 불러낼 친구가 있으니, 이제 내가 무엇을 근심한단 말인가?
인생은 고단해도 추억은 언제나 아름답다.

탁영탁족(濯纓濯足)

'탁영탁족(濯纓濯足)'은 갓끈을 씻고 발을 씻는다는 의미인데 잘 알려진 바와 같이 굴원(屈原)의 '어부사(漁父詞)'에서 인용된 말이다.

"창랑의 물이 맑으면 내 갓끈을 씻고, 창랑의 물이 흐리면 내 발을 씻으리라.[滄浪之水淸兮, 可以濯吾纓. 滄浪之水濁兮, 可以濯吾足.]"

세속에 물들지 않고 자연에 순응하는 초연한 삶을 비유한 '탁영탁족(濯纓濯足)'의 정신을 간직하고 살아가자는 의미로 어제의 용사들이 다시 뭉쳐 '탁사회(濯斯會)'를 결성하였다. '탁(濯)'은 씻는다는 의미이고 '사(斯)'는 지시 대명사의 성격을 갖는 말로써 여기서는 '영(纓)'과 '족(足)'을 의미하는 단어이다. 마치 사문난적(斯文亂賊)이라 할 때 '사문(斯文)'이 공자의 유학이나 주자의 성리학 또는 유학자를 일컫는 것과 같은 이치이다.

초등학교와 중학교를 함께 다녔던 친구 다섯이 반백의 세월이 흘러 초로의 신사가 되어 다시 만나 신흥 조직을 결성하였다. 대부분 현역에서 은퇴하였지만, 살아온 이력에 저마다의 사연을 담고 있다. 은행장 출신의 한 친구는 강남 대형교회의 장로로 독실한 '환자'가 되었다. 그는 학창 시절 일등이 습관이요, 생활화가 되었던 '모범 귀족'의 전형이었다. 동네에서 유일하게 잔디가 깔린 마당에 탁구대가 있었던 그의 집은 우리들의 놀이터 겸 휴양지였다.

7개 국어를 자유롭게 구사하지만, 전 세계 193개국의 대사 중에 영어 발음이 가장 안 좋았다는 전직 대사 친구는 은퇴 후, 후배들의 자리를 뺏지 않겠다며 제도권에 일말의 미련 없이 야인의 길을 택하였다. 자신이 태어난 집에서 증개축 한번 없이 평생을 살다 올해 초 큰아들에게 물려주고 난생처음 이사를 하여 우리 동네 가까운 곳의 아파트 주민이 되었다. 그러나 이 친구에게는 고약한 술버릇이 있다. 술에 취하면 '외국어 주사'를 속사포로 해대는 것이다. 어디에서든 외국인만 만나면 먼저 손 내밀고 7개국의 방언을 성령의 폭포수처럼 쏟아낸다.

학창 시절 문학청년이었던 한 친구는 대기업 임원을 정년퇴임하고 지금은 '젠틀한 도시 농부'로 살고 있다. 그는 아나운서를 능가하는 언어의 마술사였고 배우 뺨치는 하이틴 스타였다. 노래면 노래, 그림이면 그림, 운동이면 운동 게다가 성품까지 온유한 젠틀한 멋쟁이다. 요즘은 이 친구를 만나는 날이면 언제나 나를 돌아보고 스스로 성찰하여 급한 성격을 한 박자 늦추는 훈련을 하곤 한다.

또, 한 친구는 고등학교 때 딱 한 번을 제외하고는 평생 수학 문제를 틀려 본 적이 없어 선생님보다 수학을 더 잘한다고 소문났던 '수학 천재'이다. 이 친구는 대학 때 소위 열혈 운동권이었다. 제적과 복학을 반복하여 학교를 십수 년 만에 졸업하였지만, 인생이 수학 공식처럼 풀리지 않아 수학에 회의를 느끼고 지금은 백발의 도인이 되어 속세를 떠나 카톡도 못 하는 은둔형 원시인으로 살고 있다.

학창 시절, 가정과 학교의 문교정책에 대한 반항으로 탈선을 일삼았던 나는 정학과 반성문을 전담하였다. 16절지 갱지에 반성문을 무려 16장이나 써내 개교 이래 전무후무한 기록을 세워 전 교사가 회람을 하는 일까지 벌어졌다. 반성문이라기보다 반항문에 가까웠지만 학교에 소문이 나서 나중에는 다른 학생의 반성문을 대필해 주기도 하다 보니 친구들 사이에 '반성문의 달인'으로 불렸다. 교과서보다 문학 서적을 훨씬 열심히 읽었던 나는 고독한 아웃사이더였으며 언제나 트러블 메이커였다. 그 문제 아가 모두의 예상을 깨고 고전학자가 되어 요즘도 술좌석에서 '쌩구라'로 여전히 좌중을 압도하고 있다.

발족기념의 첫 번째 행사로 현충원을 참배하는 대신 어린 시절 우리를 살뜰하게 챙겨 주시던 귀족 친구의 자당(慈堂)께 인사를 드리기로 했다. 거의 반세기만의 일이었다. 자당께서는 선수촌 아파트에 홀로 사시는데, 여전히 자애로우시고 기품이 있으셨다. 너무나 늦은 인사에 몹시 송구한 일이었지만, 이런 날이 우리에게 주어졌다는 것만으로도 행복한 날이었다.

바람 없이 하늘 맑아 햇살 가득한 가을날, 우리의 청춘은 여전히 진행형이었다. 서촌의 한 아지트에서 밤이 늦도록 약초 막걸리를 마셨다. 교회 일로 먼저 줄행랑을 친 귀족 친구의 뒷담화와 함께 서로의 쓰라린 인생 실패담을 나누고는 다음 달에 해양 전지훈련을 하기로 약속하고 모임을 파하였다.

이날 자신의 인생에 있어서 최고의 실패담을 논하는 시간이 있었다. 모두 그럴듯한 실패담을 하나씩 고백하였는데 그중에 압권은 전직 대사였다. 그는 완전 '왕재수'의 극치를 보여주었다. 차마 약이 올라 여기에 옮겨놓기조차 민망하다. 그는 학창 시절 한 여학생을 짝사랑하다 그만 성적이 곤두박질치고 말았다는 것이다. "그래 몇 등까지 떨어졌는데" 하고 물었더니 "전교 20등까지 떨어졌다"는 것이다. 하도 기가 막혀 나는 그만 술상을 엎을 뻔하였다. 지금 생각해도 얄궂은 미소만이 엷게 피어오른다.

굴원의 어부사에 나오는 은자를 상징하는 문인화 중에는 '어초문답도(魚樵問答圖)'라는 것이 있다. "'어부(漁夫)'와 '초부(樵夫)'가 서로 묻고 답한다"라는 의미이다. 이 어초문답도가 간송미술관에 각기 다른 형태로 세 개가 소장되어 있는데, 하나는 숙종 대의 화원 '이명욱(李明郁)'의 것이고, 두 번째는 영의정 홍명하(洪命夏)의 손자인 '홍득구(洪得龜)'의 것이고, 세 번째는 수식어가 필요 없는 그 유명한 겸재(謙齋) 정선(鄭敾)의 작품이다.

외형적으로는 '어부와 나무꾼의 한가로운 이야기' 같지만, 이들이 묻고 답하는 것은 오늘의 수확량이나 내일의 날씨 따위가 아니다. 세상을 다스리는 이치와 인간의 처세에 대한 도리를 선문답 같은 대화로 풀어내는 현철한 은자의 삶을 비유한 그림이다. '어부'와 '초부'의 대담 형식을 빌려 자신의 사상을 피력한 소동파의 '어초한화(漁樵閑話)'가 이 화제의 중요한 모티브이다.

'굴원'으로 살 것인가 '어부'로 살 것인가.

젊은 날, 이 다른 두 명제 때문에 깊은 고뇌에 빠져 헤어나지 못할 때가 있었다. '원칙'이냐 '타협'이냐 하는 이분법에서 벗어나지 못해 늘 인생을 겉도는 아웃사이더가 되고 말았지만, 이젠 나도 귀가 순해질 나이가 되었다.

'초부'는 산수의 자연을 좋아하는 지자(智者)요, '어부'는 강호의 자연 속에서 세월을 낚는 인자(仁者)의 상징이라는 설도 있으나 어떤 형태이든 세속을 버리고 은둔한다는 것이 결코, 쉽지만은 않은 일이다. 그러나 탁류에 휩싸여 자신을 버리기보다는 지조를 지키며 자연을 벗 삼아 살아가는 일이 반드시 슬프고 고독한 것만도 아니다.

나아갈 자리와 물러나야 할 자리를 분명히 하여 곧은 처신으로 세상을 관조하며 살아가는 것이 비록 시대에 뒤떨어져 보일지는 몰라도 진정으로 자신의 인생을 사랑하는 길일 수 있음은 너무도 자명한 일이다.

'만남'은 '맛남'이다

"나는 아직 읽어보지 않은 책을 읽게 되면 좋은 친구를 만난 것 같고, 이미 읽은 책을 다시 읽으면 옛 친구를 만난 것만 같다.[吾讀未見書, 如得良友, 見已讀書, 如逢故人.]"

"솔바람 소리, 시냇물 소리, 산새 소리, 밤 벌레 소리, 학 울음소리, 거문고 소리, 바둑돌 놓는 소리, 섬돌에 빗방울이 떨어지는 소리, 눈발이 들창에 부딪는 소리, 차 달이는 소리 이는 모든 소리 가운데 지극히 맑은 정을 불러일으키는 것이다. 그러나 책 읽는 소리가 가장 좋다.[松聲 · 澗聲 · 山禽聲 · 夜蟲聲 · 鶴聲 · 琴聲 · 棋子落聲 · 雨滴階聲 · 雪灑窓聲 · 煎茶聲, 皆聲之至淸者也. 而讀書聲爲最.]"

남송 때 사람 '조사서(趙師恕)'가 '나대경(羅大經)'에게 말했다. "나는 평생에 세 가지 소원이 있소. 하나는 세상의 좋은 사람을 모두 다 알고 지내는 것이고, 둘은 세상의 좋은 책을 다 읽어 보는 것이며, 셋은 세상의 좋은 산수를 다 구경하는 것이오."

나대경이 말했다. "어찌 다할 수야 있겠소? 다만 이 몸이 이르는 곳마다 그저 그냥 지나치지 않을 뿐이지요.[趙季仁謂羅景綸曰: "某平生有三願. 一願識 盡世間好人, 二願讀盡世間好書, 三願看盡世間好山水." 羅曰: "盡則安能, 但身到處, 莫放過耳." 讀書者當作此觀.]"

책 읽는 사람은 마땅히 이런 생각을 지녀야 한다.

위의 고사는 모두 청나라 때의 명유 '진계유(陳繼儒)'가 『독서십육관(讀 書十六觀)』에서 한 말이다. "새로운 만남에는 두근대는 설렘이 있고, 해묵 은 만남은 말이 없어도 통하는 기쁨이 있다" 책을 읽기에 더없이 좋은 가 을날, 책 속에서 만나는 다양한 현인과의 '만남'은 내 사유의 세계를 숙성 케 하는 영혼의 '맛남'이다.

그러나 사유의 세계를 숙성케 하고 영혼을 풍요롭게 하는 만남이 어찌 꼭 책에만 존재한단 말인가. 세상을 살면서 느닷없이 만나는 현실 세계의 소중한 '맛남'도 있다. 자기 분야에서 최선을 다하여 그 길을 통해 깨달음 을 얻은 사람과의 '만남'이 그것이다.

오늘 페북을 통해 알게 된 뜻밖의 만남이 있었다. 그는 노원구에서 '베 토벤 하우스'라는 음악감상실을 운영하는 클래식 평론가이다. 나는 셀럽 을 그다지 선호하지 않는다. 그들은 대개 공개된 존재여서 유명세를 통해 직간접적인 영향을 이미 충분히 받은 셈이기 때문이다. 그러나 아직 세 상에 드러나지 않은 이런 은자들은 초야에 감추어진 보배 같은 존재이다.

이들을 만나는 것은 심마니가 산삼을 캐낸 것과 같은 신선한 기쁨과 희열이다.

때로 책을 읽거나 사람을 만나면서 행복한 것은 다른 사람이 내가 느낀 것을 똑같이 느끼고 있다는 사실을 알게 되는 것이다. 그리고 비록 중요한 일은 아닐지라도 그들도 내가 깨닫는 것과 그다지 다르지 않은 방식으로 사물과 세상을 깨닫고 있다는 것을 알아내는 것이다.

'섬마을 선생님'과 '비 내리는 고모령'에 오랜 시간 절어있던 나의 귓등에 베토벤과 쇼팽, 모차르트와 비발디, 브람스와 슈베르트의 선율이 신의 은총처럼 강림하였다. '조선 천동설'만을 굳게 믿고 살던 나는 갈라파고스의 거북이에 불과하였던 것이다. 스크린을 통해 본 음악의 도시 '비엔나'는 각양의 뮤즈들로 넘쳐나는 상상조차 하지 못했던 신선의 세계였다.

나의 촉은 언제나 빗나가는 법이 없었다. 무작정 만나야겠다는 일념에 느닷없이 찾아가서 이루어진 폐·친과의 만남은 책에서 배울 수 없었던 신선한 충격들로 가득 채워졌다. 오늘의 시절 인연은 처음 읽어 보는 좋은 책과 같은 '만남'이요, 삶의 지평을 열어주는 오래된 고전과 같은 '맛남'이었다.

차별의 역설

달라스에서 라스베이거스로 가는 비행기 안에서의 일이다. 좌측 창가에 자리 잡고 있던 내 앞으로 대략 3백킬로그램쯤 되어 보이는(부부로 추정되는) 흑인 거구 두 사람이 성큼성큼 다가오더니 끝내 내 앞자리에 앉고 말았다.

순간 암전이 된 듯 눈앞이 캄캄해졌다. 앞 의자 사이의 공간이 막히고 위로는 검정 머리통 두 개가 우뚝 솟아올라 시야를 가렸다. 나는 갑자기 숨이 막히고 호흡이 가빠지며 온갖 두려운 생각에 스스로 겁에 질리고 말았다. 비행기가 자꾸만 좌측으로 기울고 있다는 환상과 함께 만약 이 상태로 추락한다면 나는 영락없이 두 사람의 거구들에게 깔려 압사할 것이라는 공포가 엄습해왔다.

미국 사회에서 2미터가 넘는 사람이나 2~3백킬로그램의 거구를 보는 것은 흔한 일이다. 그러나 이렇게 좁은 환경에서 밀접하게 접촉하고 보니 저절로 느껴지는 불안감을 진정할 수 없었다. 이 정도의 거구라면 일등석을 타든가 해야지 이렇게 좁아터진 곳에서 남들에게 민폐를 끼치나 하며 속으로 불평하였다.

나는 탑승 시에 위탁 수하물이 4킬로그램을 초과하여 백 불의 추가 요금을 별도로 지불하였다. 그렇다면 60킬로그램인 나와 비교해 저들은 4~5배의 무게가 더 나가는데, 나를 기준으로 저들에게 비용을 추가하든지 아니면 저들을 기준으로 내게 차액을 환불해 주든지 해야 할 것이 아닌가? 이거야말로 차별이 아닌가 하는 원망의 마음이 들었다. 무의식중에 저들과의 관계를, 나는 '선량한 피해자'로 저들은 '잠정적 가해자'로 설정을 하고 있었던 것이다.

질식할 것 같은 침묵의 시간이 두어 시간쯤 흐른 뒤 화장실에 가려고 통로를 지나다 그들의 모습을 힐끗 쳐다보고 난 깜짝 놀라고 말았다. 무릎은 이미 앞 좌석에 달라붙어 있었고 옆좌석과는 숨 쉴 틈도 없이 어깨가 밀착되어 고개를 돌리는 일 외에는 아무것도 할 수 없었다. 옴짝달싹 못하여 화장실 가는 것조차 참을 수밖에 없는 저들의 처지가 너무나 안쓰러웠다. 수갑만 안 채웠지 그야말로 감옥이었다. 인간에 대한 예우는 전혀 없었다.

순간 나는 점차로 생각이 바뀌었다. 만약에 어떤 학교에서 점심 급식으로 모든 학생에게 똑같이 햄버거를 한 개씩 지급했다고 가정한다면 과연 이 일은 공평한 일이라 할 수 있을까? 나 같은 60킬로그램짜리 경량급은 한 개로도 양이 많아 남길 수도 있겠지만 저와 같은 거구들에게 햄버거 한 개는 점심이 아니라 간식거리도 되지 않을 것이다. 저들에게는 4~5개

정도는 되어야 한 끼의 급식이 될 터인데, 햄버거 한 개로 모두에게 똑같이 한 끼의 급식이 지급되었다고 계산한다면 그것은 공평이 아니라 역차별이 되고 말 것이다.

중요한 것은 '1인분'의 기준이 사람마다 달라야 한다는 점이다. '똑같이 한 개'가 공평한 것이 아니라 '누구나 한 끼'가 되게 하는 것이 공평한 것이다. 생각이 여기에 이르자 두 거구에게 미안한 생각이 들었다. 환불을 받아야 할 사람은 내가 아닌 저들이었다. 저들도 똑같이 1인용 비용을 지불하였기에 1인분의 권리를 누릴 권한이 있었던 것인데, 항공사의 인간에 대한 개별적 배려가 없는 획일적이고 전체주의적 발상으로 그들이 오히려 고통과 역차별을 당한 것이다.

저들은 내게 어떤 이유로든 피해를 주지 않았으며 그럴 의도조차 없었다. 저들을 이웃으로 대하지 않고 까닭 없이 '잠재적 가해자' 취급하였던 성급한 피해의식이 매우 부끄러워졌다. 내릴 적에야 비로소 송구한 마음이 들어 내가 먼저 일어나 만면에 미소를 띠고 그들의 기내 짐을 대신 꺼내주었다. 그들 또한 만면에 미소를 띠고 "Thank you so much"라고 한다.

나도 얼떨결에 대답하였다.

"That's all right, I am sorry."

이상형의 남자

'이상형의 남자'를 만났다고 좋아 죽던 'K'라는 여학생이 있었다. 그녀는 자신의 이상형이라고 여겼던 남자 'J'에게 매우 당돌하고 적극적인 구애를 하였다. 그 때문에 문과대 내에서는 어떤 여학생도 감히 그 남학생의 주변을 얼씬하지 못하였다.

그 남학생의 환심을 사기 위한 그녀의 뇌물성 공세가 등록금을 추월할 정도라는 소문까지 돌았을 만큼 자못 그녀의 애정 공세는 가히 살신성인의 자세였다. 당시는 여학생의 선제적 구애가 매우 드문 일이어서 동학들 사이에서 부러움 반, 시기심 반으로 그들의 애정행각이 널리 회자되었다.

그러나 그녀가 그렇게도 죽고 못 살겠다는 그 남자는 우리 남학생들 사이에선 거의 존재감이 없는 그야말로 '듣 · 보 · 잡'이었다. 그저 하얀 가래떡같이 생긴 창백한 얼굴의 큰 키에 공부 못하고 존재감 없는 외톨이에 불과하였다. 이성에 무지하고 눈치마저 없었던 나는 여학생들이 대체로 그런 스타일의 남자를 좋아한다는 것을 꿈에도 생각지 못하였다. 중년의 나이가 돼서야 비로소 깨닫게 되었으니, 그사이 숱한 여자들로부터 받았던 괄시와 냉소는 내게 너무도 당연한 일이 아니었겠는가?

어쨌거나 졸업과 동시에 그들의 결혼 생활은 시작되었다. 그러나 오래지 않아 그들의 관계가 깨지고 말았다는 슬픈 소식이 전해져 왔다. 세상 물정 모르고 철없던 나는 도무지 그 이유를 알 수 없었다. 이상형의 남자를 만났으면 누구보다 행복하게 잘 살아야 마땅한 일이거늘 어째서 이런 일이 발생했단 말인가? 도대체 무슨 까닭에 그렇게도 빨리 이혼을 하게 되었단 말인가? 그 후로도 세월이 한참이나 흘러 내가 결혼을 하고 나서야 비로소 나는 그 이유를 깨달았다.

지인 가운데 삼십 년 넘게 싸우며 사는 부부가 있다. 여자의 이상형은 자신의 아버지와 같은 '자상한 남자'였다. 반면 남자의 이상형은 자신의 어머니와 같은 '헌신적 여성'이었다. 둘은 상대가 전혀 자신의 이상형이 아니라며, 한결같이 자신의 결혼 생활은 실패하였다고 말한다. 그럼에도 불구하고 정작 둘은 이혼할 의사는 결코 없어 보였다.

많은 사람이 자신의 이상형만을 고집하는 경우를 왕왕 본다. 과연 세상에 이상형의 사람이 있기는 하는 것일까? 그러나 개중에는 종종 이상형의 배우자를 만났다는 사람을 드물게나마 보기도 한다. 그런데 그런 이상형의 배우자를 만났다는 사람이 행복하게 잘 산다는 이야기를 나는 아직 전해 들은 바가 없다. 내가 너무 과문한 탓일까?

그 까닭이 무엇일까 늘 궁금했는데, 나는 위 사례의 부부를 보며 깨달았다. 그것은 서로에게 상대가 자신의 이상형이 되어 주기만을 바랐지, 자신이 상대의 이상형이 되어 줄 생각은 전혀 하지 않았기 때문이었다. 설령 이상형의 상대를 만났다 한들 내 눈에 이상형인 사람이 남의 눈에 안 들 수 있겠는가? 그를 내 것으로 붙잡아 두기 위해서는 끊임없는 노력과 인내가 필요한 법이다. 결혼이라는 제도로 완벽하게 묶어두었다고 방심한다면 그것은 크나큰 오산이다.

K의 결혼 생활이 실패할 수밖에 없었던 이유 또한 상대가 나의 이상형이 되어 주기만을 바랐을 뿐 내가 상대의 이상형이 되어 주지 못한 데, 그 원인이 있었던 것이다. 결혼이란 만족할 만한 이상형의 배우자를 만나 천국 같은 생활을 영위하는 것이 결코 아니다. 나와 다른 반쪽을 만나는 것인 만큼, 내 만족의 연속을 위해서는 내가 상대의 반쪽이 되기 위한 부단한 노력이 반드시 선행되어야만 하는 일이다. 결혼은 나의 부족한 부분을 충족시키는 수단이기에 앞서 내가 상대의 기대에 성실하게 부응하며, 상대의 부족한 부분을 먼저 채우려는 내 희생이 전제되어야만 하는 것이다.

이미 이천오백 년 전 공자는 인간관계의 욕망에 대해서 이렇게 정의하였다.

"군자는 섬기기는 쉽지만 기쁘게 하기는 어렵다. 기쁘게 하기를 도(道)로 하지 않으면 기뻐하지 않으며, 사람과의 관계에 있어선 상대가 가진 장점 하나에도 만족한다.[君子易事而難說也. 說之不以道, 不說也, 及其使人也, 器之.]"

"소인은 섬기기는 어렵지만 기쁘게 하기는 쉽다. 기쁘게 하기를 비록

도(道)로 하지 않더라도 기뻐하며, 사람과의 관계에 있어선 상대에게 모든 것이 완벽하기를 요구한다.[小人難事而易說也. 說之雖不以道, 說也, 及其使人也, 求備焉.]"

오늘은 모처럼 나 자신의 주제를 파악하고 나니 사람을 만나고 싶은 마음이 졸지에 사라지고 말았다. 내 주변에 소인이 많기 때문일까? 아니면 내가 군자가 되지 못해서일까?

근신하고 또 경계해야 할 일이다.

잡초

엄밀한 의미에서 '잡초'란 없다.

그것은 지극히 인간 중심적 시각에서 만들어진 기준일 뿐이다. '해충 (害蟲)'과 '익충(益蟲)'의 기준이 인간의 삶의 유불리에 의하여 규정된 것처럼 매우 작위적이고 인위적인 변별 기준이다.

송나라의 철인 주자는 이렇게 노래했다. "미워서 뽑으려 하니 잡초 아닌 것이 없고, 좋아서 두고 보자니 꽃 아닌 것이 없다. 이는 모두 다 한 밭에서 나는 나의 마음이로구나"

> 若將除去無非草 – 약장제거무비초
> 好取看來總是花 – 호취간래총시화

내 마음가짐에 따라 잡초로도 보이고 꽃으로도 보인다. 관심을 가지지 않고 하찮게 보면 모든 게 잡초로 보이지만 애정을 갖고 자세히 들여다보면 잡초도 꽃으로 보인다. 사람도 그렇다. 세상 모두가 꽃이다.

순자(荀子)는 말하기를 "하늘은 복록이 없는 사람을 내지 아니하고, 땅은 쓸모없는 초목을 기르지 아니한다"라고 하였다.

天不生無祿之人 - 천불생무록지인
地不長無名之草 - 지부장무명지초

아무렇게나 피어있는 꽃이 없듯 마지못해 살아있는 꽃은 없다. 아무렇게나 태어난 인생이 없듯 마지못해 살아가는 인생도 없어야 한다.

애당초 잡초란 없다.
단지 있어야 할 제자리를 가리지 못해 잡초가 되었을 뿐이다. 주역 계사전에는 '방이유취(方以類聚) 물이군분(物以群分)'이라 했다. "삼라만상은 그 성질이 유사한 것끼리 모이고 만물은 무리를 지어 나누어진다"라는 말이다. 이 천지자연의 질서에 순응하지 못하고 이탈한 것이 바로 잡초이다. 밀밭에 보리가 나면 보리가 잡초이고 보리밭에 밀이 나면 밀이 잡초이다. 상황에 따라 잡초가 되는 셈이다. 제자리에 있지 않으면 꽃도 풀이나 다름없다. 무밭에서는 산삼이 또한 잡초이다.

사람도 마찬가지다.
자신이 꼭 필요한 자리나 있어야 할 곳에 있으면 산삼보다 귀하지만, 있어야 할 곳이 아닌데도 눈치 없이 뭉개고 있으면 잡초가 되고 만다. 보리밭에 난 밀이나 밀밭에 난 보리처럼 자리를 가리지 못하면 결국엔 잡초가 되어 뽑히고 말 뿐이다. 자고로 사람은 누울 자리를 보고 다리를 뻗어야 한다. 나는 지금 무밭의 인삼인가? 인삼밭의 무인가?

있어야 할 자리를 아는 것만큼, 남아야 할 때와 떠나야 할 때를 분별할
줄 아는 지혜는 인생에 더없이 중요한 법이다.

'배추밭에서는 인삼도 잡초다.'

학불선 산악회(學佛仙 山岳會)

영국의 산악인 조지 멀로리는 산을 왜 오르느냐는 질문에 "산이 거기에 있어서"라는 유명한 말을 남겼다. 나는 왜 산에 오르려는 것인가? 좋은 풍경을 위해서, 심신의 수양을 위해서, 동호인과의 친목을 위해서, 모두가 일리 있는 말이기는 하지만, 그러나 그것이 나의 궁극적 목표는 아니다.

당나라의 문장가 유우석(劉禹錫)은 그의 작품 「누실명(陋室名)」에서 다음과 같은 말을 하였다.

"산의 가치는 높이에 있는 것이 아니요, 신선이 살 때 명성이 있는 것이다. 물의 가치는 깊이에 있는 것이 아니요, 용이 살 때 신령해지는 것이다."

山不在高 有仙則名 - 산부재고 유선즉명
水不在深 有龍則靈 - 수부재심 유룡즉령

내가 산수와 자연을 통하여 얻고자 하는 것은 멋진 승경(勝景)과 심신의 안정이 아니다. 프랑스의 소설가 마르셀 프루스트(Marcel Proust)는 "진정한 여행의 발견은 새로운 풍경을 찾는 것이 아니라 새로운 시각을 갖는 것이다"라고 하였다. 나의 궁극적 목표는 바로 그것, '새로운 시각을 갖는 것'에 있다고 말할 수 있다.

옛 선현들은 말하기를 "술이 있으면 신선을 배울 것이요, 술이 없으면 부처를 배울 것이라" 하였다.

有酒學仙 - 유주학선
無酒學佛 - 무주학불

오늘 온라인 세상에서 만난 페북 친구 이십여 명과 함께 북한산을 첫 등반하고서 '산적동호회'를 조직하였다. 우리 산적회의 정식 명칭은 '학불선(學佛僊) 산악회'이다. 그저 행인의 주머니나 넘보고 지나가는 나그네의 보따리나 터는 그런 쪼잔한 산적쯤으로 오해하지 마시라. 비록 활빈당을 꿈꾸는 홍길동이나 임꺽정 같은 의적은 아닐지라도 '석가의 철학'을 털고 '신선의 풍류'를 빼앗는 그런 '낭만 산적'이 되고자 하는 조직이란 말씀이다. 더 나아가 나그네의 마음을 빼앗고 행인의 지혜를 털어내며, 양민의 사랑을 침노하는 '풍류 산적'이 되고자 하는 조직이란 말씀이다.

일찍이 퇴계는 '청량산'에 들어가 산을 유람하고 또 거기서 공부를 하면서 다음과 같은 시를 남겼다.

책을 읽는 것이 산을 유람하는 것과 같다고 하는데

이제 와서 보니 산을 유람하는 것이 독서와 같구나.

온 힘을 쏟은 후에 스스로 내려옴이 그러하고

얕고 깊은 곳을 모두 살펴야 함이 그러하다네.

讀書人說遊山似 今見遊山似讀書.

工力盡時元自下 淺深得處摠由渠.

정현종 시인은 '방문객'이라는 시에서 사람과의 인연을 "사람이 온다는 건 실로 어마어마한 일이다. 그의 과거와 현재와 그리고 그의 미래와 함께 오기 때문이다. 한 사람의 일생이 오기 때문이다. 부서지기 쉬운, 그래서 부서지기도 했을 마음이 오는 것이다"라고 노래했다.

누군가 한 사람이 온다는 것은 정말 어마어마한 일이다. 산악회를 통해 소중한 만남을 갖게 되고 그것이 특별한 인연으로 이어지는 세상 소풍이 참으로 즐겁다. 책에서 보지 못한, 도서관 어디에서도 배울 수 없었던 깊은 공부의 참맛을 깨닫게 되었다. 한 사람 한 사람이 내게는 '브리태니카 백과사전'과 같은 신세계의 문화 충격이었다. 산행의 과정에서 좌충우돌하는 시행착오를 겪기도 하였으나 그것 또한 조직을 단련하는 과정의 하나일 뿐이었다. 사람 사는 곳 어디에나 그렇듯 인과관계의 호불호가 있겠지만 특별히 몇 사람을 마음에 담아둔 것이 매우 기쁘다. 마치 보석을 발견한 것처럼 큰 부자가 된 기분이다.

철학자 안병욱 박사는 「산의 철학」이라는 수필에서 "산에 가는 것은 의사 없는 종합병원에 입원하는 것이다"라고 하였다. 그야말로 최상급 산의 예찬이라 할만하다. 또한, 독일의 시인 괴테는 "네 영혼이 고독하거든 산으로 가라"고 하였다. 육체와 정신 건강을 위해 이보다 더 좋은 수련법이 있을 수 있겠는가?

어쩌면 "우리가 정복하고자 하는 것은 산이 아닌, 바로 우리 자신"일지도 모른다. 산에서 만나는 고독과 악수하며 그대로 산이 된들 또 어떠리.

'학불선산악회'의 무운 장수를 기원한다.

관해난수(觀海難水)

"바다를 직접 겪어 본 사람은 냇가에서 노는 사람들 앞에서 물에 관하여 말하기 어렵고, 성인의 문하에서 직접 배운 사람은 시골 서생들 앞에서 학문의 경지를 표현하기 어렵다.[觀於海者難爲水, 遊於聖人之門者難爲言.]"

맹자에 나오는 이야기다.

수년 전 미국에서 그랜드 캐니언을 비롯해서 7~8개의 캐니언을 둘러볼 기회가 있었다. 동서남북 360도 전방위로 끝없이 펼쳐진 대륙의 지평선을 보고서 나는 내 보잘것없는 안목의 빈곤함에 인생의 허무를 깊게 탄식한 적이 있었다. 철저하게 조선 천동설에 갇혀 살았던 나의 안목이 겨울의 눈을 알지 못하고 죽은 여름철의 매미와 같은 신세라는 것을 깨달은 것이다.

『대학(大學)』에서는 '격물치지(格物致知)'라 하였다. 주희(朱熹)는 이를 "사물의 이치를 궁극에까지 이르러 나의 지식을 극진하게 이른다"라고 주석하였다.

'치지(致知)'에 이르게 하는 '격(格)'에 대한 논쟁에는 학자들의 다양한 설이 있다.

> 정현(鄭玄)은 "격은 오는 것이다[格來也]"라고 하였고,
> 장재(張載)는 "격은 제거하는 것이다[格去也]"라고 하였으며,
> 정이(程頤)는 "격은 이르는 것이다[格至也]"라고 하였고,
> 호안국(胡安國)은 "격은 헤아리는 것이다[格度也]"라고 하였으며,
> 왕수인(王守仁)은 "격은 바로잡는 것이다[格正也]"라고 하였다.

이 담벼락의 좁은 공간에서 '격(格)'에 대한 논쟁의 의미를 다 설명할 순 없지만, '격(格)'이란 본래 가지치기한 나무를 뜻하는 글자이다. 나뭇가지를 다듬어 모양을 바로잡는다는 뜻이 확대되어 '바로잡다'나 '고치다'라는 뜻을 갖게 되었다. 그래서 '격(格)' 자는 가지치기한 나무처럼 잘 다듬어진 사람의 성품이나 인격을 뜻하기도 한다. 그러므로 사람에게는 '인격(人格)'이 있고 물건에는 '품격(品格)'이 있고 만물에는 저마다의 고유한 '성격(性格)'이 있다. 또한, 상품에는 '가격(價格)'이 있고 신분이나 지위에는 '자격(資格)'이 있다.

조선 시대 문·무과 급제자에게는 '합격(合格)'이라 하였다. 이는 격에 합당한 자격을 가졌다는 말이다. 생원이나 진사와 같은 향시 급제자에게는 '합격(合格)'이라 하지 않고 '입격(入格)'이라 하였다. 이는 대과를 치를 수 있는 자격이 주어졌다는 것을 의미하는 것이다.

세상만사 만물에는 모두 저마다의 '격(格)'이 있다. 인간 역시 도덕적 행위의 주체로서 품격(品格)과 자격(資格)을 갖추었을 때 비로소 인격적 인간이 되는 것이다. 더구나 격조(格調) 높은 인생을 지향한다면 도덕적 완결성뿐만 아니라 예술적 풍류와 문화적 낭만도 갖추어야만 할 것이다.

바다를 항해한다는 건 언제나 젊음이 약동하는 낭만이다. 그러나 낭만 이전에 목숨을 건 모험이라는 것을 깨달아야 한다. 그럼에도 불구하고 이 무모한 도전에 기어이 목숨을 거는 것은 갈라파고스 신드롬의 미몽에서 벗어나고 싶은 지적 호기심이 본성을 자극하기 때문이다. 레저 사업을 하는 후배의 극진한 도움으로 35인용 요트를 이틀간 임대하였다.

8월 23일은 음력 7월 8일이다. 이날은 이순신 장군이 한산대첩을 승리로 이끈 날이다. 장군이 승리한 그날 그 장소인 한산도 앞바다에서 인근의 대형 요트 선주들과 연합하여 학인진 대열을 갖추어 축포를 쏘고 불꽃놀이로 흥을 달구었다. 내 생에 처음 겪어보는 해전의 시연이었다.

이튿날 선상에서의 '우중 일배주'는 겪지 않고서는 설명이 불가한 선경이었으며, 선상에서의 바비큐는 일찍이 육지에서 맛보지 못했던 선계의 진미였다. 누가 통영을 동양의 나폴리라 하였던가? 통영이 나폴리면 욕지도는 몬테네그로이고 사량도는 몰타이다. 나에게 통영의 한산도와 충무, 삼천포, 남해 등을 거쳐 전라남도 여수에 이르는 물길인 한려수도는 지중해의 다른 이름이다. 구약 성서 전도서 11장 4절에는 이렇게 말하였다.

"풍세를 살피는 자는 파종하지 못할 것이요, 구름만 바라보는 자는 거두지 못하리라.[俟風息者, 必不播種. 望雲散者, 必不刈穫.]"

서양 여사친

지난겨울 덕국(德國)의 뮌헨으로부터 묘령의 낭자가 한국엘 방문하였다. 우여곡절 끝에 나는 이 신비스러운 여인을 수행하고 사흘간 그녀의 여행 도우미가 되었다. 내게 여친이 있다고 말하면 나를 아는 사람의 다수는 결코 믿으려 하지 않을 것이다. 그 인물에 여친이 있다는 것은 차라리 이태백이 하늘에 올라 달을 땄다는 헛소리를 믿는 것이 더 낫다고 생각할지도 모르겠다.

그래서 어쩔 수 없이 페북에 방대한 증거와 자료를 만천하에 공개했다. 신장이 180은 족히 넘을 것 같은 푸른 눈의 블론디한 서양 낭자와 180이 살짝 안 되는 조선의 돌쇠가 부조리한 신체의 불균형과 불합리한 언어의 부조화를 극복하고 강화에서 청춘을 불살랐다.

'전등사'는 현존하는 한국의 사찰 중 가장 오랜 역사를 가진 절이다. 삼랑성(三郞城) 안에 자리 잡은 전등사는 세 발 달린 솥을 거꾸로 엎어놓은 모양을 한 '정족산(鼎足山)'과 더불어 강화를 상징하는 대표적인 문화 유적지다. 「세종실록지리지」에 따르면 삼랑성은 단군이 자신의 세 아들(三郞)을 시켜 쌓았던 고대의 토성이었으나 삼국시대에 이르러 그 자리에 다시 석성을 쌓아 오늘에까지 이어지고 있다 한다.

전등사의 '전(傳)'은 전하다(Deliver)라는 뜻이고 '등(燈)'은 등불(light) 또는 부처의 가르침을 의미한다. 그러므로 '전등사'란 부처의 가르침을 전해주는 절이라는 메시지를 담고 있다. 아마도 프로메테우스가 인류에게 불을 전해준 것과 같이 "지혜의 등불을 전해주다"라는 의미가 내포되었을 것이다. 이 속 깊은 뜻을 여사친에게 간략한 몇 마디 영어로 설명하였다.

"전등사 템플 네임 이즈 왓 민잉, 유 노우?"
"……."
"전등 이즈 프로메테우스 파이어 딜리버 투 맨카인드.(Jeondeung is Prometheus fire Deliver to Mankind.)"
"더 세임 민잉.(the same meaning.)"

독어와 영어, 중국어에 능통한 그녀는 동양 문화에 매우 관심이 많은 동양학 전공의 역사학자인데, 역시나 귀명창이었다. 개떡 같은 영어를 찰떡같이 알아듣고는 손뼉을 치고 기뻐하며 재미있어했다. 대웅보전의 네 기둥 위에 나신의 여인이 무릎을 꿇고 지붕을 바치고 있는 '나신상(裸身像)'에 대해서도 찰지게 설명을 해주었다.

사찰 전각을 짓던 목수가 사하촌 주막의 여인과 정분이 나서 공사를 마치고 난 뒤 함께 살기로 하고 공사대금을 여인에게 전부 맡겼는데, 공사를 마치고 찾아가니 여인이 줄행랑을 치고 사라진 것이다. 그래서 그 여인에게 천벌을 받게 하고 싶어 신성한 법당의 처마에 나신을 조각해 넣은 세계의 유일한 작품이라고 파파고를 찾아가며 고증하였다.

또 원이삼점(∴)과 만 자(卍)의 차이를 설명하고, 지장전(地藏殿)과 약사전(藥師殿)에 대한 '썰'을 풀 때, 나의 몹쓸 영어가 유감없는 실력 발휘를 하였다. '약사여래'는 질병 치유를 담당하는 보살이다. 기독교의 '여호와라파'와 같은 의미이다. 신화의 나라 그리스에서는 질병이 낫게 되면 의학의 신인 아스클레오피오스에게 닭 한 마리를 바치는 풍습이 있었다. 소크라테스가 독배를 들게 되어 이제 자신이 죽게 되면, 육체의 질병으로부터 영원한 해방이 되므로 아스클레오피오스에게 닭을 바쳐야 하는데, 제자들에게 이 닭 한 마리의 빚을 대신 갚아 달라 한 것이다.

이 예화를 근거로 '약사여래'를 딱 세 마디로 이렇게 설명하였다.

"소크라테스가 치킨을 투(to) 아스클레오피오스, 오케이?"

"더 세임 민잉(the same meaning)이여."

신기하게도 그녀는 박장대소를 하며 알아들었다. 조선의 아재 영어가 빛을 발하는 순간이었다. 어깨에 오만 '뽕'이 들어간 나는 스스로 서양 여자 체질임을 안위하며, 겁도 없이 그녀와 함께 강화도 천지를 휩쓸고 다녔다. 흑백 TV와 같이 경직된 사고를 하는 나와는 반대로 그녀는 매우 자유분방하고 유연하며 컬러풀한 사람이었다. 시간이 갈수록 두 사람 사이에 동서양의 대비가 매우 극명하게 드러났다.

해 질 녘, 맛집엘 갔다가 그녀가 채식주의자이며, 동물애호가라는 사실을 알게 되었다. 몇몇 식당을 전전하였지만, 관광지에 채소 요리만을 파는 식당이 있을 리 만무하였다. 어쩔 수 없이 과자부스러기 몇 개를 안고 숙소에 돌아왔다. 다음 날 아침 카페에서 빵으로 아침을 때우다가 마치 낙서를 하듯 그녀 앞에서 초서를 써 내려갔더니 기함을 하고 놀란다. 준비해 온 족자와 함께 이백의 문장과 왕희지의 난정서, 다산의 신학유가계서 등을 생각나는 대로 써서 선물로 주었더니 중국에 유학을 온 지 십여 년이 되었어도 한 번도 보지 못했던 광경이라며 너무나 놀라고 기뻐하였다.

내가 붓글씨를 써준 사람 가운데 가장 기뻐했던 사람인 것 같다. 오후에는 한국 전통 무예를 알리고 싶어 강화정에 올라 활쏘기를 시전하였다. 다행히 '5시 2중'을 하여 겨우 체면치레를 하였는데, 그녀는 내게 세 번이나 놀랐다고 한다. 아담한 미소년 같아 나이가 젊은 줄 알았는데 육학년이라는 데서 놀랐고, 앉은 자리에서 말보다 빠르게 초서를 쓰는 것에 놀랐고, 활 쏘는 모습에서 또 한 번 놀랐다고 한다.

'역시 나는 서양 여자가 체질인 거야, 나를 알아주는 건 서양 여자뿐이로구나!', 이것은 결코, 내 자랑이나 잘난 체가 아니다. 한류는 '방탄소년단'의 전유물이 아니다. 나는 생활 속에서 한류를 몸소 실천하고 있을 뿐이다.

그러나 기쁨도 잠시였다. 둘째 날 저녁, 채식주의자의 고약한 식성 때문에 매우 곤혹스러웠는데 다행히 식물성 컵라면은 먹을 수 있다길래 컵라면을 안주로 삼아 그녀는 맥주를, 나는 막걸리를 마시기로 하였다. 팬션 근처의 마트엘 들렀는데, 컵라면마다 일일이 폰을 들이밀며 스프의 식물성 여부를 확인하는 것이었다. 나는 서서히 동공이 풀렸다. 마침내 지중해 연안 국가에 사는 푸른 눈의 이국 소녀에 대한 동경과 환상이 현실 앞에서 서서히 부서져 가고 있었다.

그날 밤 결국 그녀는 과자 한 봉지와 맥주 한 병을 들고는 자기 방으로 들어가고, 나는 몹쓸 놈의 컵라면 하나를 놓고 혼자 막걸리를 마시며 신세 한탄을 하였다. 강화도 천지에 깔린 게 생선회와 고기인데, 그 맛난 거를 잘난 서양 여사친 땜에 포기하고, 이 나이에 겨우 방구석에서 홀로 컵라면에 막걸리라니!

내가 인생을 이따위로 막살아도 되는 것이란 말인가? 오늘에야 나는 나를 위한 마님의 배려와 희생이 얼마나 위대한 헌신이었는지를 깨닫게 되었다.

'역쉬, 나는 조선 여자가 체질이여! 암만, 신토불이지.'

이기성(利己性)과 이기주의(利己主義)

"사람의 본성은 이로운 것을 좋아한다" 순자의 제자였던 한비자는 이른바 '인성호리(人性好利)'론을 주장하였다. "사람은 먹지 않으면 살 수 없다. 이 때문에 자신을 이롭게 하고자 하는 마음을 면할 수가 없다.[不食則不能活, 是以不免於欲利之心.]"라고 하는 것이 한비자가 주장하는 인간의 본성에 대한 고찰이다.

사람은 누구나 자신을 이롭게 하고자 하는 본성이 있다. 이 성품을 '이기성(利己性)'이라 한다. 누구든지 좋은 음식을 먹고자 하고, 좋은 옷을 입고자 하며, 좋은 집에 살고자 한다. 누구도 인간의 이러한 보편적 이기성을 비난하거나 배척할 수 없다. 그러나 나의 이기성과 상대의 이기성이 충돌할 때 상대의 이기성을 배척하고 나의 이기성을 우선시하는 것을 우리는 '이기주의(利己主義)'라 한다.

인간이 자신의 이기성을 극대화하고자 하는 주장은 본질적으로 모든 사람에게 공통으로 해당하는 고유한 권리이다. 문제는 이 권리가 타인의 권리와 충돌할 때이다. 나의 권리가 소중한 만큼 타인의 권리도 소중한 법이다. 어떠한 경우에라도 나의 권리라는 이름으로 타인의 권리를 침해할 수는 없다. 그래서 그 자유의 경계선에서 '도덕'과 '법률'이 발생하며, 그 결과로 타인에 대한 '책임'과 '의무'가 따르게 된다.

최근에 겪은 일이다. 고속도로에서 1차선은 추월선이고 2차선은 주행선이다. 이른 새벽 텅 빈 고속도로를 홀로 달리다 제한속도가 110(km/h)인 고속도로에서 추월선에 벤츠와 주행선에 유조차가 나란히 달리는 상황을 만났다. 90(km/h)로 최고시속 제한 장치가 걸려 있는 유조차 뒤로는 대여섯 대의 화물 차량이 줄지어 있었다. 졸지에 나는 추월선의 벤츠 뒤에 갇히고 말았다. 그렇게 5분쯤을 뒤따르다 백미러를 확인해 보니 순식간에 끝이 안 보일 정도로 양쪽 차선에 차들이 빽빽하게 밀리고 있었다. 참다못한 내가 경적을 울리고 하이빔을 켜대도 요지부동이었다.

벤츠 운전자는 자기도 1차선을 다닐 권리가 있으니 안전하게 90(km/h)의 저속으로 옆 차량 똑같이 다니는데, 뭐가 문제냐고 생각하는 모양이었다. 추월선에서의 저속 주행이 교통의 흐름을 방해하고 사고를 유발하기까지 하며, 타인의 권리를 침해한다는 것에 대한 미안함은 조금도 없는 고약한 인생이었다. 유조차 운전자도 고약하기는 마찬가지였다. 그 정도 상황이면 자신이 속도를 늦춰서라도 틈새를 내어 줄 만도 한데 끝까지 오불관언이었다. 무려 10분이 넘도록 사투를 벌인 끝에야 그 장벽에서 빠져나올 수 있었다. 이기성과 이기주의를 구별하지 못하는 사악한 인생들이다.

수석을 수집하는 것을 취미로 삼는 사람이 있었다. 그는 틈만 나면 전국의 산하를 다니며 기이한 수석을 채집하여 자신의 정원을 가꾸었다. 그가 말하기를 자신은 "자연을 사랑하고 수석을 아낀다"라고 하였다. 나는 속으로 그는 환경 파괴자이고 수석을 도둑질하는 사람이라고 생각하였다. 모든 사람이 그와 같은 방법으로 자연을 보호하고 사랑한다면 우리의 산하는 한순간에 황폐화되고 말 것이다. 자신의 이기적 욕망을 위해 홀로 자신의 뜰에 권리를 독점할 것이 아니라 자연 그대로의 모습으로 본래의 자리에 놔두어서 모두가 감상할 수 있도록 하는 것이 진정으로 자연을 사랑하고 위하는 길이다.

공원은 열려있는 장소로서 누구든지 쾌적하게 산책할 권리가 있다. 애견인도 개와 함께 산책할 권리를 누구에게라도 침해당할 이유가 없다. 그러나 자기의 개가 타인을 위협하거나 공공의 시설과 환경을 오염시켜 타인이 쾌적하게 산책할 권리를 방해한다면, 이는 반드시 자신의 이기성을 절제하고 미안한 마음을 가져야 양식이 있는 사람이다.

애견 인구가 순식간에 천만이 넘는 시대가 되었다. 국민주택 규모의 서민 아파트에도 예외 없이 개를 키우는 인구가 늘어만 간다. 만약 50가구 규모의 아파트 한 동 전체에 모든 사람이 자신의 권리를 주장하며 똑같이 개를 키우고 산다면 어떻게 될까? 상상만 해도 소름이 끼친다. 복도마다 강아지 털이 날리는 것은 물론이고 시도 때도 없이 짖어대는 개들의 소음으로 전쟁터를 방불케 하는 상황이 될 것이요, 개들의 집단 주거지에 사람이 얹혀사는 꼴이 되고 말 것이다.

어느 페·친이 말하였다. "개나 고양이를 키우는 사람은 동물을 사랑하므로 일반인보다 훨씬 더 사랑이 많고 착한 사람이다" 명색이 권사라는 사람에게 그의 무지를 설득하고 싶지 않아 조용히 폐·삭하고 말았다. 사랑의 대상은 '신(神)'과 '사람'뿐이다. 개는 사랑의 대상이 아니다. 성경 어디에도 개를 사람과 같이 사랑하라는 말씀은 없다. '애완견(愛玩犬)'이라 할 때 '애(愛)' 자는 아낄 애 자이고, '완(玩)'은 희롱하고 즐거워한다는 말이다.

자연과 모든 물상은 생명이 있는 물질에 불과한 것이다. 그 자체로 사람과 신 같은 영적인 존재가 아니라는 말이다. 자기의 개가 죽은 슬픔으로 '49재'를 지내거나 '삼년상(三年喪)'을 치른 것이 안타까운 일이기는 하나 그 자체를 훌륭한 일이라고 칭송할 수는 없지 않은가?

오늘 호젓한 산길을 산책하다 목에 줄을 매지 않은 개 두 마리를 맞닥트렸다. 사납게 짖어대며 달려드는 개에게 놀라 나는 졸지에 그만 얼굴이 창백하도록 아연실색하고 말았다. 그러나 미안해야 할 견주(犬主)들은 여유 있게 "괜찮아요, 안 물어요, 이리 와"하며 "가던 길 그냥 가세요" 하는데 순간 하도 어이가 없고 화가 치밀어 아무 말도 못 한 채 한동안 그 자리에 멍하니 서 있었다. 국가는 약자의 정당방위를 위하여 총기 소지를 합법화하든, 애완견 교육을 의무화하여 자격증 소지자들만 개를 키우도록 하든 양자택일 해주기를 고대하는 마음 간절하였다.

개에 대한 애정이 지나쳐 자기의 개에 대한 사랑을 타인의 생명이나 인격보다 우선시하는 인간이야말로 인간의 도리를 망각한 생명이 있는 물질에 불과하다. 비록 개보다 못한 인생도 세상에는 존재하지만, 타인의 생명을 자기의 애완견보다 못하게 취급하는 인간은 이기적 욕망의 화신일 뿐이다.

책임은 권리의 거울이다. 자신의 권리행사를 위해 다른 사람의 권리를 침해하지 않아야 한다. 타인의 권리를 존중하고 보호할 때만이 자신의 권리도 누릴 수 있는 법이다. 타인의 권리를 침해하면서도 최소한의 염치도 도덕도 없는 인간들이 자신은 동물을 사랑하므로 자연을 보호하고 사랑하는 착한 사람이라는 미몽에서 헤어나길 바란다.

칼릴 지브란(Kahlil Gibran)이 말하기를 "우리들은 누구나 다 자신의 이해관계에서는 하나같이 실질적이고, 다른 사람들에 관련된 일에서는 이상주의자가 된다"라고 하였다.

기억해야 할 것과 잊어야 할 것

내가 남에게 공덕을 베풀었다면 기억해서는 안 되지만
잘못을 저질렀다면 반드시 기억해야만 한다.
남이 나에게 은혜를 베풀었다면 잊어서는 안 되지만
원망스럽게 했다면 반드시 잊어야만 한다.
我有功於人不可念, 而過則不可不念.
人有恩於我不可忘, 而怨則不可不忘.

— 『소창유기(小窓幽記)』, 진계유(陳繼儒)

은혜는 바위에 새기고 원수는 강물에 새겨야 한다. 그러나 종종 은혜는
강물에 새기고 원수는 바위에 새겨서 은혜는 못 갚을지라도 원수는 기어
이 갚겠다는 사람들을 본다. 빗나간 인생들이다.

인생의 참된 행복은 신세를 잊지 않고 반드시 '은혜'를 갚는 데 있고,
인생의 가장 큰 비극은 내 손으로 기어이 '원수'를 갚는 데 있다. 사적인

은원에 대한 원수를 갚는 일이 결코 내 몫이 되어서는 안 된다. 그것은 반드시 '신'이나 '운명'에 맡겨야만 할 일이다.

열 번을 잘하다가 한 번의 실수 때문에 인간관계가 단절되는 경험을 누구나 한 번쯤 해보았을 것이다. 상대는 열 번의 고마움을 쉽게 잊는다. 그러나 한 번의 서운함은 가슴에 두고두고 새긴다. 자기중심적 인간이 갖는 보편성이다. 자신은 언제나 선량한 피해자이고 상대는 늘 잠재적 가해의 대상으로 단정하며, 세상을 불신하고 경계하며 산다. 이런 사람들은 대개 자신이 타인에게 범했던 잘못은 잘 기억하지 못한다.

'이기주의'와 '이기성'은 구별해야 한다. 사람은 누구나 자신을 이롭게 하고자 하는 본성이 있다. 이 성품을 '이기성(利己性)'이라 한다. 그러나 나의 이기성과 상대의 이기성이 충돌을 할 때 상대의 이기성을 배척하고 자신의 이기성을 우선시하는 것을 우리는 '이기주의(利己主義)'라 한다.

타인의 허물을 지적하고 오류에 대한 비난을 잘한다고 해서 그 사람이 반드시 단정하거나 모범적인 사람은 아니다. 타인의 잘못에 추상같은 사람들이 대개 자신의 허물에는 한없이 관대한 경우를 우리는 그동안 너무나 많이 보아 왔다.

세상을 살다 보니 호의를 권리로 아는 사람들이 너무 많다. 감사할 줄 모르는 사람은 반드시 비판자가 되거나 나의 적이 된다. 그러나 그 호의마저 결코, 기억해서는 안 된다.

마님께서 말씀하였다. "후배들에게 열심히 술을 사줬다고 해서 그들도 나에게 술을 사줄 것이라는 기대를 하지 말아라. 그들은 단지 '당신을 위해 시간을 내서 먹어준 것뿐이다' 당신도 그들이 좋아서 샀으면 좋아한 대가를 지불했다고 생각해야지 돌려받을 것으로 생각한다면, 그것은 상대와 거래를 하려는 것이다. 당신이 좋아서 한 일이라면, 몇 번이 됐든 베푼 것은 반드시 잊어라."

　　만날 때마다 술값을 한 번도 안 내는 후배 놈, 흉을 봤다가 뒤통수를 크게 한방 얻어맞았다. 마님을 좇아가기에는 아직도 나는 조족지혈이요, 족탈불급인 모양이다. 이래저래 '혼·술'로 나의 외로움을 달래는 아름다운 '가을 밤'이다.